MARGIT KRUSE

Fröhliches Morden überall

EISZAPFENSTREICH Margareta Sommerfeld und ihr Partner, Kommissar Thomas Scheffel, beschließen, über die Feiertage ins verschneite Winterwunderland zu reisen. Da Thomas' Vater plötzlich verstorben ist, fühlt er sich verpflichtet, sich um seine Mutter zu kümmern. Und auch Waltraud, Margaretas Mutter, hängt durch. So beschließen die beiden Verliebten, ihre Mütter mitzunehmen. Ein gemütliches Ferienhaus ist schnell gefunden. Die kleine Auszeit entpuppt sich jedoch als keine gute Idee, denn beide Damen haben ihren eigenen Kopf. Nach einem Streit am Silvesterabend will Thomas' Mutter den Gottesdienst besuchen. Von dort kehrt sie jedoch nicht zurück. Am späten Abend wird sie an einem abseits gelegenen Bauernhof gefunden. Erstochen … Thomas kann nicht glauben, was passiert ist. Gemeinsam mit Margareta macht er sich auf die Suche nach der Wahrheit. Sollte eine Frau aus der Nachbarschaft, die seiner Mutter sehr ähnlich sieht, dran glauben? Oder war die ermordete Eleonore gar nicht die trauernde Witwe, für die man sie hielt? Margareta bringt die örtliche Polizei, die lange Zeit im Dunkeln tappt, zur Verzweiflung.

Margit Kruse wurde 1957 in Gelsenkirchen geboren. Bekannt wurde sie vor allem durch ihre Revier-Krimis »Eisaugen«, »Zechenbrand«, »Hochzeitsglocken« und »Rosensalz«. Sie ist ein echtes Kind des Ruhrgebiets. Seit 2004 ist die Gelsenkirchenerin als freiberufliche Autorin tätig. Neben etlichen Beiträgen in Anthologien hat sie bislang zahlreiche Bücher veröffentlicht. Labrador Enja ist stets dabei, wenn sich Margit Kruse auf Recherche-Tour begibt. Besonders der Hauptfriedhof ihres Heimatortes hat es der Autorin angetan. Margit Kruse ist Mitglied im Verband deutscher Schriftsteller.

MARGIT KRUSE

Fröhliches Morden überall

Weihnachtskrimi

GMEINER

Immer informiert

Spannung pur – mit unserem Newsletter informieren wir Sie regelmäßig über Wissenswertes aus unserer Bücherwelt.

Gefällt mir!

Facebook: @Gmeiner.Verlag
Instagram: @gmeinerverlag
Twitter: @GmeinerVerlag

MIX
Papier aus verantwortungsvollen Quellen
FSC® C083411

Besuchen Sie uns im Internet:
www.gmeiner-verlag.de

Im Ehnried 5, 88605 Meßkirch
Telefon 07575/2095-0
info@gmeiner-verlag.de

1. Auflage 2021

Lektorat: Christine Braun
Herstellung: Mirjam Hecht
Umschlaggestaltung: U.O.R.G. Lutz Eberle, Stuttgart
unter Verwendung eines Fotos von: © Helgi / photocase.de
Druck: CPI books GmbH, Leck
Printed in Germany
ISBN 978-3-8392-0028-5

Dieser Roman spielt größtenteils in Bödefeld im Hochsauerland. Viele Gebäude und Einrichtungen sind real. Der Bauernhof sowie das Ferienhaus, zwei meiner Handlungsorte, sind jedoch Fantasiegebilde von mir. Es handelt sich hier um nichts weiter als um einen Roman, die Personen sind erfunden, der Plot ist fiktiv.

PROLOG

Mein Blick geht zum Altar der Pfarrkirche St. Cosmas und Damian in Bödefeld. Ein prunkvoller Altar, rechts und links flankiert von zwei herrlich beleuchteten Weihnachtsbäumen. Eine feuchte Kälte schlägt mir entgegen. Ich durchschreite den Mittelgang des Kirchenschiffes aus dem Jahr 1911 und gehe bis vorne zum Altar. Unschlüssig setze ich mich in die erste Reihe. Für den kleinen Ort eine recht große Kirche. Sie sollte mit den fünf Ausgängen viel Platz für die Wallfahrer zum Kreuzberg schaffen, die um die Jahrhundertwende noch zahlreich vorhanden waren. Die barocke Ausstattung sorgt für eine ganz besondere, ehrfürchtige Atmosphäre.

Was hoffe ich, hier zu finden?

Vergebung?

Ich habe es nicht gewollt. Das sagt sich so einfach. Dabei habe ich es bis ins kleinste Detail geplant.

Und dann kam alles anders. Ganz anders.

Ich habe immer nach Gottes Glauben gelebt, bin so erzogen worden. Und jetzt sitze ich hier und heule mich beim Herrn aus. Ich halte den Kopf gesenkt. Tränen tropfen auf den glänzenden Boden. Mein Jammern und Klagen hallt in dem großen Raum wider.

»Ein Mensch, der uns verlässt, ist wie eine Sonne, die versinkt. Aber etwas von ihrem Licht bleibt immer in unserem Herzen zurück. Herr, gib ihr die ewige Ruhe und vergilt ihr alle Güte und Liebe, die sie uns zukommen ließ.«

Ich lege den kleinen Zettel ins Gesangbuch zurück, dorthin, wo ich ihn gefunden habe, und schüttle verneinend den Kopf. Ich will nicht, dass Licht von der Toten in meinem Herzen zurückbleibt. Wozu? Vergessen will ich sie. Einfach nur vergessen, nachdem ich mir hier die Absolution von Gott geholt habe. Ist es wirklich so leicht?

Zum Mörder bin ich geworden aus purer Verzweiflung. Das muss Gott doch verstehen.

Verstehen und verzeihen?

Kann ich mit der Schuld weiterleben?

Ich schaue ein letztes Mal zu dem prunkvollen Altar. Mutter Marias Blick durchbohrt mich und sagt mehr als tausend Worte.

Nichts wird mir vergeben werden, das wird mir plötzlich klar.

Nichts!

1.

Margareta wischte zum zigsten Mal über die beschlagene Windschutzscheibe, um nach draußen sehen zu können. Was für eine blöde Karre besaß Thomas bloß? Angeblich war die Klimaanlage seines Passats in Ordnung. Konnten die Scheiben dann dermaßen beschlagen? Oder kam das daher, dass die beiden alten Damen hinten im Fond des Wagens so viel laberten? Ihre geschminkten Schnäbel gaben keine Ruhe.

Thomas auf dem Fahrersitz neben ihr stöhnte und starrte auf das Navi. Er tat gerade so, als führe ihr Weg ins tiefste Bayern, fernab jeglicher Zivilisation. Dabei ging es nur ins Hochsauerland, genauer gesagt, nach Bödefeld, einen Ortsteil von Schmallenberg. Ein winziges Bergdörfchen mit etwas mehr als 1.000 Einwohnern. Ein niedlicher Kirchturm, schwarz-weiße Schiefer- und Fachwerkhäuser, ein durchs Örtchen plätscherndes Flüsschen. 135 Kilometer vom Ruhrgebiet entfernt. Margareta kannte die Strecke im Schlaf, so oft war sie diese bereits gefahren. Mal war sie nur für einen Tag, mal für ein ganzes Wochenende dort gewesen. Als Kind hatte sie längere Urlaube im Hochsauerland verbracht.

Waltraud beschrieb gerade jeden einzelnen Aufenthalt im Sauerland äußerst ausführlich, was keiner der Anwesenden hören wollte. Eleonore hingegen machte alles nieder, konnte alles besser, war schon an ganz anderen Orten gewesen. An Orten, wo was los war, wo es Tanzlokale gab, wo die Post abging.

Thomas stöhnte erneut auf. Anstatt Margaretas Tipps, die Fahrstrecke betreffend, anzunehmen, glotzte er wie gebannt auf sein Navi, sein Allerheiligstes.

Was für eine Schnapsidee, die alten Damen in den Urlaub mitzunehmen. Da hatte sie wohl der Teufel geritten, als sie der spontanen Idee von Thomas, dem Ersten Hauptkommissar des KK 11 im Polizeipräsidium Buer, zugestimmt hatte. Wieso war sie an dem Abend so rührselig gewesen? Hatte sie zu viel getrunken?

Thomas' Mutter Eleonore war seit einigen Monaten Witwe, jedoch längst nicht so trauernd und hilflos, wie Thomas es darstellte. Mit ihr war nicht gut Kirschen essen, und Margareta mochte sie nicht, diese bissige Alte. Ihr Pessimismus, den Eleonore täglich mehrfach auslebte, wurde nun auch noch belohnt. Als der Vater noch lebte, hatte Thomas ständig über seine Mutter geschimpft und es irgendwann tatsächlich geschafft, dem Elternhaus zu entfliehen, in dem er während langer Krankheit Unterschlupf gesucht hatte. Er hatte sich eine Wohnung in der Hertener City gemietet. Dort kreuzte die Alte jedoch dreimal die Woche auf, hatte sogar einen eigenen Wohnungsschlüssel erbettelt, putzte die Wohnung, brachte dem Sohnemann etwas zu essen und bügelte seine Hemden. Natürlich steckte sie auch die Nase in seine Post. Bei Bedarf beantwortete sie diese gleich. Seit ein paar Wochen rannte sie dem Pfarrer Ansgar Morgenrot der katholischen St.-Johannes-Gemeinde die Kirche ein, schloss sich dort der Seniorenstube an und machte alle wuschig.

Da war Margaretas Mutter Waltraud anders. Zwar auch eine Nervensäge par excellence, aber sie ließ sich noch gut in die Schranken weisen. Nach einem endgültigen Zerwürfnis mit ihrem Gelegenheitsliebhaber Sepp, dem Bandleader einer Altherrencombo, war sie in Depressionen verfallen. Margareta hatte zugestimmt, Eleonore mit ins Sauerland zu nehmen, wenn auch Waltraud dabei sein dürfe. Die beiden ungleichen Frauen hatten sich erst heute im Auto kennengelernt. Ein Vortreffen hatte Margareta strikt abgelehnt. Sie wusste, warum.

»Ist denn da genug Platz in dem Haus, mein Junge? Du weißt, ich wohne nicht gerne eingepfercht«, kam es von hinten mit schriller Stimme. Selbstverständlich sprach sie nur Thomas an. »Und Schnee liegt auch nicht. Du hast gesagt, im Sauerland liege zu Weihnachten Schnee.«

Die selbstständige Privatermittlerin Margareta war für die dominante Frau ein lästiges Übel, das sie in Kauf nehmen musste, obwohl Thomas ihr in der Hinsicht mehrmals den Kopf gewaschen hatte.

»Ich habe dir das Haus schon 20 Mal beschrieben und dir Fotos gezeigt. Es hat 100 Quadratmeter und zwei Bäder. Du teilst dir mit Waltraud ein Bad, hast aber ein eigenes Schlafzimmer. Und was den Schnee betrifft, der kommt bestimmt noch. Immerhin ist es hier sechs Grad kälter als bei uns im Ruhrgebiet. Die Sonne scheint und die Landschaft ist mit einer Frostschicht überzogen. Das sieht zauberhaft aus. Erfreue dich doch an dem Anblick.«

Auf die wunderschöne Landschaft ging Eleonore nicht ein. »Ein Bad teilen? Ich weiß nicht.« Ein missbilligender Blick traf ihre Sitznachbarin Waltraud.

»Im Krankenhaus hast du dir das Bad auch teilen müssen.« Ab jetzt schwieg Thomas.

Margareta fragte sich, ob auch er die Idee inzwischen für vollkommen idiotisch hielt. Die gute Tat zu Weihnachten? Würde sie sich als Flop entpuppen? Außerdem: Wieso mussten sie schon vor dem Fest anreisen? Am 23.12.? Das war eine Schnapsidee, fand Margareta. So hatten sie zu Hause keine Arbeit, mussten keinen Baum kaufen und weniger Lebensmittel, meinte Thomas. Doch sie war sich sicher, dass er nur dem Ärger entgehen wollte, den die Frage, wo und mit wem man den Heiligabend verbringen wollte, mit sich bringen würde. Ärger wäre da vorprogrammiert gewesen.

Ein kurzer Blick in den Kosmetikspiegel in der Sonnenblende nach hinten ließ Margaretas Kinnlade noch weiter herunterklappen. Eleonore zupfte an ihren frischen schwarzen Strähnen herum, die der Friseur erst einen Tag zuvor in ihr grellgraues Haar gezaubert hatte. Irgendwie erinnerte sie Margareta an einen ausgestopften Tiger. Wenn das modern sein sollte, fand sie die dunkelblonde Einheitsfrisur ihrer Mutter tausend Mal besser. Waltraud saß da wie ein Häufchen Elend, das schon jetzt bereute, mitgefahren zu sein.

Der Passat erreichte die winzige Ortsmitte. Ein Edeka-Laden, ein schmuckes Café, schräg gegenüber das Hotel Albers mit Restaurant. Überall standen beleuchtete Weihnachtsbäume, die eine tolle Stimmung zauberten. Die Hunaustraße ging in die Graf-Gottfried-Straße über, und kurz darauf führte sie das Navi rechts weg in die kleine Straße »Zur Wahr«.

»Geradeaus, immer geradeaus, bis es nicht mehr weitergeht«, hatte die Vermieterin am Telefon den Weg beschrieben. Die befestigte Straße mündete in einen Feldweg, der bis zum Waldrand führte. Rechts der Strecke lag ein großer Bauernhof. Wenige Meter weiter konnte man das Ferienhaus direkt am Wald erblicken. Ein echter Wintertraum. Unwirklich schön lag es da in frostiger Umgebung, von der Sonne angestrahlt.

Margaretas Laune besserte sich. Thomas lächelte versöhnlich zu ihr herüber, nachdem er auf dem Parkplatz neben dem Eingang das Auto abgestellt hatte.

Seine Mutter zog einen schiefen Mund und fing gleich wieder an zu meckern. »Hier soll ich zehn Tage bleiben? In dieser Einsamkeit? Das Haus liegt ja am Arsch der Welt. Bis zum Ort sind es zu Fuß mindestens zwei Kilometer. Da musst du mich fahren, mein Junge.«

»Einen Teufel werde ich tun. Es sind genau 900 Meter bis zum Ort. Die kannst du gut zu Fuß zurücklegen. Das Auto wird nicht angerührt. Ich will mich erholen.«

Margareta musste grinsen. Er hatte ein Machtwort gesprochen, der 42-jährige Sohn, was äußerst selten vorkam. Sicherlich wollte er vor seiner Freundin und deren Mutter den durchsetzungsfähigen Kommissar herauskehren, dachte sie.

Waltraud freute sich und schmunzelte. »Ich finde das Häuschen wunderschön.«

»Tja, wenn man in einer Mietwohnung lebt, ist das sicherlich schön. Für einen Hausbesitzer sieht das völlig anders –«

»Halt den Schnabel, Mutter. Unser Haus stammt aus der Erbmasse der Scheffels. Das hast du nicht erarbeitet«, meinte Thomas mit energischer Stimme.

»Ach, ich hab nichts gearbeitet? Habe ich dich nicht großgezogen? Und Papa den Rücken freigehalten? Zählt das nicht?«

»Das steht doch hier gar nicht zur Debatte.«

Sie wollte es nicht kapieren, die aufgetakelte alte Frau. Fehlte nur noch, dass sie mit der Geschichte kam, in der sein Vater sie durch die Eheschließung aus dem Konsum befreit hatte.

Wütend schloss Thomas das Häuschen mit dem Schlüssel auf, den er unter der Fußmatte gefunden hatte. Thema beendet. Für ihn jedenfalls. Eleonore hingegen wetterte weiter, trennte Eigentum von Mietobjekten laut und unnachgiebig, zählte Vor- und Nachteile auf. Thomas war sonst eher zurückhaltend, aber jetzt waren die harschen Worte, die er an seine Mutter gerichtet hatte, bitter nötig gewesen.

In dem Haus war es nicht gerade warm, doch das würde sich mit einem Dreh an den Heizkörpern schnell ändern. Alles machte einen gemütlichen Eindruck, rustikale Möbel in Kiefernholz, Sauberkeit pur. Eleonore war wütend, dass sie ihre beiden Reisetaschen selbst hineintragen musste. Doch Thomas war der Meinung, wer Wasserkästen für seine Nachbarn in deren Keller schleppen konnte, konnte auch sein Gepäck ins Haus tragen.

Waltraud hatte ihren Koffer, zwei Taschen und fünf Plastikbeutel bereits während Eleonores Gezeter ins Haus gebracht. Wenn Margareta gehofft hatte, Thomas sei ein Kavalier alter Schule und wäre ihr gepäckmäßig behilflich, hatte sie sich getäuscht. Er trug nur sein winziges Köfferchen sowie seinen Laptop hinein.

Die Zimmerverteilung oblag Margareta. Zwei fast identische kleine Doppelzimmer mit Blick zum Wald waren für Eleonore und Waltraud bestimmt. Thomas und Margareta zogen in das Schlafzimmer unters Dach.

Ein erstes Treffen im gemütlichen Wohnzimmer mit

freiem Blick auf den Ort sollte einige Dinge klären, zu denen sich Thomas eine Liste gemacht hatte. Doch seine Mutter, die ihren blauen Thermomantel samt roter Mütze achtlos auf einen Sessel geworfen hatte, legte los, bevor er die Liste vorlesen konnte.

»Wir könnten für Heiligabend Grünkohl kochen. Im Ort gibt es einen Metzger und einen Edeka, habe ich gesehen. Und einiges an Vorräten haben wir ja mitgebracht.«

»Heiligabend isst man Kartoffelsalat mit Würstchen. Ganz traditionell. Den kann man schon morgens zubereiten. Das macht viel weniger Arbeit. Bei uns ist das seit jeher so, dass es an Heiligabend Kartoffelsalat gibt. Nicht wahr, Margareta?« Waltraud nahm auf dem Sofa Platz und schaltete den Fernseher ein. »Meine Lieblingssendung fängt gleich an. Die darf ich nicht verpassen.« Mit der freien Hand griff sie nach den selbst gebackenen Plätzchen auf dem Teller, der als Willkommensgruß auf dem Wohnzimmertisch stand.

»Moment, Moment, hier kann nicht jeder machen, was er will. Ich habe einige Punkte notiert, die ich gerne verkünden möchte.« Thomas brach der Schweiß aus, den er sich mit dem Ärmel seines schicken dunkelblauen Pullovers abtupfte.

Margareta sagte nichts, seufzte nur und setzte sich neben ihre Mutter auf das Sofa. Sie wusste, dass diese Liste sinnlos war. Die alten Frauen würden sich niemals danach richten.

»Und wir werden sehen, was wir an den Feiertagen auf den Tisch bringen. Vielleicht einen Braten?«, fragte Eleonore, starrte ihren Sohn an und hoffte, dass er jetzt nichts Falsches sagte.

»Wir sind nicht zum Kochen und Braten hergekommen. Erholung ist angesagt. Im Ort ist ein gutes Restaurant, da werden wir an den Feiertagen essen. Dazu habe ich mir Folgendes notiert.«

Doch wieder unterbrach ihn seine Mutter und polterte los: »Was soll ich denn den ganzen Tag machen, wenn ich nicht kochen darf? Der Fernseher ist ja von der hier belegt.« Verächtlich deutete sie auf Waltraud.

»Du kannst eine Wanderung unternehmen. Der Pilgerweg auf den Kreuzberg ist äußerst interessant. Damit kannst du beginnen und dabei über deine Schandtaten nachdenken. Hm, was meinst du, Mutter?«

»Willst du, dass ich gleich wieder abreise? Was soll das? Außerdem: Wer weiß, was die da im Lokal kochen!«

»Ich verlese jetzt meine Notizen, hört zu. Bezüglich des Fernsehgerätes habe ich mir gedacht …«

Weiter kam er nicht. Eleonore und Waltraud bekamen sich in die Haare und es flogen verbal die Fetzen.

Margareta wurde es zu bunt. Sie zog sich ins Schlafzimmer im Obergeschoss zurück. Sie musste schmunzeln. Genau so hatte sie es sich vorgestellt. Das konnte nicht gutgehen. Sie ging zum gardinenlosen Fenster und schaute hinaus. Was für ein friedlicher Anblick. Das kleine Örtchen, wie es im frostigen Überzug dalag. Die Sonne schaffte es nicht, die Eiszapfen, die am tiefen Dach hingen, zum Schmelzen zu bringen. Wie die Soldaten reihten sie sich nebeneinander auf und glitzerten traumhaft schön. Margareta öffnete das Fenster. Eine eisige Kälte schlug ihr entgegen. Neugierig brach sie sich einen Zapfen ab, um festzustellen, wie kalt er war. Ein wunderbares Stück Natur, dachte sie, bevor sie den Zapfen auf den Rasen warf und das Fenster schloss. Sie widmete sich ihrem Gepäck, entschied sich für das rechte Bett, hievte ihren Koffer und die große Reisetasche darauf und begann nach einem Blick in den Kleiderschrank mit dem Auspacken.

»*Ich* wollte das rechte Bett«, meldete sich Thomas zu Wort, der soeben den Raum betrat.

»Die Frau liegt rechts, der Mann links. Das ist auch in einer Gruft so.«

»Wer sagt das? Ist das ein Gesetz? Außerdem habe ich noch nicht vor, zu sterben. Ein Mann muss immer in der Nähe zur Tür schlafen, um die Frau im Notfall beschützen zu können.«

»Ich kann mich alleine verteidigen«, widersprach Margareta, entnahm ihrem Koffer Kleidungsstück für Kleidungsstück und legte es in den rustikalen Bauernschrank. Das kann ja heiter werden, dachte sie, nahm es jedoch gelassen. Zur Not war im Zimmer ihrer Mutter noch ein Bett frei.

Thomas knetete sein Kinn und wartete ab. Als Margareta keine Anstalten machte, das Bett zu räumen, belagerte er beleidigt das linke Bett.

»Und, haben sie sich die Punkte auf deiner Liste angehört, die beiden Damen? Jedenfalls herrscht da unten Ruhe.«

»Ich bin auf taube Ohren gestoßen. Meine Mutter ist beleidigt. Sie ist zu Fuß los in den Ort, um einzukaufen. Deine Mutter hat die Beine hochgelegt und schaut fern.«

»Willst du ihr das verbieten?«

»Nein, natürlich nicht. Aber ich bin der Meinung, dass wir das Fernsehen zeitlich begrenzen sollten.«

»Warum? Ist das hier eine Jugendherberge? Sie sind doch erwachsen. Wenn sich jemand gestört fühlt, kann er sein Zimmer aufsuchen.« So ein Paragrafenreiter, dachte Margareta und fragte sich, ob er schon immer so kleinkariert war.

»Ordnung hat noch niemals geschadet!«

»Wir beide schauen kaum fern. Sollen sich die beiden doch um die Fernbedienung schlagen.«

»So siehst du das?«

»Ja, klar. Du kannst nicht alles regeln. Das ergibt sich schon. Lass es locker angehen!« Sie machte ein paar Schritte auf ihn zu, schmiegte sich in seine Arme und küsste ihn. Margareta wollte sich das wohlige Gefühl, dass sich in ihr ausbreitete, nicht kaputt machen lassen. Weihnachten, das Fest der Liebe, der Wärme und der Hoffnung. Und das Fest des guten Essens. Das Hotel Albers war ihr mehrfach empfohlen worden. Wieso sollte es dort kein gutes Weihnachtsessen geben? Die Mütter fügten sich schon noch. Eleonore würde alte Geschichten erzählen und Waltraud würde ihre beisteuern. Schlimmstenfalls würden sie sich zanken. Das konnte durchaus auch unterhaltsam sein.

Als Margareta eine Stunde später die Treppe ins Untergeschoss hinunterstieg, herrschte im Wohnzimmer eitel Sonnenschein. Eleonore war zurück und hatte Kaffee für alle gekocht. Nachdem sie sich gemeinsam an den Tisch gesetzt hatten, erzählte sie eine Anekdote von Weihnachten 1947. »Damals gab es gar nichts. Mein Vater musste seine geerbten Skier opfern, um den Ofen für das Badewasser anzuheizen. Ich war gerade ein halbes Jahr alt«, gab ihr frisch geschminkter Mund von sich.

Thomas schüttelte den Kopf. Er kannte diese Geschichte zur Genüge. Der Clou war, dass immer etwas anderes dran glauben musste. Einmal wurden Skier verheizt, ein weiteres Mal die Gitarre und manchmal sogar ein guter Esszimmerstuhl. »Da siehst du, wie schlecht die Zeiten waren, Mutter. Zum Glück sind hier moderne Badezimmer, und wir brauchen kein Möbelstück zu opfern, um dich zu baden. Heute gibt es Extreme in die gegensätzliche Richtung. Zum Beispiel, wenn du dir für 120 Euro eine total bekloppte Frisur machen lässt.«

Empört riss Eleonore den Mund auf. »Das geht dich überhaupt nichts an. Das habe ich von meiner Rente bezahlt.«

»Nur komisch, dass du, solange Vater noch lebte, herumgelaufen bist wie eine graue Maus. Seit es in deinem Leben diesen Pfarrer Morgenrot gibt, trägst du diese extravagante Zebrafrisur.«

»Passt es dir nicht, dass Pfarrer Morgenrot sich so rührend um mich kümmert? Man könnte meinen, du wärst eifersüchtig?«

Jetzt musste Thomas lachen. So laut und heftig, dass er sich an einem Zimtstern böse verschluckte und um Luft rang. »Denk daran, dass dieser dickliche Pfarrer an das Zölibat gebunden ist«, sagte er, als er sich wieder gefangen hatte.

»Thomas«, protestierte seine Mutter lautstark und errötete.

2.

Ein herrliches Fleckchen Erde, stellte Margareta einmal mehr fest. Ganz anders als das hektische Ruhrgebiet. Nach einer einigermaßen ruhigen Nacht, einem chaotischen Frühstück mit zwei sich beharkenden Müttern und einem genervten Thomas waren die vier zur Ortsmitte gelaufen. Eleonore hatte geklagt, wieso ihr Sohn nicht den Wagen nehme, Waltraud hatte nichts mehr gesagt.

Margareta suchte die Kirche auf, Thomas ging hinauf zur kleinen Kreuzbergkapelle, während die alten Damen sich in den überfüllten Edeka-Markt pressten. Anschließend wurde im Gasthof Albers, in dem zünftigen, typisch sauerländischen Lokal zu Mittag gespeist. Sie hatten sich darauf geeinigt, das Mittagessen auswärts einzunehmen und den Abend mit Kartoffelsalat und Würstchen im Ferienhaus zu verbringen.

Während Margareta, Thomas und Waltraud das Bödefelder Schnitzel wählten, konnte Eleonore sich nicht entscheiden und machte einen Staatsakt aus der Bestellung. Etliche Male fragte sie sich und die anderen, ob sie ebenfalls das Bödefelder Schnitzel oder lieber das Hunauragout nehmen sollte. Nachdem Thomas, Margareta und Waltraud total genervt waren und der Hunger sie quälte, wählte sie endlich das Schnitzel, änderte jedoch sämtliche Komponenten. Statt Kroketten wollte sie Salzkartoffeln, statt mit Käse überbacken mehr Pilze, statt Rucola mehr Tomaten.

Als sie das Lokal gegen 15 Uhr verließen und bei strahlendem Sonnenschein Richtung Ferienhaus marschierten, beschloss Margareta spontan, eine Wanderung allein zu unternehmen, bevor sie sich der Gemütlichkeit des Heiligen Nachmittags hingeben würde. Thomas schaute sie traurig an, als sie ihm mitteilte, ihn nicht dabeihaben zu wollen.

Sie ging nicht den Waldweg entlang, sondern zurück in Richtung Ortsmitte, bog dann jedoch, bevor sie auf die Graf-Gottfried-Straße kam, rechts ein und lief ortsauswärts, passierte den voll bewirtschafteten Fronenhof und ging weiter über gefrorene Wiesen, den Wald immer zu ihrer Rechten. Links lag in einiger Entfernung die wenig befahrene L740. Irgendwann kreuzte die schmale Nebenstraße Mechterkuse, die zu einem Wanderparkplatz führte.

Ihr Handy klingelte. Der besorgte Thomas wies sie darauf hin, dass es bereits dunkel wurde und sie zurückkommen möge.

»Gleich, gleich komme ich«, vertröstete sie ihn, verspürte jedoch, als sie im Hintergrund die Stimmen der beiden Mütter hörte, absolut keine Lust dazu.

Sie ließ den gestrigen Abend Revue passieren. Eleonore hatte mindestens 20 Mal das Aussehen des tollen Weihnachtsbaumes kommentiert, eine duftende Blautanne, ganz in Blau geschmückt. Ja, es war total nett von der Vermieterin, ihnen einen Weihnachtsbaum aufzustellen, doch irgendwann hatte Margareta es nicht mehr hören können und sich bereits gegen 21 Uhr in ihr Schlafzimmer verzogen, um zu lesen. Thomas war noch bei den

Müttern geblieben. Er hatte wohl Angst gehabt, die seine könnte ausrasten, wenn auch er sich vom Acker machte. Margareta hatte Thomas angemerkt, dass er sehr zwiegespalten war. Oft wusste er nicht, für wen er Partei ergreifen sollte: für seine dominante Mutter, der er durchaus hin und wieder die Meinung sagte, oder für seine immerhin fünf Jahre ältere Freundin. Mit seiner Mutter hatte er aber auch kein leichtes Los, dachte sie schmunzelnd. Darf eine zur Witwe gewordene Mutter eigentlich alles?

Von der ach so tollen neuen Strähnchenfrisur war am heutigen Morgen nicht mehr viel übrig gewesen. Eleonore hatte Margareta an einen alten Dachs erinnert.

Waltraud hatte ständig ihren Blick gesucht. Mutter und Tochter waren noch nicht dazu gekommen, sich zu zweit auszutauschen.

Als sie sich vom Wanderparkplatz aus auf den Rückweg am Wald entlang machte, fiel Margaretas Blick auf einen idyllischen Bauernhof im Wald. Magisch angezogen lief sie darauf zu. Inzwischen war es fast dunkel und die Heilige Nacht brach an. Das Wohnhaus lag rechts, die Fenster der unteren Etage waren weihnachtlich geschmückt und beleuchtet. Das Tor des großen Kuhstalls stand offen. Man hörte Metallstangen klirren und das Muhen der Kühe. Neonbeleuchtung schaffte dem Bauern und seiner Frau genügend Licht. Sie waren dabei, die Tiere zu füttern und zu melken sowie die Ställe zu säubern. Eine niedliche, dunkel getigerte Katze kam ihr schnurrend entgegen und rieb sich an ihren Beinen, als wollte sie sagen: »Nimm mich mit, irgendwohin, wo es warm ist.«

Nach einer Weile betrat Margareta den Stall und sah sich neugierig um, nachdem sie die Bauersleute freundlich begrüßt hatte. Die nette Frau grüßte wohlwollend zurück und fragte, was Margareta hier um diese Uhrzeit mache, ob sie sich verlaufen habe.

»Nein, nein, alles in Ordnung. Ich wohne mit meiner Familie in einem Ferienhaus oberhalb von Bödefeld und mache noch eine Abendrunde. Darf ich mir Ihre Tiere hier im Stall ansehen?«

Äußerst zuvorkommend führte die Frau, die sich als Ellen Voss-Grobe vorstellte, herum und erklärte ihr alles. Ihr Gatte, der auf die Hilfe seiner Holden angewiesen war, sah das gar nicht gerne. Die Zeit drängte, schließlich war Heiligabend. Er wollte essen und dann bescheren.

Margareta war von den neugeborenen Kälbchen begeistert, von deren unschuldigen Blicken regelrecht fasziniert. Zärtlich streichelte sie ihnen die warmen Nasen und das kuschelige Fell. Die beiden Ponys wurden bestaunt, anschließend die Ziegen begrüßt und schlussendlich die Hühner. Die Bäuerin verkaufte ihr auf Wunsch zehn Eier von den frei laufenden Tieren. Zufrieden verabschiedete sich Margareta von der Frau, bedankte und entschuldigte sich, ihr heute Abend die kostbare Zeit gestohlen zu haben. Sie trat in der Dunkelheit den Heimweg an, der jedoch gut ausgeleuchtet war. Sie liebte den Bauernhofgeruch von Heu und Stroh, Milch, warmen Tieren und Mist. Als Kind hatte sie etliche Urlaube auf Bauernhöfen verbracht und war die meiste Zeit im Stall anzutreffen gewesen.

Gegen 18 Uhr erreichte sie ein wenig durchgefroren das gemütlich warme Ferienhaus und konnte nicht verstehen, dass Thomas sich Sorgen gemacht hatte. Wer sollte ihr hier in diesem friedlichen Ort etwas Böses antun? Hier, wo bei einbrechender Dunkelheit die Bordsteine hochgeklappt wurden und nur noch Ruhe und Frieden herrschten.

Die beiden Mütter hatten nicht warten können und aßen bereits am spartanisch gedeckten Tisch den Kartoffelsalat, den Waltraud am Vormittag zubereitet hatte.

»Wo warst du?«, fragte Waltraud vorwurfsvoll und griff nach einer dampfenden Wurst.

Als Margareta von dem Besuch des ungefähr zwei Kilometer entfernten Bauernhofs berichtete und ihre Begeisterung über die vielen Tiere kundtat, zog Eleonore die Nase kraus. »Du warst in einem fremden Kuhstall?«

»Ja, wieso nicht? Das war äußerst interessant. Der Bauer und seine Frau bewirtschaften ihn ganz alleine, wie es aussah.«

»Du riechst nach Kuhmist!« Eleonore konnte sich den Kommentar nicht verkneifen. Sie warf einen abfälligen Blick auf den Eierkarton, den Margareta auf die Küchentheke gestellt hatte. »Eier habe ich bereits von Edeka mitgebracht.«

»Diese Eier hier sind von frei laufenden Hühnern, die ich heute persönlich kennengelernt habe. Das kann man nicht vergleichen mit Eiern aus Käfighaltung.«

»Pah«, schnaubte Eleonore.

Margareta, bis zu dem Zeitpunkt in einer friedvollen Heiligabendstimmung, kam die Galle hoch. Dieses abfällige »Pah« brachte das Fass zum Überlaufen. Wieso haben wir die bloß mitgenommen, fragte sie sich, die verdirbt uns die schönen Tage. Sie schaute Thomas an, der ihr jedoch keine Hilfe war. Er aß seine Wurst und starrte auf den TV-Bildschirm. Immerhin hatte er während ihrer Abwesenheit den Kaminofen angeheizt, was nicht nur schön anzusehen war. Die knisternden Holzscheite waren Musik in Margaretas Ohren.

»Lieber nach Kuhmist riechen als nach verschwitzter Oma«, hielt sie dagegen, obwohl sie sich von der Frau nicht provozieren lassen wollte und ihre Worte, kaum ausgesprochen, bereits bereute.

»Ich rieche nach verschwitzter Oma?«, brüskierte sich Eleonore, stand von ihrem Stuhl auf und durchquerte nervös das Zimmer. »Thomas, nun sag doch was«, wandte sie sich an ihren Sohn und rüttelte ihn an der Schulter.

»Margareta, du solltest dich bei meiner Mutter entschuldigen. Schließlich haben wir Heiligabend!«, sagte er kleinlaut.

»Sag mal, tickst du noch richtig? Du schlägst dich auf die Seite deiner Mutter? Außerdem hat sie gestern und heute nicht geduscht. Diese Läppchenwascherei bringt doch nichts. Das ganze Zimmer stinkt nach Schweiß. Und schon wieder hat sie den gleichen Pullover an.« Margareta schämte sich. Musste sie sich auf dieses Niveau begeben? Sie war nicht besser als Eleonore. Nur Waltraud zuliebe blieb sie am Tisch sitzen.

Mit hämischem Grinsen verließ Eleonore wenig später das Wohnzimmer und suchte ihr Zimmer auf. Anscheinend telefonierte sie. Hin und wieder hörte man sie abwechselnd laut auflachen und übel schimpfen.

»Da steckt ein neuer Mann dahinter. Sie hat so Andeutungen gemacht«, brach Waltraud das Schweigen.

»Wie kannst du so etwas sagen«, ärgerte sich Thomas. »Mein Vater ist erst ein knappes halbes Jahr tot. Meine Mutter steckt noch mitten in der Trauerphase.«

»Davon merkt man nicht viel. Sie hat mir jedenfalls von einem Mann erzählt, den sie in der Kirchengemeinde kennengelernt hat. Vielleicht ist ja alles ganz harmlos.« Gedankenverloren trank Waltraud von ihrer Pfirsichbowle, die sie am Nachmittag zusammengeschüttet hatte.

»Mit Sicherheit ist alles ganz harmlos.« Margareta horchte allerdings auf. Eleonore hatte einen neuen Mann? Das ging aber schnell.

Thomas schien fix und fertig. »Mutti hat meinen Vater geliebt. Jawohl! Da sucht sie sich doch nicht so schnell einen neuen Kerl, kaum dass Papa kalt ist. So eine ist meine Mutter nicht!« Er holte sich eine Flasche Pils aus dem Kühlschrank, öffnete sie und trank direkt aus der Flasche.

Margareta fragte sich, wo seine guten Manieren geblieben waren. Haute ihn diese Nachricht dermaßen aus den Latschen?

»Ach, Junge, du hast keine Ahnung. In unserem Alter ist ein halbes Jahr eine lange Zeit. Wenn sie das Glück hatte, jemanden kennenzulernen, ist das doch was Tolles. Wer weiß schon, was morgen ist? Gönnst du ihr das nicht?« Waltraud traten Tränen in die Augen.

»Nein, das Trauerjahr sollte sie einhalten.« Da hatte Thomas klare Vorstellungen.

»Trauerjahr, Trauerjahr. In welchem Jahrhundert lebst du denn?« Waltraud füllte sich ihr Glas erneut mit der köstlichen Bowle und leerte es in einem Zug. Fast hätte sie sich an den Pfirsichspalten verschluckt. Ob sie doch besser, wie Eleonore vorgeschlagen hatte, Glühwein hätte zubereiten sollen? Plötzlich war es um sie geschehen. Sie schluchzte unvermittelt los und sackte regelrecht in sich zusammen. »Ich vermisse Sepp so sehr. Die letzten Jahre habe ich immer mit ihm zusammen Weihnachten gefeiert. Was hatten wir für schöne Zeiten! Dieses Jahr wollte er nicht. Ist bei seiner Frau geblieben.«

»Liebe Waltraud!«, sagte Margareta. Sie nannte ihre Mutter meistens beim Vornamen. »Bleib doch mal objektiv. Wie sahen sie denn aus, deine schönen Zeiten? Die Zeit, die er mit dir verbracht hat, hat er sich gestohlen, und ist danach ganz schnell wieder in die Arme seiner Alten geflüchtet, von der er sich nie lösen wird. Vergiss ihn endlich!« Margareta musste an das Weihnachtsfest denken, an dem sie den alternden Bandleader dieser Altherrencombo zum ersten Mal getroffen hatte. Ihre Mutter hatte ihn in einem zwielichtigen Tanzschuppen für Greise kennengelernt. Es war im Wohnzimmer ihrer Mutter Waltraud im Kreise der engsten Familie gewesen. Der Hesse aus Nidda hatte Unterschlupf bei ihrer Mutter gesucht. Und nicht nur das. Margareta hatte Felix, den Obdachlosen, mitgeschleppt, um ihm schöne Feiertage zu bescheren. Und da hatte auch Sepp am Tisch gesessen, dieser tattrige Opa, der am zweiten Weihnachtstag mit dem Geld aus dem Bankraub in Buer, welches er beschützen sollte, dreist getürmt war. Zum Glück hatte ihn die Polizei geschnappt. Das Geld konnte er daraufhin vergessen. Immer wieder hatte er danach vor Waltraud auf den Knien gelegen und um Verzeihung gebettelt. Immer wieder war er jedoch kurz darauf zu seiner Frau zurückgekrochen und hatte Waltraud ganz schnell vergessen. Gut, dass das jetzt hoffentlich ein Ende hatte.

Während Thomas den Tisch abräumte, betrat Eleonore vergnügt das Zimmer, als wäre nichts gewesen, und setzte sich auf ihren Platz am großen Küchentisch.

»Sag jetzt nichts Falsches«, zischte Margareta Thomas zu, während sie ihm beim Abräumen half.

»Wie wäre es mit einer Runde Halma? Ich habe im Schrank eine Spielesammlung gesehen.« Munter kramte Eleonore das Spiel heraus und setzte sich wieder an den Tisch.

»Wieso nicht«, meinte Thomas. »Spielen wir Halma.«

Der eventuell vorhandene Lover von Eleonore, der treulose Sepp, der Kuhstallmief sowie der Schweißgeruch waren schnell vergessen. Es wurde tatsächlich ein richtig schöner Heiligabend mit Pfirsichbowle, Pils und Spielesammlung und einem herrlichen Kaminfeuer.

Am anderen Morgen, dem ersten Weihnachtstag, hatte es geschneit. Eine ungefähr fünf Zentimeter hohe Schneeschicht überzog die Landschaft.

Thomas lief von Fenster zu Fenster und konnte sich gar nicht beruhigen. Ach, wie schön, ach, wie toll. Bereits fertig angezogen saß er anschließend am Frühstückstisch und wollte schnellstmöglich raus, zu Fuß zum Skigebiet Hunau, ungefähr vier Kilometer vom Ferienhaus entfernt. Auf Eleonores Einwand, er könne doch überhaupt nicht Ski fahren, wurde er knurrig. Nur schauen wollte er, einfach nur schauen.

»Und du? Willst du den ganzen Tag vor dem Fernseher abhängen? Da läuft die 5.000ste Wiederholung der Schwarzwaldklinik, und Waltraud und du starrt gebannt hin, als würdet ihr den alternden Gockel von Professor zum ersten Mal sehen. Seid ihr zum Fernsehen hergekommen?«

»Ich denke, wir haben Urlaub, da können wir machen, was wir wollen«, antwortete Eleonore ihrem Sohn, ohne den Blick vom tollen Professor Brinkmann in seinem wehenden Kittel abzuwenden.

»Ich finde, wir sollten die TV-Zeiten beschränken. Sagen wir: pro Tag zwei bis drei Stunden?«, schlug er vor.

»Bei dir piept es wohl, Junge. Ich entscheide immer noch selbst, wie ich meine Zeit verbringe«, meinte Eleonore.

Wenigstens hatte Mutter Scheffel am frühen Morgen ausgiebig geduscht, dachte Margareta. Und frische Klamotten trug sie auch. Sogar ihre Dachsfrisur hatte sie in Form gebracht. Gar nicht so falsch, mal was zu sagen. Margareta lächelte in sich hinein.

»Ihr zwei könnt hoch zur Kreuzbergkapelle marschieren, von dort aus rüber zum Wanderparkplatz Mechterkuse, und schon seid ihr wieder hier an der Hütte. Sind höchstens acht Kilometer. Bin ich gestern auch gelaufen. Heute ist es viel schöner bei Schnee«, schlug Thomas vor.

»Da hättest du den Bauernhof im Wald sehen müssen, den ich mir gestern angeschaut habe«, meldete sich Margareta zu Wort.

»Habe nicht drauf geachtet.«

»Das ist mir zu weit. Ich habe Hüftprobleme, ich kann nicht so weite Touren machen.« Mit schmerzverzerrtem Gesicht rieb sich Waltraud die rechte Hüfte. »Bis zur Ortsmitte schaffe ich es.«

»Dann lass uns in dieses Café gehen und dort was Schönes zu uns nehmen«, sagte Eleonore begeistert. »Die haben tolle Torten und weiße Trinkschokolade.« An ihren Sohn gewandt: »Und du heize schon mal den Kaminofen an, damit wir es gemütlich haben, wenn wir durchgefroren heimkommen.«

»Später«, antwortete Thomas einsilbig und verließ kopfschüttelnd den Raum. »Torte essen, so schnell nach dem Frühstück«, murmelte er dabei vor sich hin.

Margareta war froh, dass die beiden Frauen sich besser verstanden und sich keine Gemeinheiten mehr an den Kopf knallten wie am Vortag. Am späten Abend hatte Waltraud Eleonore die ganze Sepp-Lovestory haarklein erzählt, was ihr wohl Pluspunkte eingebracht hatte. Doch keine fromme Kirchenmaus, die gute Eleonore? Margareta musste schmunzeln. Hatte sie sich tatsächlich schon einen Kerl aufgerissen?

Arm in Arm schoben die beiden älteren Damen wenig später dick vermummt ab, was Margareta vom Wohnzimmerfenster aus beobachtete. Eleonores lautes Gemecker konnte sie durch die Scheibe hören.

»Hätte uns mit dem Auto mal nach Winterberg fahren können, mein lieber Sohn.«

Dem stimmte Margareta zu. Irgendwie war Thomas schon wie ein bequemer Opa, fand sie. Und das mit 42 Jahren. Trotzdem lächelte sie ihn an, als er sich ihr von hinten näherte.

»Haben wir uns überhaupt schon frohe Weihnachten gewünscht?«, fragte er mit sanfter Stimme und nahm sie in die Arme.

3.

Eleonore war missgelaunt. Sie fühle sich leer. Das Jahr ging zu Ende. Das neue konnte nur besser werden. Nun war Robert schon fast ein halbes Jahr tot. Einen qualvollen Tod hatte er gehabt. Zum Schluss hatte er sich die Lunge aus dem Hals gehustet und nur noch Blut gespuckt, bevor er endlich in ihrem gemeinsamen Schlafzimmer in Herten für immer die Augen schloss. Es war seinem Bergmannsposten unter Tage geschuldet, dass der Krebs seine Lunge aufgefressen hatte. Eine schlimme Zeit, ihn mithilfe des Pflegedienstes zu versorgen. Wie oft hatte sie daran gedacht, einfach das Weite zu suchen und abzuhauen, egal wohin, Hauptsache weg. Doch wäre das christlich gewesen? Er hatte ein Leben lang für sie gesorgt, da war es das Mindeste gewesen, ihn zu pflegen.

Letztendlich war sie froh, bis zum Schluss ausgeharrt und die liebende, sich kümmernde Ehefrau gespielt zu haben. Das hatte ihr besonders bei Pfarrer Ansgar Morgenrot der St.-Johannes-Gemeinde in Herten enorm viele Pluspunkte eingebracht. Voller Hochachtung lobte er sie in der gesamten Gemeinde, in der sie sich vor Roberts Erkrankung kaum hatte sehen lassen. Kirche und das ganze Drumherum gingen ihr am Allerwertesten vorbei, hatte sie jedem erzählt, der sie gefragt hatte, wieso sie nicht am Gemeindeleben teilnahm.

Wie rührend sich der Pfarrer trotzdem nach Roberts Tod um sie gekümmert hatte und es noch tat, verwunderte sie. Er hatte bei den zahlreichen Hausbesuchen in ihre verweinten Kuhaugen gestarrt und sich – wieso auch immer – verpflichtet gefühlt, genau diesem Schäfchen seine volle Aufmerksamkeit zukommen zu lassen. Diese beschränkte sich nach der Beisetzung zunächst auf die Vorbereitung des sonntäglichen Gottesdienstes am Samstagnachmittag. Nicht gerade nett von ihm, Ursula Kaminski diesen Posten zu entziehen und ihn Eleonore aufs Auge zu drücken. Besondere Umstände veranlassen ihn dazu, hatte er versucht, der Kaminski einzureden, die oft sehr zudringlich wurde. Kerzenständer polieren, Altarblumen dekorieren, Gesangsbücher ordnen, Messwein auffüllen und seinen Talar abbürsten zählten zu den Aufgaben einer Samstagnachmittagshelferin. An Eleonore war eine Schauspielerin verloren gegangen, so gut spielte sie ihre unterwürfige Rolle.

Wenig später hatte er sie in die Seniorenstube eingeführt. Da biss er bei dem alteingesessenen Stamm allerdings auf Granit. Vier Frauen der ungefähr 20 Mitglieder waren seit vielen Jahren befreundet und trafen sich auch privat. Dazu zählte Ursula Kaminski, was die Sache nicht leichter machte. Carola Blasius, Angelika Thomas und Petra Halstenbach empfand Pfarrer Morgenrot auch als aufdringlich, jedoch längst nicht so unerträglich wie die Kaminski. Eleonore hatte sich mächtig ins Zeug gelegt, um von dieser kleinen Gruppe wahrgenommen zu werden und sich ihr anschließen zu dürfen.

Nach Roberts Tod hatte sich Eleonore einer aufwendigen Rundumerneuerung unterzogen, wozu eine neue Frisur gehörte, die diese altbackene Haarpracht abgelöst hatte. Die gesamte Omagarderobe war in Säcken zum Roten Kreuz gewandert, die riesigen hautfarbigen Baumwollschlüpfer mit Bein hatte sie durch tolle Dessous in den schönsten Farben ersetzt. Sie hatte ein stattliches Sümmchen vom Sparkonto abgehoben und sich neu eingekleidet. Thomas und seine Margareta hatten Bauklötze über die Verwandlung gestaunt, jedoch nichts gesagt.

Trotz ihres Alters von 72 Jahren, war Eleonore eine schöne Frau, fand sie. Das Leben als Hausfrau und Mutter hatte ihr viel abgefordert in den vergangenen Jahren. Sie hatte regelrecht gespürt, wie dieses Leben tagtäglich Unze für Unze ihres Sex-Appeals auffraß. Was war zum Schluss von ihr geblieben? Ein einsames, übel aussehendes, verkümmertes Mütterlein, das seine Zeit am Herd verbracht hatte.

Nun erwachte wieder Leben in ihr. Nach der äußerlichen Veränderung fühlte sie sich mindestens zehn Jahre jünger. Grund für die Veränderung war jedoch nicht das hinterlistige Frauenquartett aus der Seniorenstube, das ging Eleonore sonst wo vorbei. Interessant war für sie einzig und allein das männliche fünfte Rad am Wagen: nämlich Fritz. Fritz brachte Saiten in ihr zum Klingen, die sie längst vergessen geglaubt hatte. Die vier Weiber betrachteten diesen Mann als ihr Eigentum und umgarnten ihn. Komischerweise waren sie dennoch nicht eifersüchtig aufeinander.

Fritz genoss das. Bei jedem Kompliment, das aus einem der Frauenmünder kam, schwoll ihm der Kamm. Fritz Wennemann war 72 Jahre alt, groß und schlank, dunkelhaarig mit grauen Strähnen. Stets modisch gekleidet und wunderbar duftend. Unter seinen markanten Augenbrauen wachten braune Augen, die wie eine Überwachungskamera hin und her wanderten und denen nichts entging. Sein äußerst charmantes Lächeln setzte er ein, wo immer er es für angebracht hielt, dazu ein flotter Spruch, den er aus seinen schönen Lippen fallen ließ, und die Frauen schmolzen dahin. Er wusste, was weibliche Wesen, besonders die älteren grauen Mäuse, hören wollten. Das hatte er wahrscheinlich in seiner jahrzehntelangen Tätigkeit als Kneipenwirt zigmal getestet. Doch er besaß noch etwas, auf das die Damen scharf waren, und zwar einen silbernen Volvo V70, mit dem er die pfundige Carola Blasius regelmäßig zum Wochenmarkt fuhr, obwohl sie selbst einen fahrbaren Untersatz hatte. Außerdem half er ihr beim Marmelade-Einkochen, die sie anschließend bei Veranstaltungen zugunsten benachteiligter Leute verscherbelte.

Allein vom Äußeren her war die stets hilfsbereite Carola kein Frauentyp, der zu Fritz passte. Mit ihrem grauen fettigen Haarknoten im Nacken und der verwaschenen Trachtenkleidung am Leib passte sie eher in den Schwarzwald auf einen maroden Bauernhof als in den Kohlenpott.

Die mollige Angelika Thomas, ebenfalls Trägerin einer Knotenfrisur, erkochte sich das Herz von Fritz mit Rindsrouladen und Stielkottelets. Ihr gehörten der Dienstag und der Donnerstag. Fritz kutschierte sie zum Einkaufen und zum Friseur, der ihr den gefärbten Wischmopp im Nacken aufbrezelte. Eleonores Vorstellungsvermögen reichte nicht aus, um sich Fritz vorzustellen, wie er die biedere Angelika über ihre geblümte Tagesdecke zog und dabei das Haarkunstwerk in Unordnung brachte.

Die streitsüchtige Petra Halstenbach, die Mineralwasser soff, als bekäme sie dafür einen Preis, fuhr er zum Getränkemarkt und zum Tennis. Auf dem Tennisplatz war Fritz allerdings nur Zuschauer. Er durfte der tollen Petra zusehen, wie sie mit ihrer raspelkurzen grauen Kerlsfrisur altersschwache, sabbernde, arg zitternde Männer zum Match herausforderte. Warum Fritz sich das antat, erschloss sich Eleonore auch nach Monaten nicht.

Dann wäre da noch die langnasige Ursula Kaminski, die Fritz einmal die Woche zu ihrer Tochter nach Dortmund fuhr. Als Belohnung lud sie ihn auf eine Bottroper Schlemmerplatte in der angeblich besten Pommesbude im Ruhrgebiet ein, in den Distel-Grill in Herten.

Fritz tat das alles, ohne zu murren, man hatte tatsächlich das Gefühl, er mache das gern. Mit wem er sich heimlich, zu was auch immer, traf, blieb sein Geheimnis. Eleonore musste sich schwer zusammenreißen, um bei den Cafébesuchen, zu denen sie Fritz einlud, nicht über die vier Frauen abzulästern und Hass zu schüren. Kommt Zeit, kommt Hetzen, sagte sie sich. Also lächelte sie nur, starrte auf Fritz' sehnige Hände mit den gepflegten Fingernägeln und sprach stets Gutes, wenn Fritz sie auszuhorchen versuchte. Immerhin gehörte ihr der Sonntag, was eine große Auszeichnung und den vier Gegnerinnen ein Dorn im Auge war. Stolz ließ sie sich in die schönsten Cafés am Rande des Ruhrgebiets kutschieren, um den Anekdoten des lebenserfahrenen Fritz zu lauschen und dabei herrliche Torten zu verspeisen. Im Blick immer seine schönen Hände, die sie gerne überall an ihrem Körper spüren würde.

Eleonore wusste nicht, dass er für die Maniküre seiner langen Griffel jede Woche 35 Euro investierte, was seine Wirkung bei Frauen anscheinend nicht verfehlte. Dafür sparte er bei der Fußpflege. Seine Hornhauthacken, die man mittlerweile ordentlich mit dem Hobel bearbeiten konnte, sah sowieso niemand. Seine Devise lautete: Nachts sind alle Hacken grau, und notfalls kann man die Socken dabei anlassen.

Der Schnee knirschte bei jedem ihrer Schritte. Ihr Weg führte sie durch verschneite Felder Richtung Ortsmitte, zur Pfarrkirche St. Cosmas und Damian in Bödefeld, zum Jahresabschlussgottesdienst. Ewig mit Thomas, Margareta und Waltraud abzuhängen, nervte sie. Die beiden Verliebten zu beobachten, gab ihr jedes Mal einen Stich und machte sie wütend. Waltraud, mit der sie sich in den letzten Tagen arrangiert hatte, konnte sie auch nicht immer um sich haben. Obwohl ihre Geschichten, die sie ihr in den letzten Tagen von Combo-Sepp erzählt hatte, sehr lustig waren. An den Nachmittagen zwischen den Jahren hatte sie täglich mit Waltraud in dem schönen Café in der Ortsmitte gesessen und sich durch das Tortenangebot geschlemmt. Zwei Sorten pro Tag. Waltraud war jedenfalls besser als diese ollen Weiber des Quartetts aus der Seniorenstube. Ob Fritz Waltraud attraktiv finden würde? Ihre lustige Art wäre was für ihn, da war Eleonore sich sicher.

Sie hätte in den vergangenen Tagen gerne Ausflugsfahrten in die herrliche winterliche Gegend gemacht, doch dazu hatte sie ihren Sohn nicht überreden können. Er wolle seine Ruhe haben und seine Beine benutzen, hatte er auf ihre Bettelei nach einer Ortsveränderung geantwortet. Nein, er wolle nicht nach Winterberg. Viel zu voll, viel zu laut, zu viele Holländer, zu viel Alkohol, nichts für ihn.

Einem Abstecher nach Schmallenberg in die Falke-Strumpffabrik hatte er nur zugestimmt, weil Margareta dort hinwollte und sie ihm einen Sehnsuchtsblick schenkte. Das riesige Warenangebot hatte Eleonore begeistert, aber auf der Rückfahrt hatte sie sich schwarzgeärgert über die Summe, die sie dort ausgegeben hatte. Und das für Strümpfe und ein paar Schlüpfer. Und einen blauen Pullover für ihren Sohn, das war der dickste Posten auf der Rechnung. Ob sie für Fritz auch so ein schickes Teil hätte kaufen sollen? Diese Frage hatte sie die ganze Rückfahrt über gequält. Nein, hatte sie sich letztendlich gesagt. So hoch war ihre Rente schließlich nicht.

Vorhin beim Kaffeetrinken hatten die anderen sie aus großen Augen angeblickt, als sie verkündet hatte, dass sie gern den Gottesdienst besuchen würde. Waltrauds Angebot, sie zu begleiten, hatte sie abgelehnt. Eleonore wollte für sich sein, ihren Gedanken freien Lauf lassen. Gedanken, die sie immer wieder zu Fritz führten. Eben noch hatte sie mit ihm telefoniert. Bald würde sie wieder bei ihm sein. Er hatte sie zu sich in sein Heim eingeladen. »Fernsehabend, ein bisschen knabbern und so weiter«, hatte er am Telefon verlauten lassen. Was er mit »und so weiter« meinte, malte sie sich jetzt auf ihrem Weg zur Kirche aus, sah seine Hände vor sich und hoffte, die Worte richtig gedeutet zu haben.

Wie er den heutigen Silvesterabend verbrachte, wollte sie nicht wissen. Ob mit seinem Sohn und dessen Familie oder mit einer dieser vier Weiber, was ihr gar nicht in den Kram passen würde. Händchenhaltend, Nüsse knabbernd und um Mitternacht Sekt trinkend. Vielleicht mit Angelika, diesem Besen? Oder mit der biederen Carola? Bloß nicht daran denken, schalt sie sich.

Sie zog sich die rote Mütze tief ins Gesicht und schloss den blauen Thermomantel hoch am Hals. Es herrschten noch immer Minusgrade. Eleonore sehnte sich nach Frühjahr und Wärme, blühenden Blumen und mehr. Der Schneefall, der vor einigen Minuten eingesetzt hatte, nahm an Intensität zu. Die ansonsten schöne Eisenbahnlandschaft wirkte wenig einladend auf sie in dem harten Winter und zu dieser späten Stunde. Vor ihr lief ein schnatterndes Paar, wohl ebenfalls der Kirche entgegen. Angst verspürte sie kaum. Der Weg war beleuchtet, der Schnee schaffte zusätzliche Helligkeit.

Sie fragte sich zum wiederholten Mal, wieso sie mitgefahren war. Wieso hatte sie zugestimmt, als ihr Sohn sie zu diesem Weihnachtsurlaub eingeladen hatte? Weil er es gut meinte und sie aus dem Trauerloch holen wollte? Wahrscheinlich. Dabei befand sie sich nicht in diesem Loch, das er ihr einzureden versuchte. Er sagte, sie sehe bald wieder Licht am Ende des Tunnels. Dabei war sie längst am Ende des Tunnels angekommen. Was sie sah, war jedoch kein Licht, sondern Fritz. Nur Fritz. Doch Fritz sollte vorläufig ihr Geheimnis bleiben. Trauerjahr abwarten? Quatsch, sie trauerte ja gar nicht. Zwei Tage musste sie noch aushalten, dann ging es heimwärts, zurück nach Herten.

So schlecht war dieser Urlaub nicht gewesen, stellte sie fest. Ihr Sohn und auch Margareta samt Mutter hatten sich alle Mühe gegeben, es ihr recht zu machen. Obwohl, Margareta hatte sich schon sehr rar gemacht. Während Thomas durch die verschneiten Wälder streifte, hing sie auf diesem Bauernhof ab und stank bestialisch, wenn sie heimkam. Und dann diese ewige Knutscherei der beiden vor dem Fernseher. Thomas hätte durchaus etwas Rücksicht nehmen können. Fritz hatte sie noch kein einziges Mal geküsst. Über ihr Haar hatte er gestrichen. Eine kleine, zarte Geste.

Eleonore seufzte. Alles war besser, als jetzt bei denen am Tisch zu sitzen, in diesem Haus am Wald, und schon wieder Kartoffelsalat mit Würstchen zu essen. In der Kirche würde sie sich Fritz ganz nahe fühlen. Später stand Bleigießen auf dem Programm. So ein Unsinn. Das hatte sie bereits gehasst, als Thomas noch klein war und sie es zu Silvester praktiziert hatten. Vater und Sohn hatten gelacht wie Verrückte, wenn sie was angeblich besonders Originelles gegossen hatten. Nur Dreck hatte das gemacht. Löcher in Tisch und Tischdecke. Und gestunken hatte es außerdem.

Als sie auf den schneebedeckten Ort mit den erleuchteten Tannen vor den Häusern blickte, wurde ihr ganz warm ums Herz. Sie schaute in helle Fenster, sah geschmückte Weihnachtsbäume und erhitzte Gesichter daneben.

Sie hatte die Treppe erreicht, die sie runter in den Ort führte. Das Paar vor ihr entschied sich, den Weg, der um die stellenweise vereiste Treppe herumführte, zu nutzen. Anscheinend wollten sie keinen Beinbruch riskieren. Eleonore hatte keine Angst. Wozu gab es ein Geländer? Unten angekommen, konnte sie schon eine Menge Menschen in Richtung Kirche strömen sehen. Der Schneefall wurde stärker. Was, wenn die Kirche während des Gottesdienstes eingeschneit wurde und sie den Jahreswechsel dort verbringen musste? Eleonore grinste. Besser als Bleigießen, sagte sie sich.

Sie passierte das Landhotel Albers, dessen Geräuschkulisse nach draußen drang. Sie blickte durch die Fenster in fröhliche Gesichter. Musik forderte die Silvestergäste zum Tanzen auf. Das wäre was für Waltraud, dachte sie. Spontan wechselte sie die Straßenseite und blieb an der kleinen Brücke stehen, die über die laut plätschernde Palme führte. An den Uferseiten glitzerte das gefrorene Eis. Links reichte der Anbau eines Hauses bis ans Ufer. Eine Dachlawine drohte jeden Moment abzustürzen. Glitzernde Eiszapfen zierten die Dachrinne. Eng nebeneinander, lang und schmal funkelten sie in der Silvesternacht.

Die Kälte kroch ihr den Nacken hoch. Sie schüttelte sich und überquerte die Straße, um wenig später die Kirche zu betreten. Was für ein schöner Jahresabschluss, dachte sie mit Blick auf den wunderbaren Altar, der von zwei prachtvoll geschmückten Weihnachtsbäumen flankiert wurde. Sie kannte niemanden der großen Gemeinde, was sie reizvoll fand und sie wieder zum Grinsen zwang.

Sie schloss kurz die Augen. Das Lied »Großer Gott, wir loben dich« erklang. Der Organist an der Orgel gab alles. Der Herr rechts neben ihr in seinem grünen Lodenmantel roch nach Eukalyptus und fing nun an zu husten. Eine Erkältung hätte Eleonore gerade noch gefehlt. Warm war es hier drinnen auch nicht. Sie bekam schon kalte Füße. Ob sie doch lieber bei den anderen hätte bleiben sollen?

Waltraud hatte sich heute Morgen im Edeka-Markt mit neuen Zeitschriften eingedeckt. Im Moment sehnte sich Eleonore danach, mit einer Wolldecke um ihre empfindlichen Beine gewickelt in einem Sessel zu sitzen und in den Zeitschriften zu blättern, obwohl sie ansonsten kein gutes Haar an der Regenbogenpresse ließ. Sie sah ihren Thomas vor sich, wie er mit Wonne Walnüsse knackte. Eigens für ihn hatte sie zwei Pfund im Preis reduzierte Nüsse aus dem Markt mitgenommen. Margareta saß bestimmt mit ihrem Laptop auf dem Sofa, die Beine unter ihren Allerwertesten geklemmt, und klickte durch ihre ach so wichtigen Fälle. Dabei schaute sie gelegentlich auf den TV-Bildschirm, um ja keinen Silvesterklassiker zu versäumen: »Dinner for one« oder Ekel Alfred, der sich total hacke Punsch kochte.

Der gewichtige Pfarrer begrüßte die große Gemeinde. Pfarrer Ansgar Morgenrot gefiel ihr besser.

Die Predigt zog sich wie Kaugummi. Immer wieder wurden Lieder gesungen, der Chor kam zum Einsatz und Passagen aus der Bibel wurden vorgelesen.

Nach fast zwei Stunden hatte sie keine Lust mehr, fühlte sich unwohl und durchgefroren. Fritz war sie hier keinen Zentimeter gedanklich nähergekommen. Ob sie die heilige Stätte verlassen und Thomas anrufen sollte, dass er sie abholen möge? Keine gute Idee, fand sie. Er würde ausrasten.

Endlich erklangen die Glocken, die den Schluss der Messe verkündeten. Eleonore freute sich. Nun aber heim an den warmen Kaminofen.

4.

Lothar Voss-Grobe sah sich die Fotos, die er von seinem abgebrannten Stall gemacht hatte, noch einmal genau an, eines nach dem anderen. Seufzend griff er sich mit der rechten Hand in die dunklen Locken. Dann schlug er den Ordner, der vor ihm lag, auf und holte die Zeitungsberichte heraus, um sie erneut zu lesen. Ebenso die Briefe von der Versicherung. Ein gutes halbes Jahr war der Brand jetzt her. Er schaufelte den Kartoffelsalat und die Würstchen, die Mahlzeit, die Ellen ihm hingestellt hatte, in sich hinein. Dazu gönnte er sich ein kühles Bier. Mit seiner Familie im Esszimmer am schön gedeckten Tisch neben dem voluminösen Tannenbaum zu essen, dazu verspürte er keine Lust. Er hörte sie lachen, seine drei erwachsenen Töchter, deren Partner, und dazwischen die ruhige Stimme seiner Frau. Seine Mutter Brigitte, die das kleine Haus auf der Anhöhe hinter dem Hof bewohnte, hatte ihm soeben telefonisch mitgeteilt, dass sie sich auf den Weg zur Kirche machen wollte. Er schaute aus dem Küchenfenster. Dichtes Schneetreiben, einige Flocken blieben an der Scheibe kleben. Bei dem Wetter jagte man keinen Hund vor die Tür, dachte er. Aber er musste gleich in den kalten Stall zum Melken.

Der Zeitungsbericht der »Westfalenpost« für Schmallenberg verursachte ihm noch immer eine Gänsehaut.

Zum Glück waren alle seine Tiere gerettet worden. Noch bevor die Feuerwehr vor Ort gewesen war, hatten die hilfsbereiten Nachbarn Milchkühe, Kälbchen und Kaninchen aus den Ställen gebracht und sie mit Hängern abtransportiert, um sie auf Höfen in der Umgebung unterzubringen. Das Übergreifen des Feuers auf das Wohnhaus hatte verhindert werden können. Der Stall jedoch war lichterloh niedergebrannt. Nur ein Gerippe war übrig geblieben. Der Regen hatte die Löscharbeiten erleichtert. Brandursache war ein Blitzeinschlag.

Eigentlich sollte Lothar glücklich sein, dass weder Mensch noch Tier Schaden genommen hatten und das Wohnhaus unversehrt war. Die Versicherung hatte gezahlt, doch die Summe reichte nicht aus, um alles wieder so aufzubauen, wie es vorher gewesen war. Ein weiterer Kredit musste her. Schon vor dem Brand hatte es nicht besonders gut um den Hof gestanden, was Lothar sich nicht hatte eingestehen wollen. Die neue Melkanlage war teurer geworden als geplant und musste nachfinanziert werden. Darüber hinaus waren die beiden letzten Sommer viel zu trocken gewesen, sodass noch viel Winter am Ende des Futters übrig war. Kühe waren keine Kostverächter. 50 Kilo Futter pro Tag und Tier und 80 Liter Wasser dazu. Milchkühe zu füttern hatte zur Folge, nicht in kleinen Dimensionen zu denken. 50 hungrige Kühe im Stall bedeuteten, tief in die Tasche zu greifen, wenn man Futter kaufen musste. Also produzierten die Landwirte das Futter selbst. Reichlich Felder, um welches anzubauen, gehörten zum Besitz des Bauern Lothar Voss-Grobe. Leider hatte es in den letzten zwei Jahren dieses gravierende Problem gegeben: das Wetter! Die wahnsinnigen Dürren hatten seine Planung zusammenbrechen lassen. Lothar hatte sich von etlichen Kühen getrennt, was zwar eine kurzzeitige Einnahme bedeutet hatte, jedoch letztendlich nur ein Tropfen auf den heißen Stein gewesen war. Weniger Kühe, weniger Milch, weniger Geld von der Molkerei, mit der er seit Monaten im Clinch lag. Alle zwei Tage wurden 1.700 Liter Milch von der Molkerei abgeholt. 31 Cent bekam er pro Liter. Das war nicht die Welt. Und die Kälbchen, die in regelmäßigen Abständen geboren wurden, brachten beim Verkauf auch nicht mehr so viel ein wie noch vor Jahren. Er war definitiv pleite, wollte es jedoch nicht wahrhaben. Sollte er wie seine Frau Ellen den Kopf in den Sand stecken und hoffen, dass alles gut werden würde? Oder war es eher so, dass sie diejenige war, die einen kühlen Kopf behielt, wie so oft? Ellen, sein ruhender Pol!

Die einzige und einfachste Lösung, die er sah, war eine Finanzspritze seiner Mutter Brigitte, mit der er eigentlich ein gutes Verhältnis hatte. Eine gut aussehende, taffe Frau von 75 Jahren, die mit beiden Beinen im Leben stand und äußerst klug war. Deshalb konnte Lothar sie nicht verstehen. Seit fast einem Jahr führte er unendliche Diskussionen mit ihr. Die alte Frau blieb jedoch hart und unerbittlich. Lothar, der große Hitzkopf, war oft kurz davor, sie kräftig an den Schultern zu packen und durchzuschütteln oder ihren Schal, den sie zu Hause ständig um den Hals trug, ordentlich strammzuziehen. Sie hatte vor fünf Jahren von ihrer Tante eine stattliche Summe und zwei Immobilen geerbt, eine davon lag direkt am Bodensee. Sybille war nicht ihre richtige Tante gewesen. Aber da sie kinderlos geblieben war, hatte seine Mutter die nicht vorhandene Tochter ersetzt. Schon als junges Mädchen hatte Brigitte viel Zeit bei der Frau verbracht und das auch beibehalten, als sie geheiratet und Kinder zur Welt gebracht hatte. Lothar hatte diese knochige, äußert geizige Sybille gehasst.

Als vor drei Jahren Lothars Vater verstarb und der Hof endlich auch auf dem Papier an den Sohn ging – seine Schwester war in jungen Jahren verstorben –, hatte Brigitte ihm unmissverständlich klargemacht, dass das Erbe ihrer Tante einzig und allein ihr gehörte. Lothar war davon überzeugt, dass es Mittel und Wege gab, um an dem Geldsegen teilhaben zu können. Er scheute jedoch den Gang zum Anwalt und hoffte immer noch, dass seine Mutter zur Vernunft kommen würde. Obwohl sie ihm, als er ihr vermittelt hatte, dass es schlecht um den Hof stand, kein Geld geben, nicht einmal leihen wollte. Sie war stur geblieben, hatte sich stattdessen erst einmal einen neuen Golf gekauft. Sie strotzte nur so vor Gesundheit und lebte mit Sicherheit noch lange, was Lothar ihr ja gönnte. Doch ihr fettes Erbe, wenigstens ein Teil davon, würde dem Hof guttun. Wie er sie kannte, hatte sie im Testament eine seiner Töchter bedacht, er würde nur seinen Pflichtteil bekommen. Das war besser als nichts, sagte er sich. Wieso blieb sie nur so stur? Ihr müsste doch auch am Erhalt des Hofes gelegen sein. Der Hof war seit Generationen im Familienbesitz.

Er brauchte eine Finanzspritze, so viel stand fest. Und zwar bald, sehr bald! Möglichst gestern. Er war froh, dass die Weihnachtstage vorbei waren. Diese Schöntuerei, diese Rennerei für nichts. Mutter Brigitte war mit ihrer Cousine Klara aus Meschede bei ihm aufgekreuzt und hatte sich an beiden Tagen durchgefressen. Ellen war mit hochrotem Kopf durch die Gegend gehetzt, um köstliche Mahlzeiten auf den Tisch zu bringen. Die Grazien hatten die Kinder samt Partner, Ellen und ihn mehr als großzügig beschenkt. Seine Töchter hatten richtig abkassiert und obendrauf noch je 500 Euro von der Oma bekommen, die sie natürlich gut gebrauchen konnten. Dagegen waren seine 200 Penunzen nichts. Die retteten den Hof nicht. Okay, ein Schlafanzug von Tchibo hatte für ihn noch unter dem Tannenbaum gelegen. Blau mit breiten weißen Streifen. Darin würde er wie ein Trottel aussehen. War sie denn so blind? Oder gar blöd? Er glaubte eher an Letzteres. Oder wollte sie die Tatsachen nicht sehen? Oder ihn ärgern?

Am Heiligen Abend hatte sie sich morgens einen Streit mit Michael Vogt geliefert. Er fuhr gelegentlich den Molkereiwagen, der Lothars Milch abholte. Eigentlich ein verträglicher Zeitgenosse, dieser Michael. Er lebte in Bödefeld und betrieb eine kleine Landwirtschaft im Nebenerwerb. Ein großer stabiler Kerl von 1,90 Meter und mindestens drei Zentner Lebendgewicht. Seine Ländereien grenzten am Voss-Grobe-Anwesen, an einem Stück Land, das Mutter Brigitte gehörte und nicht genutzt wurde, weil sie sich nicht entscheiden konnte.

Michael würde es ihr gerne abkaufen, um das Land für seine Pferde zu nutzen. Jahrelang schon war er scharf darauf. Er wollte eine Reitbahn anlegen, das war sein Traum und würde ihm zusätzliche Einnahmen bringen. Wie oft hatte er sich in der gemeinsamen Stammkneipe an Lothar gewandt, der nur mit den Schultern zuckte. In der Sache waren ihm die Hände gebunden. Dieses Stückchen Erde gehörte seiner Mutter. Weshalb das so war, wusste er nicht.

Michael, als hartnäckig bekannt, hatte am Morgen des Heiligabends wegen dieser Angelegenheit erneut Brigitte aufgesucht und mit einem Korb voller Leckereien wie Dauerwürste, Kuchen und Brot vor ihrer Tür gestanden. Sie hatte den Braten sofort gerochen, ihm, bevor er loslegen konnte, den Wind aus den Segeln genommen und ihm klargemacht, dass sie ihr Land nie verkaufen würde. An ihn schon gar nicht. Sie mochte die gesamte Vogt-Familie nicht. Mit Michaels Frau saß sie im Vorstand der ortsansässigen kfd (Katholische Frauengemeinschaft Deutschlands) und hatte sich schon einige Male heftig mit ihr wegen Kleinigkeiten gestritten. Zum Beispiel darüber, wer zu welcher Veranstaltung welchen Kuchen backte und wer Kaffee und Zucker spendete.

»Nur über meine Leiche«, hatte sie ihm hinterhergerufen, als sie sein Körbchen im hohen Bogen über das vereiste Treppengeländer warf.

»Wenn es so nicht geht, dann eben anders«, hatte Michael wütend gekontert und seine Habseligkeiten aufgesammelt. »Wenn sie das Zeitliche segnet, verkauft Lothar mir das Stück Land«, hatte er vor sich hingemurmelt, sich eine eiskalte Mettwurst in den Hals gestopft und war vom Hof gebraust.

Lothar, der den Streit vom Stalltor aus mitbekommen hatte, hatte nur gelacht. Noch einer, dem sie im Weg war, hatte er gedacht und war zurück zu seinen Tieren gegangen.

Lothar nahm an, dass der Ärger, den er mit der Molkerei hatte, dieser Sache geschuldet war. Zwei Überweisungen für Milchlieferungen waren überfällig, und nichts tat sich. Schon mehrmals hatte er wegen der Sache mit der ansonsten netten Dame telefoniert. Ein Komplott, dachte er, nichts anderes. Alle hatten sich gegen ihn verschworen.

Er schaute ein weiteres Mal aus dem Küchenfenster. Die Außenbeleuchtung an dem Häuschen der Mutter ging an. Sie hangelte sich vorsichtig die Treppe hinunter. Wenn sie doch danebentreten und die Stufen, wenn auch nur acht an der Zahl, hinunterstürzen würde. Sie könnte sich den Halswirbel brechen. Der Hof wäre gerettet. Doch sie kam unbeschadet unten an. Da lief sie, mitten hinein ins Schneegestöber. Mit ihrem alten blauen Thermomantel, die rote Mütze tief ins Gesicht gezogen. Vor dem Gottesdienst wollte sie sich noch mit ihren Freundinnen auf ein Gläschen im Hotel Albers treffen. Hoffentlich blieb ihr der Pfirsichlikör, den sie besonders gerne trank, im Hals stecken. Verbittert holte sich Lothar ein weiteres Bier aus dem Kühlschrank. Und ein frohes neues Jahr würde er ihr auch nicht wünschen, beschloss er. Wozu?

Einen solchen Wunsch bekam er soeben als Kurznachricht auf sein Handy. Der Metzger Clemens Vollmer wünschte ihm einen guten Rutsch. Lothar musste lächeln. Dass der junge rothaarige und sommersprossige Metzger sich überhaupt noch meldete, war ein Wunder. Auch da hatte Brigitte ihre Griffel im Spiel. Okay, Clemens war nicht ohne, sehr aufbrausend und rachsüchtig, man musste ihn mit Samthandschuhen anfassen. Er hatte es jedoch weit gebracht, besaß zwei Metzgereien, vor Ort und in einem Nachbarort, die er seinem viel zu früh verstorbenen Vater zu verdanken hatte. Lothar war auf ihn angewiesen und konnte sich letztendlich immer mit ihm einigen, was die Fleischpreise betraf. Außerdem mochte er ihn und hielt sich gerne in seinem Hauptgeschäft hier am Ort auf. Clemens bot wunderbares Fleisch und sehr schmackhafte Wurst an. Lothar liebte den Geruch von geräucherten Würsten. Da gab es nichts, der Kerl verstand sein Handwerk.

Wenn nur Brigitte nicht überall mitmischen und Unfrieden und Zwietracht säen würde. Gern steckte sie ihre Nase in Lothars Geschäfte, obwohl diese sie einen feuchten Kehricht angingen. Erst kürzlich hatte sie ihm beinahe den Deal mit Clemens verdorben. Der Preis für die Kuh und das Kalb, die Lothar dem Metzger überlassen wollte, war längst ausgehandelt, als Brigitte in den Laden gestürmt war, den Chef sprechen wollte, und vor versammelter Kundschaft angefangen hatte, den Preis in die Höhe zu treiben. 20 Cent müsse er pro Kilo drauflegen, hatte sie verlangt, war zu guter Letzt sogar pampig geworden und hatte dem Brummer von Metzger mit ihrem Stockschirm um die Nase herumgewedelt. Clemens hatte sie daraufhin aus dem Laden geschmissen, sich in seinen Daimler gesetzt und war mit quietschenden Reifen auf den Voss-Grobe-Hof gefahren, um dem Bauern den Kopf zu waschen.

Lothar seufzte. Wenn er nur daran dachte, wurde ihm übel. Das Ende vom Lied war gewesen, dass er mit dem Preis, der schon fest vereinbart war, heruntergehen musste. Erwürgen hätte er sie können. Seine eigene Mutter.

Unter Garantie hatte er die Differenzen mit der Molkerei auch Brigitte zu verdanken. Wer weiß, was da noch alles zwischen Michael und ihr gelaufen war. An Heiligabend, zwischen den Liedern »Tochter Zion« und »Stille Nacht«, hatte sie so blöde Bemerkungen fallen lassen. Er rief sich den Abend noch einmal ins Gedächtnis. Wieso hatte er nicht sofort reagiert? Sentimentale Stimmung? Alle an einem Tisch? Friedvolle Weihnachten? Eigentlich mochte er Weihnachten. Als er vom Melken durchgefroren an den gedeckten Tisch gekommen war und sich setzen wollte, hatte seine Mutter schon losgezetert.

»Willst du dich nicht erst duschen? Mit dem Stallduft an den Tisch? Schämst du dich nicht?«

Sich schämen? Wie alt war er denn? »Kannst ja gehen, wenn es dir nicht passt, da vorne ist die Tür.« Er hatte sich provokativ hingesetzt und nach der Fleischgabel gegriffen, um sich ein besonders großes Stück von der Pute auf den Teller zu packen.

Die dämliche Cousine Klara mit ihren blutunterlaufenen Hundeaugen, eigens aus Meschede angereist, hatte losgeprustet, und er hatte sich zum zigsten Mal gefragt, was die am Heiligen Abend an seinem Tisch verloren hatte. Ihr Gelaber über ihre Busfahrt von Meschede nach Bödefeld hatte nicht nur ihn genervt. Als wäre sie aus Sibirien angereist. Keiner hatte verlangt, dass sie sich solchen Strapazen, wie sie behauptete, aussetzte. Aus diesen knapp 20 Kilometern so einen Aufstand zu machen! Na ja, hatte er sich gedacht, immer noch besser, als wenn sie, wie sonst, von ihren Krankheiten berichten würde.

Nach der Bescherung hatte sie sich überschwänglich für die schönen Geschirrtücher bedankt, die Ellen ihr geschenkt hatte. Und was hatte er von der ollen Frau bekommen? Weihnachtszigarren! Was sollte er damit als Nichtraucher? Weil er wohl nicht dankbar genug geschaut hatte, hatte seine Mutter ihm eine Standpauke von wegen Dankbarkeit gehalten. Am liebsten hätte er sie und Klara vor die Tür gesetzt. Doch ein Tritt vors Schienbein von seiner ältesten Tochter hatte ihn davon abgehalten.

In diesem Moment hatte Mutter Brigitte losgelegt. Unter anderem berichtete sie von Metzger Clemens und Molkereiwagenfahrer Michael. Seine Ohren auf vollen Empfang gestellt, hakte er mehrmals nach. Doch bereitete Ellen dem ein Ende, indem sie »Tochter Zion« anstimmte. Dabei wäre das der richtige Zeitpunkt gewesen, um endlich Klartext zu reden. Wer weiß, was die Alte hinter seinem Rücken verzapfte. Vielleicht wäre es auf den Tisch gekommen. Ein dummes Maul konnte eine schärfere Waffe sein als ein Messer, hatte er letztens erst gelesen.

Angenehm gesättigt und vom Familienanschluss gewärmt, hatte sich die zittrige, ausgemergelte Klara in ihren Sessel zurückgelehnt und gegrinst. Die Chance, um auch hier mal richtig aufzuräumen. Hätte er nicht bereits drei Bier und zwei Klare intus gehabt, hätte er diesen Klarabesuchen endgültig ein Ende gesetzt. So hatte er zwei Stunden warten müssen, bis die zwei lauten Weiber endlich durch den Schnee in Brigittes Heim stapften.

Am nächsten Tag, dem ersten Weihnachtsfeiertag, waren sie zum Mittagessen schon wieder aufgeschlagen. Kaum auszuhalten. Lothar hatte sich kalte Pute mit in den Stall genommen. Am Nachmittag, noch bevor die Kaffeerunde eingeläutet wurde, hatte er sich hoch ins Schlafzimmer geschlichen, sich aufs Bett geworfen und durch die Fernsehprogramme gezappt. Später, als die abendliche Stallarbeit erledigt gewesen war, hatte er sich vor dem Schlafengehen noch einmal vor die Haustür begeben und die klare Schneeluft eingeatmet. Wie schön diese Weihnachtsnacht war, hatte er da gedacht und hinüber zum Haus seiner Mutter geblickt. Er hatte die beiden Frauen freudig plappernd im Wohnzimmer sitzen sehen. Es hatte ihn traurig gestimmt, dass er im eigenen Heim dauernd die Flucht ergreifen musste. Betrübt war er ins Haus zurückgekehrt.

Heute war Silvester. In wenigen Stunden begann ein neues Jahr. Ob es besser werden würde als das alte?

5.

Die Tote lag auf dem Bauch, direkt an einem Gebäude in der Nähe der kleinen Straße »Zur Wahr«. Der Kopf war zur Seite gedreht, am Hals klaffte eine riesige Wunde, aus der das Blut in den Schnee gesickert war. In eine dicke Jacke gehüllt beobachtete der Besitzer des Hauses das Schauspiel und stapfte aufgeregt hin und her. Da es bereits spät am Abend und deshalb stockdunkel war, hatten die Beamten Scheinwerfer aufgestellt, um Leiche und Fundort zu untersuchen.

Ralf Radomski, Polizeihauptkommissar aus Fredeburg, leuchtete mit einer Taschenlampe hoch zur Dachrinne, an der in engen Abständen lange kräftige Eiszapfen hingen. »Der Täter meint wohl, wir seien bescheuert.« Er hatte einen abgebrochenen Zapfen in der Reihe entdeckt und deutete darauf. »Hier, das fehlende Teil des Eiszapfens war bestimmt die Tatwaffe.«

Rolf Grundmüller, Hauptkommissar aus Dortmund, war von PHK Radomski angefordert worden, nachdem dieser festgestellt hatte, dass es sich eindeutig um Mord handelte und somit die Kripo in Dortmund zuständig war. Grundmüller war sichtlich genervt. Er hätte lieber mit seinen Gästen zu Hause das neue Jahr begrüßt, statt ins Sauerland zu fahren und den Abend mit einer Leiche zu verbringen. In 90 Minuten war er hier gewesen, trotz des chaotischen Winterwetters.

An seiner Seite die wortkarge Tanja Altmüller, seine Kollegin, ebenfalls in Dortmund wohnhaft. Ihr schien es nichts auszumachen, am Silvesterabend zu arbeiten. Grundmüller wusste, dass die 35-Jährige kein Privatleben hatte.

Rolf Grundmüller, 55 Jahre alt, wulstige Lippen, zurückgekämmte dunkle Haare, wahrlich keine Schönheit, rollte mit den Augen, besah sich den Rest des Zapfens an der Dachrinne und anschließend die Wunde am Hals der Toten, die von der Mitte des Halses bis zum Ohr reichte. »Sie kannten die Tote?«, wandte er sich an Radomski.

»Ich habe sie schon einmal gesehen. Da bin ich mir ganz sicher. Ich komme allerdings aus Bad Fredeburg, immerhin zwölf Kilometer von hier entfernt.«

Das erklärte natürlich alles, dachte Grundmüller und starrte Radomski auf seine platte Nase.

Tanja Altmeier kramte in der Handtasche der Toten. »Alles noch da, Papiere, Geld, EC-Karte. Also kein Raubmord.«

Wieder rollte Grundmüller mit den Augen. Da stand dieser Trottel von PHK hier seit über einer Stunde herum und hatte noch nicht nach den Papieren der Toten geschaut. Wartete stattdessen auf ihn. Zu blöd, eigene Entscheidungen zu treffen. Und das mit 48 Jahren. Radomski war als Lahmarsch bekannt, jedoch als listiger Lahmarsch.

Ein Nachbar meinte, die Tote zu kennen. »Das ist die Mutter von dem Voss-Grobe, der seinen Hof etwas außerhalb von Bödefeld hat. Wahrscheinlich war sie in der Kirche und ist auf dem Heimweg dem Täter in die Arme gelaufen.«

»Sie sollten bei der Kripo anfangen, guter Mann«, meinte Grundmüller mit spitzer Zunge. Noch so ein Oberschlauer, dachte er.

Die Männer vom Erkennungsdienst waren inzwischen eingetroffen und machten sich an der Toten zu schaffen. Zum Glück hatte es aufgehört zu schneien.

Tanja Altmüller ging zu einem der aufgestellten Scheinwerfer. »Eleonore Scheffel, steht im Ausweis. Aus Herten kommt sie.«

»Also ein Urlaubsgast«, schlussfolgerte Radomski. Auch er sehnte sich nach Hause, in sein warmes Wohnzimmer, an den Bowletopf. Kirschbowle hatte seine Gisela zubereitet. Obwohl er bei Bereitschaftsdienst nicht trinken durfte. Sie waren gerade beim Essen gewesen, als der Anruf kam. Hoffentlich hatte die stets hungrige Gisela inzwischen nicht das gesamte zarte Fleisch aufgegessen. Da kannte die nichts. Ihm würde sie ein paar Brote schmieren und gut war es. Tschüss Fondue-Topf!

»Befragen Sie mal die umstehenden Leute, ob jemandem was aufgefallen ist, Altmeier. Auf die Idee ist Radomski mit Sicherheit noch nicht gekommen«, befahl Grundmüller seiner Kollegin. Er schätzte die drahtige junge Frau mit dem blonden Pagenkopf sehr, auch wenn sie ein Drachen war. Aber ein schlauer, wie er fand.

Eine kleine Traube Menschen drückte sich bei sieben Minusgraden am Leichenfundort aneinander. Wegen der Kälte seien die meisten Neugierigen schon verschwunden, wurde ihr mitgeteilt. Okay, ein Leichenfund war etwas Besonderes, doch nach fast zwei Stunden in der klirrenden Kälte zog es jeden Normaldenkenden nach Hause. Bis auf den harten Kern, der eisern ausharrte.

Auf die Frage von Grundmüller, wer die Tote gefunden habe, meldete sich der Besitzer des Gebäudes. »Mein Hund, der Piko. Der stromert hier abends immer rum. Plötzlich fing er wie ein Irrer an zu bellen, da habe ich nachgesehen und die Frau entdeckt. Ich meinte, ein Geräusch gehört zu haben, und habe mich umgesehen. Doch bis auf die Spuren im Schnee war da nichts.«

Der freundliche Berner Sennenhund mit dem Namen Piko sprang an Grundmüller hoch und schleckte ihm durchs Gesicht. Der nahm es gelassen.

Grundmüller schaute auf den Boden, wo mittlerweile zahlreiche Fußabdrücke zu sehen waren. Er identifizierte ein paar Spuren im Schnee, die auf riesige Galoschen schließen ließen und zurück zum Ort führten. »Warum haben Sie den Fundort nicht mit Flatterband weiträumig abgesperrt, Radomski? Wie sollen wir die Spuren jetzt noch exakt sichern? Alles ist zertrampelt.«

Radomski zuckte mit den Schultern. Ihm war kalt. Sollte er hier alles allein machen?

Altmeier hatte inzwischen eine Dame aufgetan, die ebenfalls zu wissen glaubte, wer die Tote war. »Die wohnt oben in dem kleinen Haus am Wald. Mit ihrer Familie. Ich habe sie einige Mal im Café unten im Ort gesehen. Ich bin mir sicher, dass sie es ist.«

Grundmüller rieb sich die kalten Hände aneinander und herrschte PHK Radomski an: »Was haben Sie die ganze Zeit gemacht, Radomski? Löcher in den Schnee gestarrt? Oder die Eiszapfen gezählt? In den knapp zwei Stunden hätten Sie die Leute befragen können. Oder einen Kollegen anfordern, der Ihnen hier hilft.«

»Ich musste den Tatort sichern«, kam es leise aus Radomskis Mund.

»Nee, ist klar.« Grundmüller sprach mehr zu sich selbst. »Hier ticken die Uhren echt anders.«

Der Nachbar griff sich ans Kinn, als dachte er nach. »Ich hätte wetten können, dass das die Mutter vom Voss-Grobe ist. Die sieht genauso aus.«

Der Kommissar wurde hellhörig. »Wo befindet sich dieser Voss-Grobe-Hof?«

Tanja Altmeier notierte sich, was der Mann mitteilte.

»Den unteren Teil des Eiszapfens, mit dem der Täter ihr vermutlich in den Hals stach, hat noch keiner gefunden, oder?«, fragte Grundmüller in die Runde. »Haben Sie schon danach gesucht, Radomski?« Grundmüller wurde von Minute zu Minute ungehaltener. Am liebsten hätte auch er einen Eiszapfen von der Regenrinne abgebrochen und Radomski damit eins übergebraten.

»Wann denn?« Radomski rann trotz der Kälte der Schweiß von der Stirn. Er hatte sich den Silvesterabend anders vorgestellt.

»Nee, ist klar«, meinte Grundmüller erneut.

»Ich fahre zu diesem Ferienhaus, Chef, bevor ich mir den Voss-Grobe-Hof anschaue, okay? Ist ja nicht weit. Mal sehen, ob die alte Dame dort vermisst wird. Die Kirche ist doch seit Stunden aus.«

»Alles klar, Altmeier, machen Sie das.« Wenigstens eine, die ihr Hirn einschaltet, dachte Grundmüller.

Radomski kroch am Boden herum und besah sich wieder und wieder die Tote. »Keine Spuren eines Kampfes, keine Abwehrverletzungen, nur das klaffende Loch im Hals. Der Fundort war wohl auch der Tatort«, sprach er oberschlau.

»Was Sie nicht sagen«, erwiderte Grundmüller gereizt und stöhnte auf. Die Frau des Besitzers reichte ihm einen Becher mit Kaffee. Dankend nahm er ihn an.

Immerhin hatte Radomski Verstärkung angefordert, die nun endlich, in Form einer uniformierten Streifenbeamtin, eintraf. Müde gähnend kam sie auf sie zu. Von Grundmüller erhielt sie die Anweisung, sich bei den Leuten umzuhören. Bei denen, die hier vor Ort herumstanden, und bei den Nachbarn in den umliegenden Häusern. Sie machte sich sofort an die Arbeit, verteilte brav Visitenkarten und notierte Aussagen, die vielleicht wichtig sein könnten.

Tanja Altmeier war kaum in den Wagen gestiegen und ein paar Meter die kleine Straße in Richtung Ferienhaus gefahren, als ihr schnellen Schrittes ein Mann entgegenkam. Sie bremste ab, kam ins Schlingern, hielt an und stieg aus.

»Was machen Sie hier?« Der Mann kam ihr verdächtig vor, er wirkte benebelt. Sie zeigte ihren Ausweis und stellte sich kurz vor. War das der Täter? Vielleicht empfand er Reue und es zog ihn zurück zum Tatort?

»Ich wohne dort oben in dem Haus am Wald. Wir machen hier Urlaub. Ich bin ein Kollege, Hauptkommissar Thomas Scheffel aus Gelsenkirchen. Ich suche meine Mutter. Sie kam von der Messe, die um 18 Uhr anfing, nicht nach Hause. Jetzt ist es fast 22 Uhr. Ich muss gestehen, dass ich eingeschlafen bin, meine Lebensgefährtin und ihre Mutter ebenfalls. Der Punsch war schuld. Als wir aufwachten, dachten wir, sie sei in ihrem Zimmer. Weil sich nichts rührte und wir nichts hörten, habe ich vorhin nachgeschaut. Sie ist noch gar nicht heimgekommen. Vielleicht ist sie nach dem Gottesdienst ins Hotel

Albers. Da will ich gerade hin und nachsehen. Was ist denn da hinten los?« Erst jetzt bemerkte Thomas den Menschenauflauf ein paar Hundert Meter weiter und das Blaulicht eines Polizeiwagens, das die Umgebung gespenstisch erleuchtete. »Ist etwas passiert?« Obwohl er sich privat in Bödefeld aufhielt, zeigte er der Kommissarin seinen Dienstausweis.

Tanja Altmeier betätigte diesmal, mangels fehlendem Scheinwerfer, die Taschenlampenfunktion ihres Smartphones und betrachtete den Ausweis ganz genau. Tatsächlich ein Kollege, dachte sie nicht gerade erfreut. Scheffel lautete sein Nachname. War das nicht auch der Name der Toten? Und er vermisste seine Mutter und wohnte im Ferienhaus. »Eine Frau wurde tot aufgefunden«, antwortete sie zögerlich. Sie empfand Mitleid mit dem Mann, der plötzlich zu zittern begann. Er ahnte es schon, das sah Altmeier ihm an. Schlimm, wenn die eigene Mutter in der Silvesternacht tot aufgefunden wurde.

»Wissen Sie, um wen es sich handelt? Tot, sagen Sie?«

»Sie wurde ermordet. Ich glaube, es handelt sich um Ihre Mutter. Die Dame trug einen Ausweis bei sich, der auf den Namen Eleonore Scheffel ausgestellt ist.«

»Das muss sich um eine Verwechslung handeln. Niemand hier kannte meine Mutter. Wer sollte sie umbringen? Oder wurde sie überfallen? Aber sie schleppt nie viel Geld mit sich herum.«

»Nein, es wurde nichts gestohlen, es war alles noch in ihrer Tasche.«

Thomas riss die Augen weit auf. Er rannte, so schnell es der teilweise vereiste Weg erlaubte, in Richtung Leichenfundort. Er betete, dass es sich tatsächlich um einen furchtbaren Irrtum handelte.

Tanja Altmeier stieg ins Auto, drehte um und verlangsamte, als sie neben Thomas Scheffel ankam. Durch das Fenster sagte sie: »Kommen Sie, Herr Scheffel, steigen Sie zu mir ins Auto, der Weg ist glatt.« Tanja konnte es nicht fassen. Was für ein kurioser Fall, und das in der Silvesternacht!

Augenblicklich stieg Thomas zu ihr in den BMW und ließ sich zum Tatort fahren. Dort angekommen, lief er mit weichen Knien auf die am Boden liegende Person zu, die gerade von der Spurensicherung in einen Transportsack gepackt wurde.

Grundmüller und Radomski versuchten ihn aufzuhalten.

»Lassen Sie ihn. Es handelt sich wohl um den Sohn der toten Frau. Übrigens ein Kollege aus Gelsenkirchen«, teilte Altmeier ihrem Chef mit. Beide dachten: Der wird sich einmischen. Unter Garantie!

Thomas ging in die Knie, beugte sich über die Frau und betrachtete sie. Dann fing er wie ein kleines Kind zu weinen an. »Wieso? Wieso ausgerechnet meine Mutter? Sie war doch hier nur Urlaubsgast, hat niemandem was getan.«

Widerwillig ließ Thomas Scheffel sich zum Auto von Tanja Altmeier bringen. Erschöpft fiel er auf die Rückbank und schlug die Hände vors Gesicht. Er konnte sich kaum beruhigen. Jammerte und weinte.

Die uniformierte Polizistin hatte die Umstehenden inzwischen alle befragt. Zusammen mit Tanja Altmeier nahm sie sich nun die Nachbarhäuser vor, die sich unmittelbar am Tatort befanden.

Sie landeten als Erstes in der Parterrewohnung einer jungen Frau, keine 50 Meter vom Tatort entfernt. Altmeier stellte sich und die Kollegin vor und erklärte der Frau, worum es ging. Die Polizistin in Uniform hatte sich bereits unaufgefordert aufs Sofa gesetzt und verfolgte kaugummikauend das TV-Programm.

Tanja Altmeier schaute sich um. In einer Stunde begann das neue Jahr, doch hier in der Wohnung sah es nicht nach Party aus. Ein kümmerlicher Tannenbaum stand in der Ecke, in einem Laufstall hockte ein kleiner verrotzter Junge, hangelte sich an den Stäben hoch und schaute Tanja neugierig an. Sie streckte dem Kind die Hand entgegen. Es lächelte sie fröhlich an. Tanja liebte Kinder. Für eigene brauchte sie allerdings einen geeigneten Mann, und der war nicht verfügbar. Gerade erst hatte sie die gefühlt hundertste Pleite hinter sich.

»Ich musste ihn wieder aus dem Bett holen, er wollte einfach kein Auge zumachen«, entschuldigte die Frau den späten Aufenthalt ihres Jungen im Wohnzimmer.

»Sie sind mir keine Rechenschaft schuldig.«

Ungefragt gab die junge Mutter der Kommissarin Auskunft. »Ich lebe alleine. Als ich vor einem halben Jahr diese Wohnung bekam, war ich glücklich. Raus aus der Stadt, eine bezahlbare Wohnung, viel Natur, dachte ich. Doch auf dem Dorf hat man es als Alleinerziehende mit Kind nicht leicht.«

»Das glaube ich Ihnen gern.«

»Während der Kleine im Kindergarten ist, arbeite ich stundenweise im Café unten im Ort. Da waren in den letzten Tagen immer wieder zwei ältere Damen, die Urlaub hier gemacht haben. Sie haben sich lautstark ausgetauscht. Eine der beiden ging vorhin an meinem Fenster vorbei, rote Mütze und blauer Steppmantel. Ich dachte mir, dass sie in der Kirche war. Ein Mann folgte ihr mit großen Schritten. Ich habe mir nichts dabei gedacht. Ebenfalls ein Kirchgänger, war ich mir sicher. Danach habe ich mich vor den Fernseher gesetzt. Hellhörig wurde ich erst, als ich kurz darauf das Martinshorn hörte. Ich habe wieder rausgeschaut und die Frau am Boden liegen sehen. Schnell kamen dann auch einige Leute und haben geschaut, was passiert ist. Ich konnte nicht rausgehen, wegen Andi.«

»Wie sah der Mann aus? Wie groß? Dick oder dünn?« Altmeier machte sich Notizen.

»Vielleicht war er ja gar nicht der Mörder. Ich möchte niemanden beschuldigen. Der Mann, der ihr hinterherging, war groß, ungefähr 1,80 Meter, breite Schultern hatte er, ansonsten war er schlank. Er trug eine dicke Jacke, hatte dunkles, halblanges Haar. Es sah jedenfalls im Dunkeln so aus. Aber wie gesagt, ich habe mir nichts dabei gedacht.«

Die junge Mutter hatte ein schlechtes Gewissen. Ihr war bewusst, dass sie der Polizei längst von diesem Mann hätte berichten müssen. Mischte man sich zu viel ein, war es nicht gut, hielt man sich raus, war es auch nicht gut. Wie man es machte, war es falsch, dachte sie.

Die Uniformierte kaute noch immer und glotzte »Dinner for one«. Hin und wieder lachte sie kurz auf.

»Kam Ihnen der Mann bekannt vor?«

»Es war stockdunkel. Okay, der Schnee ließ alles heller erscheinen. Einen eigenartigen Gang hatte er. Aber ich habe ihn nicht erkannt.«

»Was meinen Sie mit eigenartigem Gang?«

»Ein wenig schleppend ging er.«

»Eben sagten sie noch, er habe große Schritte gemacht.«

»Das eine schließt das andere doch nicht aus.« Die junge Mutter hatte langsam die Faxen dicke. Nun fing ihr Sohn auch noch an zu weinen.

Kurz vor Mitternacht verließen die beiden Frauen die Wohnung von Mutter und Kind. Draußen wartete Grundmüller. Er trat von einem Fuß auf den anderen. Ihm war eindeutig kalt.

»Die Schaulustigen haben sich verzogen, ebenso Radomski, diese Flachpfeife. Ich habe den Sohn zu seinem Feriendomizil gefahren. Die Partnerin und deren Mutter werden wir morgen früh verhören. Prost Neujahr, Altmeier«, sagte er nach einem Blick auf seine Uhr. »Lassen Sie uns nach einem Zimmer Ausschau halten. Oder wollen Sie noch zurückfahren?«

Altmeier zuckte mit den Schultern. Der Gedanke, jetzt noch nach einem Zimmer zu suchen, gefiel ihr nicht.

Die junge Kollegin war ohne einen Abschiedsgruß verschwunden.

6.

»Mit einem spitzen Gegenstand hat man sie ermordet! Die Kripo tippt auf einen Eiszapfen, den der Täter wohl von der Dachrinne des Gebäudes, an dem man sie fand, abgebrochen hat.« Geistesabwesend, den Blick in die weiße Traumlandschaft gerichtet, rührte Thomas in seiner Kaffeetasse. »Eigentlich hatte sie keinen schlechten Tod. Und das in einer wunderschönen Nacht mit funkelnden Sternen am kalten Winterhimmel.«

Margareta konnte nicht glauben, was sie da hörte. »Sag mal, bist du bescheuert? Ist das ein schöner Tod, einen Eiszapfen in den Hals gestoßen zu bekommen? Wach auf, Thomas!«

Waltraud hatte Tränen in den Augen und sehnte sich nach Hause. Am frühen Neujahrsmorgen hatte sie aus lauter Verzweiflung Sepp angerufen. Sie hatte den Eindruck gehabt, dass ihr Anruf ungelegen kam. Im Hintergrund hatte sie eine Frau reden gehört. Eine ältliche, kieksende Stimme, die ihr bekannt vorkam. Sie hatte sie allerdings in dem Moment nicht zuordnen können. Das Jahr fing nicht gut an. Dabei hatte Sepp ihr letzte Woche erst erzählt, er habe seine Frau verlassen und lebe nun allein, in der Hoffnung, sie beide würden wieder zusammenfinden. Jetzt die tote Eleonore. Wäre sie mitgegangen zur Kirche, würde Eleonore dann noch leben? Waltraud quälte sich mit Selbstvorwürfen. Oder wäre sie ebenfalls tot?

»Morgen fahren wir zurück, oder? Sicherlich reisen neue Gäste an. Bei dem tollen Winterwetter.« Waltraud sah ihre Tochter bittend an.

»Nein, wir bleiben noch eine Woche. Thomas hat mit der Vermieterin gesprochen. Die Familie, die morgen anreisen sollte, hat abgesagt, die sind krank. Ihr ist es mehr als recht, dass wir noch bleiben.« Margareta biss in ihr Brötchen und schaute Thomas, der mit seinen Gedanken weit weg war, besorgt an.

»Ihr werdet also die Nasen in den Fall stecken und die Kripo wuschig machen. Und ich soll hier meine Zeit absitzen, oder wie? Ich will nach Hause!« Jetzt liefen Waltraud die Tränen an den Wangen hinunter. Am liebsten hätte sie mit dem Fuß aufgestampft.

»Ich brauche dich, Waltraud, du kannst mir helfen«, versuchte Margareta ihre Mutter aufzuheitern.

»Nein, mein Mädchen, das kannst du vergessen. Die Zeiten liegen hinter mir. Wie oft habe ich mich lächerlich gemacht! Denk nur an den Heiratsschwindler. Vor seinem Haus musste ich Patrouille laufen. Anschließend hatte ich diesen alten Kerl am Hals. Nein, danke!«

Thomas erwachte aus seiner Lethargie. »Ja, Waltraud, du könntest uns von Nutzen sein, indem du dich hier und da mal umhörst, bei Edeka oder im Café.«

Waltraud sagte nichts mehr. Setzte ihr beleidigtes Gesicht auf und schwieg. Sie wollte heim und sehen, was bei Anni so los war. Was Sepp trieb und wie er die Silvesternacht verbracht hatte, interessierte sie ebenfalls. Auch wenn sie Margareta versprochen hatte, keinen Kontakt mehr zu ihm aufzunehmen. Vielleicht wusste Anni mehr.

»Ich stelle mir die letzten Minuten in Eleonores Leben schrecklich vor. Sie muss wahnsinnige Ängste ausgestanden haben. Und da behauptest du, sie hatte einen schönen Tod?« Margareta wandte sich an Thomas und schüttelte den Kopf.

»Ich meinte nur, dass die Umstände nicht schlecht waren. Silvesternacht, Traumlandschaft. Sie hatte keine Schmerzen. Jedenfalls nicht sehr lange. Meinst du, es ist besser, wochenlang im Krankenbett zu liegen und dahinzusiechen wie mein Vater?«

»Das kann man doch nicht vergleichen!«

»Natürlich nicht. War nur so ein Gedanke. Vergiss es! Ich bin es ihr schuldig, den Mörder zu finden, und das werde ich auch. Die Kripo machte einen ganz kompetenten Eindruck. Dieser Kommissar Grundmüller war nicht gerade freundlich, aber darauf kommt es nicht an. Na ja, bis auf die Tatsache, dass er aus der verbotenen Stadt kommt.«

Für die aus Gelsenkirchen stammenden Schalker Fans war Dortmund mit den Borussen ein rotes Tuch.

»Die junge Kollegin, diese Tanja Altmeier, scheint ein zähes Biest zu sein. Ich mag Frauen mit Biss«, meinte Margareta.

»Weil du selbst so eine bist«, schmunzelte Thomas.

»Sei vorsichtig, was du sagst. Du bist jetzt ein Waisenjunge, vergiss das nicht. Wenn ich dich sitzen lasse, hast du niemanden mehr.«

»Dann such ich mir eine Neue. Wo ist das Problem? Außerdem habe ich ja meinen süßen Dackel Willi. Ich könnte mich in den Hintern treten, dass ich ihn nicht mitgenommen habe. Ich vermisse ihn.« Da starb ihm die Mutter weg, und der Dackel war bei einem Bekannten.

Nur wegen der beiden mitreisenden Mütter hatte Thomas den Hund bei ihm gelassen, was Margareta nicht verstanden hatte.

Thomas erschrak über das Geplänkel. Seine Mutter war gestorben, brutal ermordet worden, und er klopfte lockere Sprüche? Er wechselte das Thema und sprach den Besuch der Kripobeamten und des PHK Radomski vor einer guten Stunde an.

Die Beamten hatten sich Eleonores Zimmer vorgenommen, in jede Ecke geschaut, sämtliche Schränke und Schubladen aufgerissen, um letztendlich nichts zu finden. Anschließend hatten sie Thomas, Margareta und Waltraud befragt. Rolf Grundmüller traute ihnen anscheinend nicht über den Weg, er hatte sie die ganze Zeit über skeptisch angeschaut. Vielleicht lag es auch daran, dass Thomas ein Kollege war. Thomas wusste aus eigener Erfahrung, wie sehr die ständige Einmischung von Außenstehenden stören konnte. Tanja Altmeier ging vorurteilsfreier an die Sache heran. Sie hatte vorhin präzise Fragen gestellt und ebensolche Antworten erwartet. Ihre Art gefiel auch Thomas. Wieso PHK Radomski dabei gewesen war, konnten Margareta und Thomas sich nicht erklären.

»Dieser Radomski sieht nicht nur urkomisch aus mit seiner platten Nase und der Ponyfrisur, er ist auch als schießwütiger, aggressiver Bulle bekannt. Ich hab mich vorhin kurz schlau gemacht«, sagte Thomas. »Er kommt bestimmt aus der ehemaligen DDR.«

»Hast du die Infos im Internet gefunden? Oder hast du etwa schon mit deinen Kollegen telefoniert? Am Neujahrsmorgen?« Margareta aß inzwischen das dritte Brötchen. Das war bei ihr immer so. Wenn ihr etwas auf der

Seele lag, gab es kein Halten, was das Hineinstopfen von Essbarem betraf.

»Sowohl als auch.«

»Dachte ich mir. Aber du hast recht. Dieser Typ ist eigenartig. Mir erschließt sich nicht, wieso er vorhin dabei war.« Margareta liebäugelte schon mit dem nächsten Brötchen, was Thomas nicht entging.

»Du willst nicht ernsthaft noch ein Brötchen essen, oder?«

»Halt dich geschlossen, mein Freund. Nicht, dass *ich* dich absäge und mir einen Neuen suche.«

Themenwechsel. Sie hatten im Moment wirklich andere Sorgen.

»Von uns aus sind die drei zum Voss-Grobe-Hof gefahren. Was wollen sie dort?« Thomas schaute aus dem großen Panoramafenster im Wohnzimmer. Nebel zog auf. Nur nicht nachdenken, sagte er sich. Lenke dich ab. Und trotzdem drängte sich ihm das Bild seiner Mutter auf, die irgendwo in einem kalten Raum der Rechtsmedizin lag.

»Sich die Frau anschauen, die deiner Mutter angeblich ähnlich sieht? Herausfinden, ob sie Feinde hatte und der Mord ihr galt? Die Tatwaffe suchen?«

»Du meinst, der Täter hat sich den kalten, mit Blut verschmierten Zapfen in die Hosentasche gesteckt und ihn mitgenommen? Dann wird er geschmolzen sein.«

Margareta zog einen Flunsch, stand vom Tisch auf und griff nach ihrer Jacke. »Ich werde mich ein wenig umsehen. Allein!«

»Ich gehe in die Kirche, um eine Kerze für Eleonore anzünden«, verkündete Waltraud seufzend.

Wer hätte gedacht, dass die beiden sich so gut verstanden, wie es in den letzten Tagen der Fall war, dachte Margareta. Am Anfang hatte es nicht so ausgesehen. »Halte Augen und Ohren offen, Waltraud«, gab Margareta ihr mit auf den Weg. An Thomas gewandt sagte sie: »Was hast du jetzt vor? Hänge dich nicht zu sehr in den Fall rein.«

Er zuckte mit den Schultern. »Ich denke, dass ich mit dem Voss-Grobe-Hof anfange. Eine Menge Fragen brennen mir auf der Seele. Danach werde ich mir den Pfarrer vorknöpfen. Pfarrer wissen immer was. Den Tatort will ich mir auch noch vornehmen.«

»Beide werden begeistert sein. Der Bauer und der Pfarrer. Du bist hier nicht befugt, die Leute zu befragen. Das ist nicht dein Revier. Dafür haben sie Grundmüller und Altmeier.«

»Lass das meine Sorge sein, Margareta.« Schnell schlüpfte er in seine Schuhe und zog die Jacke an.

Er trat gerade zur Haustür hinaus, als Margareta ihm hinterherrief: »Du fährst Waltraud in den Ort. Oder soll sie in dem Nebel die zweite Tote sein? Immerhin läuft der Mörder frei herum!«

Er murmelte unverständliche Worte in den nicht vorhandenen Bart. Er wollte allein sein und nachdenken. Aber er tat Margareta den Gefallen, denn sie hatte ja recht. Während er die Scheiben vom Eis befreite und auf Waltraud wartete, kam ihm eine Idee. Sein Elternhaus stand durch den Tod seiner Mutter leer. Er könnte es umbauen und mit Margareta dort einziehen. In die Einliegerwohnung, die er einmal bewohnt hatte, könnte er Waltraud stecken. Sie müsste eine kleine Miete bezahlen und sich im Haushalt nützlich machen. Durfte er so etwas so kurz nach dem Tod seiner Mutter überhaupt denken? Er wusste es nicht, merkte aber, dass ihn der Gedanke etwas aufmunterte.

Thomas Scheffel, Erster Hauptkommissar des KK 11 in Gelsenkirchen-Buer, mochte keine Leichen. Er war regelrecht allergisch dagegen. Ein Schaudern erfasste ihn, wenn er an die vielen Toten dachte, die er in seinem Berufsleben schon betrachtet hatte. Er konnte ihren Anblick kaum ertragen. Manchmal hatte er sich davor gedrückt, hatte Durchfall vorgeschützt oder Zahnschmerzen, wenn er zu einem Mordfall gerufen wurde. Außerdem bedeutete eine Leiche viel Arbeit. Arbeit, die er mehr als ungern erledigte. Überhaupt war sein Beruf nicht sein Traum gewesen. Es hatte sich so ergeben, irgendwie. Sein korpulenter, zur Faulheit neigender Onkel, der ebenfalls Hauptkommissar gewesen war, hatte ihm und seiner Familie viel von seiner Arbeit vorgeschwärmt, sodass schnell feststand, dass auch Thomas zur Polizei gehen sollte. Lieber wäre er Sänger geworden. Als Jugendlicher hatte er oft vor dem Spiegel gestanden, mit einer Colaflasche in der Hand, und die Songs von Bon Jovi nachgesungen. Das gute Aussehen, das für einen Sänger mindestens so wichtig war wie eine gute Stimme, hatte er. Davon war er damals überzeugt gewesen. Und trotzdem war er auf der Polizeischule gelandet. Schnell hatte sich herausgestellt, dass er wunderbar delegieren konnte. Jetzt, als Erster Hauptkommissar, war er glücklich, Jenny als Partnerin an seiner Seite zu haben. Sie hatte schon manches Mal für ihn die Kastanien aus dem Feuer geholt.

Nachdem er Waltraud in den Ort gefahren hatte, steuerte er seinen Passat durch den inzwischen dichten

Nebel in Richtung Wanderparkplatz Mechterkuse. Dort stellte er ihn ab und legte die restlichen Meter zum Voss-Grobe-Hof im Wald zu Fuß zurück. Der Weg führte ihn stetig bergan. Seine Heckler & Koch P7 im Holster gab ihm ein Gefühl von Sicherheit. Er wusste, dass er sie niemals hätte mitnehmen dürfen. Warum er es dennoch getan hatte, konnte er nicht sagen. Es war ihm einfach ein Bedürfnis gewesen. Doch er musste sie vor Margareta verstecken, und das war nicht einfach. Im Moment gab ihm die Waffe jedenfalls ein Gefühl der Sicherheit.

Auf dem Hof wollte er herausbekommen, ob die alte Voss-Grobe Feinde hatte und gestern Abend statt seiner Mutter getötet werden sollte. So richtig konnte er die Sache mit der Verwechslung nicht glauben. Wäre das nicht zu einfach?

Er betrat den Hof. Die beleuchtete Tanne, die vor dem Wohnhaus stand, wirkte unwirklich auf ihn. Weihnachten war für ihn vorbei. Wie nicht anders erwartet, herrschte am späten Neujahrsmorgen Ruhe. Nur vereinzelt drang ein Muhen aus dem Stall. Die Stalltür stand offen und Thomas blickte in den riesigen Raum. Niemand zu sehen. Rechts und links standen die Kühe, steckten ihre Köpfe durch die Gitterstäbe am Futtergang, kauten und schauten ihn neugierig an. Er ging weiter in den Stall hinein.

Da sah er ihn. Mit der Mistgabel in der Hand stand der Bauer am Ende des Stalles und beobachtete ihn.

»Was wollen Sie? Milch gibt es erst am Abend und Eier feiertags gar nicht.« Voss-Grobe war genervt, biss von einem Brötchen, das er in der linken Hand hielt, und kaute darauf herum. Er trug eine blaue Latzhose, darunter ein kariertes Hemd, darüber eine braune Strickjacke.

»Ich will nichts kaufen, sondern Ihnen ein paar Fragen stellen«, erklärte Thomas und zog seinen Ausweis aus der Tasche, obwohl der ihm hier nichts nutzte. Doch das wusste der Bauer hoffentlich nicht.

»Gerade erst sind drei Kollegen von Ihnen vom Hof gefahren. Die haben mir genug Löcher in den Bauch gefragt. Also, was wollen Sie noch?«

»Ich bin nicht dienstlich hier. Ich mache Urlaub in Bödefeld. Gestern wurde meine Mutter ermordet. Sie haben sicherlich soeben davon erfahren. Oder vielleicht schon früher.« Thomas sah den Landwirt eindringlich an.

Erschrocken hielt Voss-Grobe inne. Das hatte ihm gerade noch gefehlt. »Hören Sie, guter Mann, es tut mir schrecklich leid für Ihre Mutter. Doch ich muss Ihnen keine Fragen beantworten, wenn Sie mich privat löchern wollen. Wenden Sie sich an die Polizei hier vor Ort. Die hilft Ihnen weiter.« Voss-Grobe setzte sich in Bewegung und wollte den Stall verlassen.

Thomas ging dem Bauern hinterher, die Hand an seiner Waffe. Ich sollte ihm ins Bein schießen, dachte er. So abgefertigt zu werden, gefiel ihm gar nicht. Doch er war schlau genug, die Folgen, die dieser Schuss mit sich bringen würde, zu bedenken. »Man dachte zuerst, dass es sich um Ihre Mutter handelt, weil sie sich ähnlich sahen, auch wegen der Kleidung. Könnte es sein, dass es sich um eine Verwechslung handelt und der Mörder Ihre Mutter umbringen wollte? Hatte Ihre Mutter Feinde?« So schnell gab Thomas nicht auf.

Voss-Grobe drehte sich um und machte einen Schritt auf Thomas zu. Mit einem bösen Blick aus dunklen Augen schaute er den Kommissar an. Seine rechte Hand zitterte. Am liebsten hätte er ihn am Kragen gepackt und vom Hof geworfen. »Hören Sie, niemand wollte meine Mutter umbringen. Sie ist eine geschätzte Persönlichkeit hier im Ort. Nur weil sie Ihrer Alten vielleicht ähnlich sah, muss es sich nicht um eine Verwechslung gehandelt haben. Sie hatte keine Feinde. Und wenn, geht Sie das gar nichts an. Ich frage ja auch nicht, was Ihre Mutter alles verbrochen hat. Und nun verschwinden Sie. Aber ganz schnell!« Um der Aufforderung Nachdruck zu verleihen, wedelte er mit der Mistgabel vor Thomas' Gesicht herum. Ein Zinken, an dem Kuhmist haftete, streifte dabei die Haare des Gelsenkirchener Kommissars. »Ist das klar?«, schrie Voss-Grobe durch den kalten Stall.

So kam Thomas hier nicht weiter. Er verließ den Kuhstall.

Thomas wunderte sich, wie voll der Parkplatz vor der Kirche war. Überall standen Menschengrüppchen herum und diskutierten. Klar, ein Mord in einem solchen Ort war nichts Alltägliches. Er ging auf die Kirche zu und öffnete langsam die schwere Holztür. Er hoffte, drinnen Ruhe zu finden und nicht auf Waltraud zu treffen.

Er hatte Glück. Gähnende Leere in dem kalten Gotteshaus. Eine Messe hatte heute nicht stattgefunden, wusste er. Nirgendwo eine Spur von dem Pfarrer. Er durchschritt das Kirchenschiff in Richtung des pompösen Hochaltars mit den zwei Seitenaltären. Auch hier leuchteten noch die Kerzen an den riesigen Weihnachtsbäumen rechts und links des Altars. Weihnachten war für Thomas definitiv vorbei und er konnte den Anblick kaum ertragen. Oder hing das mit dem Tod seiner Mutter zusammen? Dennoch ehrfürchtig setzte er sich in die erste Reihe. Die Ruhe tat ihm gut. Tränen liefen ihm die Wangen hinunter. Er ließ es geschehen. Ja, seine Mutter war oft eine Ziege gewesen, hatte ihn gegängelt und bevormundet. Doch gerade in der letzten Zeit hatte sie sich etwas gefangen. Sie war nach dem Tod seines Vaters regelrecht aufgeblüht. Mutter und Sohn waren sich wieder nähergekommen. War der angebliche neue Freund der Grund für ihre Veränderung? Sie hatte ihn mit Macht vor Thomas verheimlichen wollen. Aber er war nicht blöd. Wozu war er Kommissar? Nun war alles vorbei. Stimmte die Sache mit der Verwechslung gar nicht und der Täter hatte es tatsächlich auf seine Mutter abgesehen? Hatten diese neuen Freundinnen aus Herten etwas mit ihrem Tod zu tun? Sollte er dort ansetzen?

Er wischte sich die Tränen ab, straffte die Schultern und atmete tief durch.

Plötzlich vernahm er ein Hüsteln. Er blickte zur bemalten Kanzel an der rechten Wand des Gotteshauses. In der engen kleinen Kabine stand der Pfarrer. Er füllte mit seiner stattlichen Figur den balkonähnlichen Raum fast vollständig aus. Er trug einen schwarzen Anzug, darunter einen weißen Rolli. Was machte er da oben? Denjenigen Trost spenden, die durch den gestrigen Mord jemanden suchten, bei dem sie sich aussprechen konnten?

»Was führt dich hierher, mein Sohn?«, fragte er nicht gerade leise von der kleinen Kanzel herunter.

»Ich bin nicht Ihr Sohn. Ich bin der Sohn der Frau, die gestern Abend keine 200 Meter von hier entfernt ermordet wurde.« Wieso nannte er ihn »mein Sohn«? Wo gab es so etwas denn noch? Er vergaß, dass er sich auf dem Dorf befand. Und er vergaß, dass Pfarrer Morgenrot in Herten ihn auch immer »mein Sohn« nannte.

»Und nun willst du dein Gewissen erleichtern? Soll ich dir die Beichte abnehmen, mein Sohn?« Gütig schaute er auf Thomas herunter.

War dieser Pfarrer von allen guten Geistern verlassen? Thomas stand entrüstet auf. »Was fällt Ihnen ein? Ich habe meine Mutter verloren, und Sie bezichtigen mich des Mordes? Was sind Sie für ein Pfarrer?«

»Setzen Sie sich wieder. So war es nicht gemeint. Bitte entschuldigen Sie meine Taktlosigkeit. Hinterbliebene machen sich häufig Vorwürfe, dass sie dieses gemacht oder jenes unterlassen haben. Wenn Sie darüber reden wollen, höre ich Ihnen gerne zu.«

Thomas überlegte einen Moment. Dieser Pfarrer war ganz anders als Pfarrer Morgenrot daheim in Herten. »Klar, ich fühle mich schuldig, da haben Sie recht.« Er nahm wieder Platz. Wieso sollte er die Gelegenheit nicht nutzen und sich nicht von der Seele reden, was ihn beschäftigte? »Ich habe sie hergeschleppt. Sie sollte sich erholen. Hier in dieser bergigen Landschaft, fernab vom Großstadtlärm und der elenden Silvesterknallerei.«

Der Pfarrer stieg von der Kanzel und kam mit schwerfälligem Gang auf ihn zu. Ächzend setzte er sich neben ihn in die Kirchenbank. »Viele suchten heute schon das Gotteshaus auf. Das habe ich mir gedacht, deshalb bin ich hier. Die Menschen wollen reden, werden nicht damit fertig, dass hier in dieser Idylle jemand ermordet wird. Angst ist an der Tagesordnung. Der Mörder läuft frei herum.«

Die ruhige sonore Stimme dieses Mannes tat Thomas gut.

Eine Zeitlang schwiegen sie. Irgendwann schlug der Pfarrer vor, nebenan im Pfarrbüro, das im Kellergeschoss des Montanushauses lag, einen Kaffee zu trinken.

Thomas ließ sich darauf ein und schlich dem großen stattlichen Mann hinterher. Und während er bei Kaffee und Plätzchen dem Pfarrer gegenübersaß und ihm sein Herz ausschüttete, schien sich der Knoten in seinem Kopf zu lösen. Er wusste nun, wo er ansetzen musste, wenn er den Mörder seiner Mutter dingfest machen wollte.

7.

Seufzend stellte die haushaltskitteltragende Wirtin eine große Terrine Rindfleischsuppe und ein Körbchen mit Graubrotscheiben auf den Tisch des »Eichenmuseums«. Dunkel war es in dem hölzernen Raum, kein weiterer Tisch besetzt. Die wild blinkenden Spielautomaten dudelten vor sich hin. Es roch nach abgestandenem Bier, Erdnüssen und feuchtem Wischlappen.

»Nee, echt herrlich, am Neujahrsmittag nur eine Suppe zu essen. Das war schon immer mein Traum.« Angewidert rührte Grundmüller mit der Kelle in dem Suppentopf herum. »Nicht mal Eierstich ist da drin, von Fleisch ganz zu schweigen!«

»Am Neujahrstag ist das Hotel Albers nur für Hausgäste geöffnet. Ich darf Sie daran erinnern, dass die heute Nacht keine zwei Einzelzimmer mehr frei hatten. Dieser Gasthof hier in Oberpalme war der einzige, der noch Kapazität hatte. Zwei Doppelzimmer, die sie uns zum Preis von Einzelzimmern überlassen haben. Ist doch nett. Haben Sie so schlecht geschlafen?« Tanja Altmeier sah ihren Kollegen genervt an. Ständig hatte er an allem was zu meckern. Dieser Prinz. Litt er vielleicht schon an Altersstarrsinn? Immerhin war er 20 Jahre älter als sie und sprach mindestens dreimal die Woche von seiner Pensionierung. Und das mit

55 Jahren. Oder hatte seine Alte daheim ihn zu sehr verwöhnt? Zweimal war Tanja in den Genuss gekommen, sein Heim aufsuchen zu dürfen, und hatte innerlich die Hände über dem Kopf zusammengeschlagen. Dieses Mütterchen, was er geehelicht hatte, war Hausfrau und dachte den ganzen Tag darüber nach, wie sie ihren Göttergatten Rolf und die beiden Gören, 8 und 13 Jahre alt, verwöhnen konnte. »Rolli« hier und »Rolli« dort. Wie eine Geisha tänzelte sie ständig um ihn herum, um ihn zu belustigen.

»Geht so. Das Zimmer ist nicht der Hit. Es riecht nach modrigem Furz, alles ist klamm. Hätte mich auch gewundert, wenn dieser angebliche Geheimtipp des PHK Radomski eine echte Perle gewesen wäre. Allein das Badezimmer! Senffarbige Fliesen und keine Einhebelmischer in der Dusche und am Waschbecken. 70er-Jahre-Style eben.« Er riss eine Graubrotscheibe in kleine Stücke und tauchte diese in die Suppe.

»Na ja, es hat doch alles seinen Zweck erfüllt. Dafür brauchten wir heute Nacht bei dem Wetter nicht mehr nach Hause zu fahren.«

»Aber wir hätten wenigstens zum Mittagessen in Bödefeld bleiben und im Café was Kleines essen können. Alles wäre besser gewesen als diese Suppe. Dafür hat sich der Extraweg aus Bödefeld hierher nicht gelohnt. Wieso hat uns Radomski heute Nacht nicht mit zu sich nach Hause genommen? Angeblich hat er ein großes Haus, und da wartete ein Topf voller Fleisch. Man könnte ruhig ein wenig gastfreundlicher zu weit angereisten Kollegen sein.«

Tanja Altmeier konnte nicht glauben, was sie da aus dem Munde des Kommissars hörte. Meinte er das ernst?

Was würde seine Gattin sagen, wenn er mitten in der Nacht zwei Kollegen anschleppen würde, denen er eine kostenlose Übernachtung inklusive Speis und Trank versprach? Und das in der Silvesternacht!

»Meckern Sie zu Hause auch so viel herum? Ihre arme Frau.«

»Was heißt ›arme Frau‹? Die hat es gut. Ach was! Die hat den Himmel auf Erden. Braucht nicht arbeiten zu gehen, bekommt alles, was sie benötigt.«

»Nee, ist klar!« Mehr hatte Tanja dazu nicht zu sagen. Sie wusste, wieso sie alleine lebte.

»Wir können nachher noch mal nach Bödefeld fahren und uns ins Café setzen, falls das heute geöffnet hat. Was steht sonst noch auf dem Programm? Wann fahren wir zurück nach Dortmund? Heute noch?« Tanja starrte ihren Chef bittend an. Obwohl sie es nicht zugab, fand auch sie das Zimmer schrecklich und würde gerne zu Hause übernachten.

»Nach dem Frühstück morgen, dachte ich. Heute würde ich mir gerne den Tatort noch einmal ansehen, erneut bei den Voss-Grobes vorbeischauen, weil wir noch nicht mit der Mutter gesprochen haben, und heute Abend sollten wir uns im Gasthof Albers umhören. Nebenher könnten wir was Ordentliches essen. Bestimmt machen die für Polizisten aus Dortmund eine Ausnahme, auch wenn wir keine Hausgäste sind. Frühstück konnte man das heute Morgen hier auch nicht nennen.«

»Wieso? War doch alles da, was ein Frühstück ausmacht!«

»Sie sind zu bescheiden, Altmeier. Die Brötchen waren aufgebacken und richtige Krümelgranaten. Statt Butter gab es Margarine. Die Wurst war aus dem Päckchen und die Marmelade von Aldi. Und das Ganze nennt sich hausgemachtes Landfrühstück!«

Tanja Altmeier starrte auf die dunkelgrüne Mitteldecke, die auf dem Tisch lag, und zählte die Brandlöcher. »Wie lange darf man in Kneipen nicht mehr rauchen? Ist doch schon länger her, oder?«

»Hier auf dem Land herrschen andere Gesetze, Altmeier. Wahrscheinlich ist die Decke von so guter Qualität, dass sie noch ein paar Jahrzehnte durchhält.«

So wie Ihre flaschengrüne Cordhose und das karierte Holzfällerhemd, das Sie am Leib tragen, wollte Tanja erwidern, schwieg jedoch lieber, um sich den Vortrag über die unnütze Ausgabe von Geld zu ersparen. »Ich bete, dass das Hotel Albers heute Abend geöffnet hat. Die sollen tolle Schnitzel auf der Karte haben.«

»Ach, doch nicht die Bescheidene?«

Tanja ignorierte die Frage. »Wie machen wir es ab morgen? Täglich von Dortmund ins Sauerland fahren?«

»Täglich nicht, aber hin und wieder, wenn nötig. Es sei denn, die Pappnase von Radomski löst den Fall allein. Doch da glaube ich eher an die Fähigkeiten unseres Kommissar-Kollegen Thomas Scheffel.« Grundmüller orderte einen Kaffee und weitere Graubrotscheiben.

Die Glotze über dem Tresen lief. Die Wirtin starrte auf die Mattscheibe und verfolgte das Skispringen. So hatte Grundmüller sie gar nicht eingeschätzt. Obwohl ihm nicht danach war, schenkte er ihr ein Lächeln, das Wunder wirkte. Sie wurde plötzlich redselig, berichtete von der Silvesternacht und davon, dass der letzte Gast erst um 5 Uhr morgens auf allen vieren das Lokal verlassen hatte.

»Ich kann euch heute Abend ein Schnitzel braten, wenn ihr wollt!«

Grundmüller war über ihre Freundlichkeit erstaunt und schenkte ihr ein weiteres Lächeln. »Gerne!«

Wie charmant er sein konnte, dachte Tanja. »Legen wir uns erst ein Stündchen aufs Ohr oder wollen wir gleich los?« Tanja gähnte mehrmals. In der Nacht hatte sie kaum ein Auge zugetan.

»Altmeier, Sie sind noch so jung und brauchen schon einen Mittagsschlaf?«

»Ja, heute wäre es nicht schlecht, wenn ich mich mal ein wenig in die Horizontale bringen könnte.« Sie dachte an ihren Stoffbeutel mit Weihnachtsleckereien, den sie im Auto hatte und den sie gleich bei einem schönen TV-Programm plündern würde.

»Okay, um 15 Uhr fahren wir Richtung Bödefeld und sehen uns zuerst am Tatort um. Hoffentlich kreuzt Radomski nicht wieder auf. Wahrscheinlich sitzt er über Braten und Knödel und denkt gar nicht daran, das Haus noch mal zu verlassen. Von mir aus kann er bleiben, wo der Pfeffer wächst.«

»Ich brauche den auch nicht«, sagte Tanja und stand gähnend vom Tisch auf.

Ein Rotmilan überflog kreisend den Tatort. Er gab dabei kreischende Laute von sich. Grundmüller konnte ihn an seinem gegabelten Schwanz erkennen. Graue Schneewolken hingen tief über Bödefeld. Grundmüller betete, dass kein neuer Schnee fallen würde. Er wollte morgen früh zurück nach Dortmund. Länger hielt er es nachts in dem Zimmer nicht aus. Zum Glück hatte Radomski sich nicht gemeldet. Alleingänge traute Grundmüller ihm nicht zu.

Altmeier gähnte und schaute Grundmüller zu, wie er den Boden absuchte. Gerne wäre sie auf dem Bett liegen geblieben. Die Wirtin hatte ihr ein Kännchen Kaffee aufs Zimmer gebracht. Dazu die zahlreichen Süßigkeiten. Einfach köstlich. Und es war warm gewesen in dem Raum. Den feuchten Geruch hatte sie kaum mehr wahrgenommen.

»Ob sie geweint hat? Oder gejammert? Wie waren die letzten Sekunden für sie?« Grundmüller zog ein schmerzverzerrtes Gesicht, als würde er jeden Moment anfangen zu heulen.

»Tja, das weiß man nicht. Was suchen Sie da eigentlich? Die SpuSi hat doch gestern Abend alles genauestens geprüft.« Tanja schüttelte den Kopf. Sie trat von einem Bein auf das andere. Ihr war kalt.

»Im Dunkeln, wohlbemerkt!«

»Die hatten Lampen dabei.«

»Nee, ist klar.« Grundmüller kniete sich hin und kroch mit der Nase dicht über den Boden herum. »Ha«, rief er erfreut und hielt Tanja einen winzigen Knopf hin. »Schauen Sie mal, Altmeier. Der war im Schnee festgetreten.«

Voller Unlust betrachtete Tanja den Knopf. Ein stinknormaler schwarzer Knopf. »Na und? Der kann schon Jahre da gelegen haben.«

»Dieser Knopf könnte von der Jacke des Täters stammen.«

»Nach Aussage dieser Nachbarin, die dort vorne im ersten Haus wohnt, trug der Mann, der hinter dem Opfer herlief, eine Steppjacke. Solche Jacken verfügen über einen Reißverschluss.« Altmeier formte die letzten Worte ganz langsam, als hätte sie es mit einem Trottel zu tun.

»Heute Morgen sagten Sie nur, er habe eine dicke Jacke getragen. Von einer Steppjacke war nie die Rede.«

»Wer sagt denn, dass der Mann, der dieser Frau gefolgt ist, der Mörder war? Außerdem: So gut wird die Nachbarin die Jacke vom Fenster aus nicht gesehen haben. Jacke oder Steppjacke, ist doch egal.«

»Ist es nicht, Altmeier. Reißen Sie sich mal zusammen. Ja, es ist kalt. Ich möchte auch lieber nach Hause.« Grundmüller stopfte den Knopf in einen Beutel und steckte diesen in seine Jackentasche. »Sie können beim zweiten Haus mit der Befragung weitermachen, Altmeier.« Strafe muss sein, dachte Grundmüller. Der werde ich ihre freche Art abgewöhnen.

»Heute am Feiertag? Zur Kaffeezeit?« Ungläubig riss Tanja Altmeier die Augen auf.

»Falls Sie es noch nicht mitbekommen haben, hier ist ein Mord geschehen. Ja, heute am Feiertag. Ein bisschen zackig, Altmeier! In einer Stunde am Auto!«

»Und Sie, was machen Sie in der Zeit?«

»Ich klingle bei dem Mann, an dessen Gebäude die Scheffel gefunden wurde. Vielleicht fällt dem noch was ein.«

Irgendetwas war hier oberfaul, stellte Grundmüller fest, als er anderthalb Stunden später, Altmeier neben sich, auf das Haus von Brigitte Voss-Grobe zuging. Der Schnee knirschte unter seinen Stiefeletten, die ihrem Aussehen nach aus den 80er-Jahren stammten. Als er das Wohnhaus der Bauersleute passierte, sah er Lothar Voss-Grobe am Küchenfenster stehen. Es war eindeutig: Er beobachtete ihn. Heute Morgen waren sie, Radomski im Schlepptau, bei ihm und seiner Frau Ellen gewesen, um ihn zu befragen. Müde, jedoch aufgeschlossen, hatten die Eheleute Auskunft gegeben. Sie hatten sich nicht gewundert, wieso die Kripo sie aufsuchte, und auch nicht gefragt, was sie mit der toten Frau zu tun hätten.

»Ähnlichkeit … Was hat das schon zu bedeuten?«, hatte der gelockte Bauer nur gesagt und die Verwechslungstheorie als Humbug abgetan. »Viele alte Leute sehen sich ähnlich. Das liegt in der Natur der Dinge.«

Einen Kaffee hatten sie noch bekommen und sich bald darauf wieder verabschiedet. Das war erst der Anfang, hatte Grundmüller gedacht, den knöpfe ich mir noch mehrmals vor.

Nun klingelten sie an der Haustür der Mutter, die kurz darauf freudig öffnete.

»Ach, sieh an, die Kripo. Sie waren heute Morgen schon bei meinem Sohn, nicht wahr? Kommen Sie herein.« Freundlich bat die Dame des Hauses die Leute in die geräumige Wohnküche, von wo aus man einen freien Blick auf das Haus vom Sohnemann hatte, der immer noch neugierig am Fenster hing.

Der Rotmilan zog jetzt über dem Anwesen seine Kreise, was Grundmüller als kein gutes Zeichen wertete. Es wirkte gespenstisch auf ihn.

Während Altmeier sich die Schuhe auszog und sie in der Diele abstellte, stapfte der Kollege mit seinen schneebehafteten Stiefeln einfach hinein. Ob er das bei seiner Geisha auch durfte? Tanja wusste, wieso sie in ihren vier Wänden keinen Kerl mehr um sich haben wollte.

Am großen Küchentisch nahmen sie Platz. Der Schnee an Grundmüllers Schuhen begann zu tauen und hinterließ unschöne Wasserflecken auf dem Boden. Die Hausherrin bemerkte es, sagte jedoch nichts. Zum Kaffee gab es selbst gebackene Weihnachtsplätzchen. Nostalgisches Blütenmustergeschirr schaffte eine gemütliche Atmosphäre. Die ganze Küche sowie das sich anschließende Wohnzimmer waren im Rosamunde-Pilcher-Stil eingerichtet. Tanja Altmeier war verzückt und konnte ihren Blick nicht von all den schönen Dingen lösen. Besonders die vielen Stehlampen, klein und groß, mit den tollen Schirmen hatten es ihr angetan.

»Sie waren also nicht im Gottesdienst gestern Abend, hat uns Ihr Sohn erzählt.« Grundmüller bat die Frau, sich endlich zu setzen, weil sie voller Unrast hin und her lief, um dieses und jenes zu holen. Er konnte tatsächlich eine starke Ähnlichkeit mit der ermordeten Eleonore Scheffel feststellen. Das gleiche pausbackige Gesicht, ähnliche graue Haare, einen ebensolchen immens großen Busen.

»So, hat er das?« Sie fing laut an zu lachen und schmiss dabei ihren grauen Strähnenkopf nach hinten. Zum wiederholten Mal bot sie den beiden ein Likörchen an, was diese ablehnten. Sie hingegen war keine Kostverächterin.

Ein echter Schickerbolzen, dachte Grundmüller.

»Ich bin zeitig los, gestern. Wir haben uns am Hotel Albers getroffen, meine drei Freundinnen und ich. Da kam Heidi auf die Idee, vor dem Gottesdienst noch ein Gläschen zu trinken. Eigentlich war da geschlossene Gesellschaft, aber wir haben uns einfach an die Theke gequetscht.« Wieder lachte Brigitte Voss-Grobe laut auf.

»Wen genau meinen Sie mit ›wir‹?«

»Meine Freundinnen und ich.« Voss-Grobe nannte Namen und Adressen ihrer drei Freundinnen.

Altmeier notierte alles gewissenhaft.

»Tja, bei einem Gläschen blieb es nicht. Da war es so lustig, dann die schöne Musik. Und warm war es. Viel wärmer als in der Kirche. Deshalb entschlossen wir uns, den Gottesdienst ausfallen zu lassen. Das darf man doch, oder? Mal blaumachen?« Aus braunen Augen schaute sie den Kommissar fragend an.

»Und irgendwann sind Sie von dort zu Fuß nach Hause gegangen?«, fragte Altmeier die Dame.

»Ja. Gegen 20 Uhr sind wir los, aber nicht zu Fuß. Nicht weil ich Angst, sondern weil ich einen sitzen hatte, bin ich mit zu Heidi. Ihr Sohn hat mich gegen 20.30 Uhr heimgefahren.« Ungefragt nannte sie den kompletten Namen von Heidis Sohn.

»Was trugen Sie gestern Abend?« Grundmüller wusste nicht, ob er an der Theorie mit der Verwechslung festhalten sollte. Die Ähnlichkeit war zwar da, aber auch im Dunkeln?

Brigitte rannte los, nach oben ins Schlafzimmer, und kam wenig später mit einem blauen Thermomantel und einer roten Mütze zurück. Wortlos hielt sie den beiden die Teile entgegen.

Grundmüller und Altmeier verschlug es die Sprache. Einen solchen Mantel und auch die gleiche rote Mütze hatte die ermordete Eleonore Scheffel getragen. Das war für einen noch so blöden Täter auch im Dunkeln zu erkennen. Gab es so einen Zufall?

Die resolute Brigitte fand zuerst die Sprache wieder. »Sie meinen, *ich* sollte dran glauben? Ähnelte das Opfer mir tatsächlich, wie man sich erzählt? Jetzt werden Sie mich sicherlich gleich fragen, ob ich Feinde habe. In einem kleinen Dorf gibt es immer Leute, die einen nicht mögen. Doch konkret kann ich keinen benennen.«

Das wirst du schon noch, dachte Grundmüller. Dass mit ihr nicht gut Kirschen essen war, dessen war er sich mittlerweile sicher.

»Die Tote trug einen ähnlichen Mantel und auch eine dunkelrote Mütze.« Grundmüllers Hirn arbeitete auf Hochtouren.

Im Moment kamen sie hier nicht weiter. Als Tanja Altmeier wieder in ihre Schuhe schlüpfte, lobte sie die hausgemachten Kekse, woraufhin die Hausherrin ihr einen Beutel mit Spritzgebäck füllte.

Altmeier grinste und freute sich auf den Abend bei TV und Keksen, wenn auch in einem Uralt-Zimmer.

»Die gleichen Klamotten! Es muss nichts zu bedeuten haben, Altmeier. Oder glauben Sie an eine Verwechslung?«

»Nachdem ich gesehen habe, was Frau Voss-Grobe gestern Abend trug, glaube ich erst recht daran.«

»Ich wäre froh, wenn wir den Fall schon gelöst hätten. Ich habe so eine Ahnung, dass wir noch viel Ärger kriegen.« Grundmüller saß seiner Kollegin gegenüber an einem rustikalen Tisch in einem ebensolchen Raum im Hotel Albers. Ein ausgestopfter Auerhahn an der Wand, daneben kleine und größere Geweihe sowie gerahmte Bilder mit Ortsmotiven verbreiteten echtes Sauerländer Flair. Das Ambiente stimmte.

Altmeier fühlte sich sehr wohl und entschied sich nach ausgiebigem Studieren der Speisekarte tatsächlich für ein Schnitzel. »Haben Sie Angst, dass uns dieser Scheffel dazwischenfunkt?«

»Auch. Seine Lebensgefährtin, diese Margareta Sommerfeld, ist private Ermittlerin. Wussten Sie das? Solche Typen sind ehrgeizig. Wir sollten das schnell hinter uns bringen.«

»Ja, ich habe von der Sommerfeld gehört. Ich fand sie eigentlich ganz sympathisch. Vielleicht hat sie gute Ideen.«

Grundmüller bestellte sich ebenfalls ein Schnitzel, dazu ein großes Weizenbier. »Sie fahren zurück zum Gasthof, Altmeier«, entschied er mit einem Blick auf ihre Apfelschorle.

»Wo mag der Eiszapfen sein? Ich meine, falls ein solcher tatsächlich die Tatwaffe war. Da sollten wir den Obduktionsbericht abwarten. Vielleicht stellen die was anderes fest.«

Grundmüller zuckte mit den Schultern. »Vielleicht sind wir mit der Verwechslungstheorie auf einem völlig falschen Dampfer. Kann doch sein, dass die alte Scheffel Feinde hatte. Möglicherweise ist ihr jemand ins Sauerland gefolgt, um sie beiseitezuschaffen.«

»Ich weiß nicht. Ich tippe eher auf Feinde, die die Bauersmutter hatte.«

»Spielen wir Lotto, Altmeier? Hier wird nicht getippt«, knurrte Grundmüller seine Kollegin an. »Wir werden das Umfeld der alten Voss-Grobe durchleuchten. Private Verbindungen sowie geschäftliche, bedingt durch die Landwirtschaft. Vielleicht werden wir da fündig.« Grundmüller kippte sein Halbliterglas Bier fast in einem Zug hinunter. Eine Menge Schaum blieb an seinen wulstigen Lippen hängen. Er lehnte sich zufrieden zurück und lächelte.

Etwas angeekelt schaute Tanja ihn an. Er lächelte viel zu selten, fand sie. Sie roch sein Aftershave. Etwas Altmodisches, nach Tannenzapfen und faulen Eiern. Ihr

Blick blieb an seinen zurückgekämmten Haaren hängen, die stets frisch gewaschen waren. Immerhin, dachte sie, gepflegt war ihr Kollege.

»Hat sich bei den Nachbarn noch was ergeben?«, wollte Grundmüller wissen und wischte sich endlich den Schaum vom Mund.

»Ein alter Herr faselte etwas von dem Metzger im Ort, den sich die alte Voss-Grobe zum Feind gemacht habe.«

»Dann werden Sie mit dem anfangen. Am besten morgen früh, bevor wir zurück nach Dortmund fahren. Ich habe bei dem Besitzer des Gebäudes übrigens nichts weiter in Erfahrung gebracht.«

Am kleinen Nebentisch platzierte sich eine Familie, die wohl aus dem Ort stammte. Sie brachten jeden Satz mit dem Wort »woll« zu Ende, was für Einheimische üblich war. Somit konnten die beiden Kommissare das weitere Austauschen von Details ihrer Ermittlungsarbeit vergessen und begannen eine private Unterhaltung, was sehr selten vorkam. Vor allem aber sperrten sie die Ohren auf, um aus den Gesprächen am Nachbartisch eventuell Neuigkeiten zu erfahren.

8.

Mord ist eine scheußliche Angelegenheit, die scheußlichste überhaupt, fand Margareta. Der Alltag hatte sie wieder. Ein furchtbarer Tag gestern, der Neujahrstag.

Eleonore weilte nicht mehr unter den Lebenden. Unfassbar. Okay, die Frau war nicht gerade ihre Freundin gewesen, doch den Tod hatte sie ihr deshalb nicht gewünscht. Eigentlich waren die Urlaubstage mit ihr ganz harmonisch verlaufen. Sogar Waltraud schien sie gemocht zu haben, und das sollte was heißen.

Die Sonne strahlte heute Morgen vom Himmel, als wäre nichts passiert. Urlauber waren zu Fuß unterwegs zur Skipiste oder machten eine Winterwanderung, die Kinder auf Schlitten im Schlepptau. Auch Margareta hatte es nach draußen gezogen. Sie war unterwegs vom Ferienhaus aus in Richtung Wanderparkplatz Mechterkuse. Von dort wollte sie zur Kreuzbergkapelle und anschließend nach Bödefeld ins Café.

Thomas hatte sich mit dem Pfarrer verabredet, der ihm einige Leute aus dem Kirchenvorstand vorstellen wollte. Bei den beiden stimmte die Chemie. Der Pfarrer kannte viele Leute, auch solche, die mit der Kripo schlechte Erfahrungen gemacht hatten. Diese waren eher bereit, mit einem Herrn zu sprechen, der zwar auch Kripomann war, jedoch hier vor Ort privat agierte und seine geliebte Mutter verloren hatte. Das brachte Thomas Punkte.

Waltraud war von ihrem Schwiegersohn in spe in der Ortsmitte abgesetzt worden. Einkaufen im Edeka-Markt war angesagt, später wollte sie ebenfalls das Café aufsuchen und sich in Gedenken an Eleonore ein paar Tortenstücke einverleiben.

Margareta, deren Tinnitus heute Hochzeit feierte, brauchte Ruhe, nichts als Ruhe. Die letzte Nacht hatte sie schlaflos verbracht. Thomas war stöhnend im Schlafzimmer auf und abgelaufen, hatte zeitweise bittere Tränen vergossen. Am meisten störte sie jedoch, dass er seiner Mutter einen regelrechten Altar bereitet hatte. Aus der Kirche hatte er jede Menge Opferkerzen mitgehen lassen – ob bezahlt oder nicht –, die er gestern Abend alle angezündet und neben einem Foto seiner Mutter aufgestellt hatte. Margareta wunderte sich, woher er das Foto hatte. Schleppte er das etwa immer in seiner Brieftasche herum? Als die Kerzen endlich abgebrannt waren und Thomas sich gegen 4 Uhr morgens ins Bett gelegt hatte, war sie von ihm brüsk beschimpft worden. Sie möge ihren E-Book-Reader weglegen, das Licht störe ihn. Er befand sich wegen seiner ermordeten Mutter in einem Ausnahmezustand, hatte sie sich mehrmals gesagt, um sich zu beruhigen. Im Normalfall hätte sie ihm dieses Ding um die Ohren geschlagen und den Raum verlassen.

So war die Stimmung am Frühstückstisch getrübt gewesen. Thomas hatte nervös mit Kommissar Grundmüller telefoniert und die Herausgabe des Handys seiner Mutter verlangt, da ihm dieses bei seinen Ermittlungen weiterhelfen könnte. Aus genau diesem Grund benötige er das Handy selbst, hatte Grundmüller gemeint. Er sei es schließlich, der für den Fall zuständig sei. Kommt Zeit, kommt Handy, hatte er zum Schluss gesagt und das Gespräch grußlos beendet.

Margareta war froh, jetzt für eine Weile ihre Ruhe zu haben und ihren Gedanken freien Lauf zu lassen. Sie passierte den Voss-Grobe-Hof, der zu ihrer Rechten traumhaft verschneit dalag. Sie hielt es jedoch für keine gute Idee, die Mutter des Bauern aufzusuchen, um sich von deren Ähnlichkeit zu Eleonore zu überzeugen. Sie glaubte fest an die Verwechslungstheorie und hatte sich in der Nacht einen Plan zurechtgelegt, wen sie wann und wo in der Sache befragen könnte.

Der Winterwald hatte etwas Beruhigendes. Margareta atmete tief ein und aus und ließ den Besuch der Kripobeamten gestern Morgen noch einmal Revue passieren. Dieser Rolf Grundmüller und seine Kollegin Tanja Altmeier waren ihr sehr sympathisch. PHK Radomski hingegen fand sie eigenartig. Komischer Kauz, dachte sie, und der Freundlichste war er auch nicht.

Ein schmaler Pfad kreuzte. Wieselflink rannte ein Eichhörnchen ihr fast über die Füße und erklomm den nächstbesten Baum. Was, wenn statt des putzigen Eichhörnchens ein Wildschwein daherkommen würde? Ein unbehagliches Gefühl machte sich in ihr breit. Oder, noch schlimmer, wenn der Mörder sie verfolgte, dieses Monster? Einer alten Frau aufzulauern und ihr einen Eiszapfen in den Hals zu jagen, war eine schlimme Gräueltat. Er durfte nicht ungestraft davonkommen. Vielleicht hatte er schon mehrere Opfer auf dem Gewissen. Was konnte er für einen Grund gehabt haben, Eleonore umzubringen? Hatte Brigitte Voss-Grobe, falls sie diejenige hätte sein sollen, ihn verärgert? Womit? Wer waren ihre Feinde?

Wenn der Mordanschlag doch Eleonore gegolten hatte, womit könnte sie ihn gereizt haben? Bestohlen wurde sie nicht und vergewaltigt ebenfalls nicht. Obwohl man heute auch für ein paar Euro plattgemacht wurde oder für ein Paar Markenturnschuhe, wie sie letztens erst gelesen hatte.

Sie beschloss, sich nicht auf die Polizei zu verlassen. Das würden sie selbst in die Hand nehmen, Thomas und sie.

An der Kapelle angekommen, das letzte Stück des Weges hatte ziemlich steil bergauf geführt, ging es ihr besser. Der Blick von hier oben reichte bis nach Ramsbeck und Umgebung. Sie war überrascht, wie groß die Kapelle war. Eine Kirche in Kleinausgabe. Auch innen konnte sie sich sehen lassen. Margareta suchte im Internet nach Informationen zu der Kapelle und wurde schnell fündig. Johann Heinrich Montanus, ein katholischer Priester, der 1721 nach Bödefeld gekommen war, hatte die Kreuzkapelle und den Kreuzweg erschaffen. Im Jahr 1929 waren seine Gebeine hierhergebracht worden und ruhten seither an der Ostmauer.

Margareta setzte sich in eine der Kirchenbänke und starrte auf den Altar. Sie würde zusammen mit Thomas den Mörder finden, da war sie sich sicher. Damit Eleonore, aber auch sie beide, ihre Ruhe finden konnten.

Plötzlich streifte ein Windzug ihren Nacken. Sie schaute nach hinten, ob jemand die Tür geöffnet hatte. Nichts. Da war niemand. Das Glockenseil baumelte hin und her, die steile Treppe, die nach oben führte, knarzte. Die Fenster waren verschlossen. Dennoch … Erneut spürte sie einen Windzug. War da nicht ein Atmen, das immer näher kam?

Margareta, eigentlich kein ängstlicher Typ, bekam Herzrasen. Sie sprang aus der Bank, sah in alle Ecken und verließ fluchtartig die Kapelle, obwohl sie niemanden entdeckte. Hielt sich vielleicht eine Person im kleinen Glockenturm versteckt? Vor dem Eingang stand ein altes Ehepaar und grüßte freundlich. Margaretas Pulsschlag normalisierte sich wieder. Nach einer kurzen Diskussion machten die beiden sich auf den Weg Richtung Bödefeld. Diese Wanderer einige Meter vor sich zu haben, vermittelte Margareta Sicherheit.

Es ging ein ganzes Stück schroff bergab. Fichtenzweige, dick mit Schnee behangen, bewegten sich geräuschlos sachte hin und her. Gelegentlich wehte feiner Schnee auf sie herab. An den Kreuzwegstationen, die sie passierte, verweilte sie kurz, um sie zu betrachten, was sie gelassener werden ließ. Sie nahm sich vor, mit Thomas zusammen den gesamten Bödefelder Pilgerpfad, den Wanderweg B6, zu gehen, wenn die Zeit dafür noch reichen würde.

Im Nu hatte sie die Ortsmitte erreicht. Vor der Pfarrkirche St. Cosmas und Damian blieb sie stehen und wollte die Straße überqueren, um das gegenüberliegende Café aufzusuchen. Auf dem vollen Parkplatz davor herrschte reges Treiben. Sehr viele niederländische Fahrzeuge spuckten fröhliche Urlauber aus. Das Wetter spielte mit – Frost und Sonne, das lockte sie an. Vielleicht würde sie Waltraud im Café noch antreffen.

Bevor Margareta über die Straße ging, ließ sie ein langsam von links herannahendes Fahrzeug vorbei. Ihr Blick blieb an diesem alten 190er Daimler in Rotmetallic hängen, der mindestens 30 Jahre auf dem Buckel hatte. Er kroch daher wie eine Schnecke. Als sie die alte Dame sah, die hinter dem Steuer saß, glaubte sie, diese zu kennen, sie schon irgendwo einmal gesehen zu haben. Diese auffällige Knotenfrisur und der geblümte Schal. Wo hatte sie diese Frau bloß gesehen? Sie warf einen Blick auf das Kennzeichen: RE CB 1944. Recklinghausen! Wie Schuppen fiel es ihr plötzlich von den Augen.

Diese elende Karre hatte vor nicht allzu langer Zeit vor Eleonores Haus geparkt, um sie abzuholen. Margareta hatte Thomas' Mutter einen Besuch abgestattet, da sie gerade in der Gegend gewesen war. Wann kam sie schon mal nach Herten? Doch ihr Besuch war unpassend gewesen, denn Eleonore war auf dem Sprung, wollte zur Seniorenstube der Kirchengemeinde, die Pfarrer Morgenrot ihr schmackhaft gemacht hatte. Die Frau, die aus dem Auto gestiegen war, hatte genauso alt ausgesehen wie ihre Karre. Graue altbackene Knotenfrisur, verblasstes Dirndl und ein Fransentuch, groß wie eine Tischdecke, um den langen Hals. Eleonore hatte ihr die Frau als Carola Blasius vorgestellt, die gute Seele des Quartetts, das sich vor Jahren aus der Seniorengruppe herausgebildet hatte.

Margareta konnte nach wie vor nicht verstehen, warum Eleonore nach dem Tod ihres Mannes unbedingt Mitglied dieses kleinen Frauenkreises werden wollte. Wenn die anderen drei Damen auch so alte Fregatten waren wie diese Carola Blasius, dann gute Nacht, hatte sie sich damals gesagt. Zwei Wochen später war Eleonore bereits nicht mehr gut auf das Quartett zu sprechen gewesen, da sie es ihr schwer gemacht hatten, sich ihnen anzuschließen. Diese eingeschworene Gemeinschaft wollte für sich bleiben. Besonders, als ein Mann ins Spiel gekommen war, den alle vier Frauen umgarnten: Fritz Wennemann. Eleonore hatte es vehement bestritten, aber Margareta war sofort klar gewesen, dass Eleonore sich in den alten Kerl verliebt hatte. Das war wohl auch der Grund gewesen, weshalb die Frauen Eleonore nicht in ihrer Mitte haben wollten. Sie wollten Fritz, der ein Auge auf sie geworfen zu haben schien, nicht auch noch mit ihr teilen.

Thomas hatte von dem Hahn im Korb und den vier Weibern nichts hören wollen, hatte es als Albernheiten abgetan. Da Thomas auf diesem Ohr taub war und von diesen Geschichten seiner Mutter nichts hatte wissen wollen, hatte Margareta sich geopfert und sich gelegentlich am Telefon Eleonores Gejammer angehört. Darüber, was die Damen sich wieder erlaubt hätten und dass sie ihr Fritz madig machen wollten.

Margareta stampfte noch ganz in Gedanken versunken in das Café und setzte sich an einen kleinen Ecktisch. Keine Spur von Waltraud. Keine Spur von Thomas. Wenn sie ihm von ihrer Entdeckung erzählte – am liebsten hätte sie ihr Smartphone herausgeholt und es gleich erledigt –, würde er es wieder als blödes Geschwätz abtun. Diese ollen Weiber, würde er sagen.

Margareta orderte einen Kakao mit Sahne und einen riesigen Windbeutel. Beides brauchte sie zur Stressbewältigung. Ihre Verwechslungstheorie begann zu wanken. Aber heftig. Was, wenn man Eleonore gezielt nach dem Leben getrachtet hatte? Wenn diese Carola Blasius von den anderen geschickt worden war, um Eleonore zur Strecke zu bringen? Eine Eifersuchtstat? Weil das Quartett Fritz nicht in noch kleinere Stücke teilen wollte? Ein Viertel Torte war immerhin besser als ein Fünftel. Wie oft hatte sich Eleonore über die Boshaftigkeit dieser Weiber beklagt? Und wie verliebt sie in Fritz gewesen war. Die heimlichen Telefonate!

Am Tisch nebenan saß eine Familie mit zwei Kindern, die sich lauthals um einige Bauklötze stritten. Das Gekreische ging Margareta auf die Nerven. Am liebsten hätten sie die verrotzten Blagen ordentlich verbal zusammengefaltet, konnte sich jedoch gerade noch beherrschen.

Der Windbeutel mit den herrlichen Kirschen war im Nu vertilgt. Es folgte ein Stück Eierlikörtorte. »Ach, bringen Sie mir gleich zwei davon«, sagte Margareta mit vollem Mund zur Bedienung. »Dazu noch einen Kakao.«

»So schlimm?« Waltraud hatte sich an Margaretas Tisch geschlichen, zog den Mantel aus und setzte sich ihrer Tochter gegenüber. Sie kannte deren Fressattacken und wusste, was sie bedeuteten.

»Schlimmer!« Margareta sah ihre Mutter mit Tränen in den Augen an. Dann fiel ihr Blick auf den prall gefüllten Stoffbeutel, den sie neben sich auf den Boden stellte.

»Was hast du denn alles eingekauft?« Für einen Moment war sie von ihrem Problem abgelenkt.

»Bei Edeka sind die ganzen Weihnachtsartikel runtergesetzt. Alles zum halben Preis. Diese Gelegenheit musste ich nutzen, Kind!« Waltraud strahlte.

»Wer soll das ganze Zeug essen? Weihnachten ist längst vorbei.«

»Das ist noch lange haltbar. Und hier in der Konditorei sind die Christstollen im Angebot. Da werde ich auch ein paar für zu Hause mitnehmen. Anni isst so gerne Christstollen vom Bäcker.«

»Waltraud, du spinnst!« Margareta schaute ihre Mutter an, als zweifelte sie an deren Verstand.

»Also, nun sag schon, was los ist. Bist du einem Geist begegnet?« Es interessierte sie anscheinend nicht sonderlich, was ihre Tochter erlebt hatte. Stattdessen steckte sie ihre Nase tief in ihre Tasche, um ihre Errungenschaften zu bestaunen.

»So ungefähr. Ich habe eine der alten Damen aus dieser Kirchengruppe in Herten gesehen. Du weißt schon. Diese Gruppe, in der auch Eleonore war. Carola Blasius fuhr in einem uralten Daimler ganz langsam die Straße vor dem Café entlang. Was will die hier?«

»Du meinst, die ist von den anderen gesandt worden, um Eleonore um die Ecke zu bringen? Dann wäre sie doch längst wieder weg, weil ihr Auftrag erfüllt ist. Diese alten Weiber um diesen tollen Fritz mögen zwar verrückt sein, aber eine loszuschicken, um die Nebenbuhlerin zu beseitigen, ist idiotisch!« Waltraud zog ein Marzipanbrot aus der Tasche und biss unauffällig hinein, nachdem sie es entkleidet hatte.

»Sie hat dir von Fritz und den Frauen erzählt?« Margareta wunderte sich. »Jetzt steck doch mal das Marzipanbrot ein. Die Bedienung schaut schon dauernd her!«

»Ja, wir haben uns in den letzten Tagen vor ihrem Tod ganz gut verstanden. Ist schon eine irre Geschichte, dieses Quartett alter Frauen um diesen knöchernen Gockel. Kaum zu glauben.«

Margareta erwiderte: »Aber du! Du und dein Sepp, was? Eine alte Schachtel hat ein Verhältnis mit einem uralten, verheirateten Bandleader. Das ist auch irre, oder nicht? Je oller, desto doller, heißt es doch so schön.«

»Du wirst geschmacklos, Kind. Das mit mir und Sepp ist was völlig anderes.«

»Ja, klar.« Margareta musste schmunzeln und aß weiter

ihre köstliche Torte. »Eleonore hat Torten auch geliebt«, sinnierte sie.

»Stimmt, sie hat sich mindestens zwei Stücke täglich einverleibt.«

Schweigend saßen sie sich gegenüber und dachten an Eleonore, die schwierig, jedoch auch irgendwie sympathisch gewesen war.

Waltraud hatte sich ein Käsebrötchen bestellt und einen Pott Kaffee dazu.

»Margareta, man muss die Toten ruhen lassen. Hör auf, in der Sache zu ermitteln. Wo warst du heute Morgen eigentlich?«

Aufgeregt berichtete sie ihrer Mutter nun von dem Besuch in der Kreuzkapelle oben auf dem Berg und dass sie das Gefühl gehabt hatte, jemand wäre ihr hinterhergeschlichen und hätte ihr in den Nacken gehaucht. »Du hast gut reden, Tote ruhen lassen. Soll der Mord an Eleonore ungesühnt bleiben? Der Täter sich möglicherweise sein nächstes Opfer suchen?«

»Aber du siehst doch, wohin das führt. Du bist wieder völlig fertig. Und bekommst du was dafür? Nein! Also, lass das diejenigen machen, die dafür bezahlt werden und deren Aufgabe das ist. Außerdem ist es absurd, dass diese alte Hexe bei dem Wetter bis ins tiefste Sauerland fährt, um eine Frau zu ermorden, die mit einem alten Kerl herumpossiert. Aber angenommen, es war so: Was will sie dann noch hier, wenn ihr Auftrag erledigt ist? Wenn sie es tatsächlich war, wird es kein nächstes Opfer geben. Margareta, du hörst wieder einmal die Flöhe husten. Wenn Thomas überall seine Nase reinsteckt, kann ich es noch verstehen. Eleonore war seine Mutter und er ist Kommissar. Was sagt er denn zu der Theorie mit der alten Frau? Hast du gesehen, ob sie an ihrer Karre wenigstens Winterreifen hatte?«

»Waltraud, deine Sorgen möchte ich haben. Das ist mir sowas von egal. Von mir aus kann sie sich mit glatt gefahrenen Sommerreifen den Hals brechen. Was Eleonore betrifft, werde ich dranbleiben.«

»Lass die Sache ruhen, Kind. Konzentriere dich auf andere Dinge. Hast du nicht extra einen dicken Auftrag sausen lassen, um deinen Aufenthalt hier zu verlängern?«

»Ja, und? Ich werde schon nicht verhungern.«

»Was sagt denn nun Thomas zu deiner Entdeckung?«

»Er weiß es noch nicht.«

»Was wirst du tun? Wo willst du die Frau suchen?«

»Ich werde mich beim Verkehrsverein erkundigen.«

»Klar, die geben dir sofort Auskunft. Erzähle das lieber diesem Grundmüller. Das traust du dich nicht.« Waltraud fing hämisch an zu lachen. »Der würde denken, du tickst nicht richtig.«

»Genau aus dem Grund werde ich ihm nichts davon sagen, sondern selber tätig werden. Schließlich habe ich dich. Du wirst dich umhören. Kannst gleich hier im Café anfangen.«

Wenig später im Ferienhaus.

»Ach, Margareta, fang du nicht auch noch mit den bösen Frauen an, die meiner Mutter angeblich nach dem Leben getrachtet haben. Wegen eines vertrockneten alten Mannes. Vielleicht wollte die Frau hier jemanden besuchen. Purer Zufall!« Für Thomas war die Sache damit erledigt.

Margareta konnte langsam nachvollziehen, weshalb Eleonore ihrem Sohn nichts mehr von dem Quartett und

Fritz hatte erzählen wollen. Aber sie würde beweisen, dass viel mehr dahintersteckte. Woher er wusste, dass Fritz vertrocknet aussah, beschäftigte sie allerdings noch eine Weile.

9.

Die Feiertage waren auch im Ruhrgebiet Geschichte, der Alltag war in Herten angekommen. Wie bei einem Leichenschmaus saßen die drei niedergeschlagenen Frauen da. Als würde die Welt untergehen. Sie warteten auf Fritz, der am Telefon versprochen hatte, gegen 11 Uhr ins Dom-Café zu kommen. In der oberen Etage trafen sie sich zweimal die Woche fernab von Kirche und Seniorenstube an ihrem Stammtisch in der Ecke mit direktem Blick auf den Dom. Sie hingen in den roten Sesseln und bekamen kaum die Zähne auseinander.

Petra, ungeschminkt, in einem roten Pullover, strich sich durch ihre Kurzhaarfrisur und seufzte. Vor ihr stand ein Kännchen Kakao und ein Stück Marzipantorte, von der sie erst eine Gabelvoll gegessen hatte. »Der Mord an Eleonore Scheffel macht mir wider Erwarten zu schaffen. Meinst du, Carola hat sie beiseitegeschafft? Ist ja ein starkes Stück.«

Die kleine, faltige Ursula Kaminski biss in ihr Mettbrötchen und zog die Schultern hoch. »Sie rief gestern an und erzählte ganz aufgeregt, dass Eleonore ermordet wurde. Erstochen. Sie konnte kaum reden, hat nur geheult. Nein, ich glaube nicht, dass sie es war. So mutig ist die nicht. Sie sollte ihr ja nur einen Denkzettel verpassen. Eine Warnung sozusagen.«

»Jetzt hast du, was du wolltest, Ursula. Jetzt ist sie tot und kann dir nicht mehr gefährlich werden. Du brauchst Fritz nicht mehr mit ihr zu teilen.« Angelika schlürfte ihren Kaffee und überlegte angestrengt, was sie essen sollte. Sie blätterte unschlüssig in der kleinen Speisekarte. Ihre Haare trug sie heute besonders streng zum Knoten zusammengezurrt.

Das Café war am Tag nach Neujahr um 11 Uhr morgens schon gut besucht. Die meisten Gäste bestellten sich ein Frühstück und freuten sich, dass die Feiertage vorbei waren.

Ursula Kaminski protestierte mit vollem Mund laut durch den großen Raum. »*Ich* wollte sie loswerden? *Mir* war sie im Weg? Ihr alle habt sie nicht haben wollen in unserem Kreis und auf Carola eingeredet wie auf einen kranken Gaul. Jetzt soll ich es gewesen sein? Ich allein? Bei euch piept es wohl.« Ursula strich sich die Krümel von der Brust. Sie kochte vor Wut.

»Ich muss Angelika recht geben. Du warst die Rädelsführerin. Hast immer wieder auf die gutmütige Carola eingeredet, dass Eleonore verschwinden müsse. Du hast sie regelrecht unter Druck gesetzt, ins Sauerland zu fahren, damit sie Eleonore irgendwo einen Abhang hinunterstößt oder ähnliches. Von Denkzettel war nie die Rede gewesen. Carola war fix und fertig, hat mich am Abend vor der Abreise noch angerufen.« Petra war sonst nicht der Typ, der den Mund weit aufriss. Sie war eher eine stille Genießerin, die lange brauchte, bis sie sich zu Wort meldete. Doch das musste einfach mal gesagt werden, fand sie.

»Und 300 Euro hast du ihr in den Briefkasten geworfen. Weißt du das eigentlich, Petra?« Angelika schenkte Ursula einen bösen Blick.

»Ja, weil die Carola kaum was hat. Und das Sauerland kostet. Eine kleine Unterstützung sozusagen.« Ursula fühlte sich in die Enge getrieben. »Komisch, erst wolltet ihr sie alle loswerden, habt ständig gejammert, dass sie nerve. Und nun schiebt ihr mir den schwarzen Peter zu? Ihr glaubt doch nicht ernsthaft, dass die gutmütige Carola jemanden abstechen könnte? Das wird ein anderer gewesen sein. Ein Irrer aus dem Dorf vielleicht.«

»Fragen wir Fritz, da kommt er gerade«, meinte die Kaffee schlürfende Petra.

Die beiden anderen Frauen zuckten zusammen.

»Ihr haltet den Mund«, ordnete Ursula an. »Wenn Fritz sich Eleonore zugewandt hätte, müsstest du, Petra, dir dein Mineralwasser zukünftig selbst holen, und am Tennisplatz würde er dich auch nicht mehr anfeuern. Tu nicht so scheinheilig.«

Dem gläsernen Fahrstuhl entstieg das Objekt der Begierde, das jedoch wenig Ähnlichkeit mit dem sonst so flotten Fritz Wennemann hatte. Gramgebeugt und alt wirkend steuerte er langsam auf den Tisch zu, an dem die drei Frauen saßen. Er nickte kurz und setzte sich auf den freien Sessel, nachdem er seinen wuchtigen Kamelhaarmantel an die Garderobe gehängt hatte.

»Guten Morgen«, sagte er leise und starrte auf den gegenüberliegenden Dom. Kein charmanter Spruch wie sonst kam über seine Lippen. Er trug eine blaue Strickjacke, darunter ein weißes Hemd. Die Haare waren gepflegt, anscheinend frisch gewaschen, wirkten jedoch stumpf. Er legte seine Hände auf den Tisch. Die Fingernägel waren wie immer eine Augenweide. Selten legte ein älterer Herr so viel Wert auf seine Hände.

Die drei Frauen murmelten ebenfalls eine Begrüßung und starrten verlegen in die Gegend.

»Wann habt ihr es erfahren? Dass Eleonore ermordet wurde, meine ich«, kam es aus seinen aufgesprungenen Lippen.

Ursula Kaminski ergriff zuerst das Wort. »Pfarrer Morgenrot rief mich gestern an und teilte es mir mit.«

Kein Wort ließ sie verlauten, dass Carola vor einer Stunde schluchzend angerufen hatte.

»Die arme Eleonore. Ich mochte sie sehr. Ich bin fix und fertig. So eine nette, patente Frau.« Fritz bestellte sich ein Kännchen Kaffee.

Petra konnte es nicht lassen, Öl ins Feuer zu gießen. »Jetzt kannst du ja wieder dem Pfarrer bei der Vorbereitung der Messe helfen, Ursula, da Eleonore nicht mehr ist.«

Ursula starrte Petra hasserfüllt an. »Halt doch endlich den Mund!«

Die drei Frauen konnten nicht begreifen, dass Fritz so sehr um Eleonore trauerte. Sonst hatte er immer tolle Sprüche drauf, brachte alle zum Lachen, hatte stets gute Laune. Nun wirkte er wie ein gebrochener Mann, starrte seine Freundinnen misstrauisch an.

»So kenne ich dich gar nicht, Fritz! Du hast also mehr für Eleonore empfunden als für uns? Bis die olle Eleonore zu uns stieß, waren wir ein tolles Trüppchen. Niemand war auf den anderen eifersüchtig.« Ursula fühlte einen Stachel im Herzen. Sollte die ganze Aktion, Carola ins Sauerland geschickt zu haben, um Eleonore eins auszuwischen, für die Katz gewesen sein?

Fritz dachte nach. Seine zittrigen Hände griffen nach einem Bierdeckel, den er malträtierte und in kleine Stücke riss. Bedächtig kratzte er sich am Kinn. »Ja, ich hätte mir Eleonore gut als Partnerin vorstellen können. Sie war so fröhlich und so bestimmt. Ich habe mehr für sie empfunden, was wohl auf Gegenseitigkeit beruhte. Nun ist sie tot. Kurz vor ihrem Ableben haben wir noch telefoniert.« Ein wehmütiges Lächeln erschien auf seinem Gesicht.

»Ihr habt telefoniert?« Ursula konnte es nicht fassen.

»Ja, wir haben regelmäßig telefoniert. Hätte ich dich vorher fragen müssen, liebe Ursula?« Fritz wunderte sich über Ursulas dominante, indiskrete Art.

»Du hast immer behauptet, dass du nie wieder eine feste Beziehung möchtest. Du erstaunst mich!« Ursulas faltiger Putenhals zitterte. Tränen traten in ihre Augen. Sie war kurz davor, schluchzend zusammenzubrechen. Sie, die Starke! Sie stopfte sich die andere Hälfte ihres Mettbrötchens in den Mund und kaute wie ein Karnickel. Das war ihre Art, den innerlichen Stress loszuwerden. Eine Art Fress-Yoga.

Nach einer ganzen Weile antwortete Fritz lethargisch: »Ich kann mich verlieben, in wen ich will, oder etwa nicht? Wieso ist Carola eigentlich auch ins Sauerland gefahren? Genau in den Ort, wo Eleonore mit ihrer Familie Urlaub machte?«

»Sie wollte ein paar Tage ausspannen.« Ursula sah ihre Felle davonschwimmen. Sollte alles umsonst gewesen sein? Fritz hatte sich vorher schon für Eleonore entschieden? Sie fragte sich, wie viel Zeit die beiden zusammen verbracht hatten, von der sie nichts wusste.

»Komisch, sehr komisch. Und sie ist noch nicht zurück? Ich werde sie nachher mal anrufen.« Misstrauisch starrte Fritz Ursula an.

»Das wirst du schön sein lassen«, schrie Ursula. Er durfte von der Aktion nichts erfahren. Niemals. Sie hatte sich an der Seite von Fritz gesehen, als seine Partnerin, und lange Zeit alles dafür getan. Die anderen drei Frauen und ihre Macken erduldet, immer in der Gewissheit, dass es bald vorbei war. Und dann war Eleonore gekommen. Ursula hatte von Anfang an gespürt, dass Eleonore ihr gefährlich werden könnte. Deshalb sollte sie weg. Was hatte sie den anderen Frauen die Ohren vollgejammert! Und nun war alles hinfällig? Keine gemeinsamen Imbissbudenbesuche im Hertener Distel-Grill mehr? Wer würde sie zukünftig nach Dortmund zu ihrer Tochter fahren?

»Wir wollten uns um die Marmelade kümmern, die Carola vor dem Fest nicht verkauft hat«, entgegnete er kleinlaut.

»Marmelade, Marmelade! Hast du keine anderen Sorgen?«, fauchte sie den Mann barsch an. Ursula hatte die Faxen dicke. Was war aus dem ehemaligen Kneipenbesitzer bloß geworden? Eine Memme!

Fritz war völlig verstört, legte einen Geldschein auf den Tisch und verließ grußlos das Frauentrio. Nein, das musste er sich nicht gefallen lassen. Zum ersten Mal war ihm aufgefallen, wie hässlich Ursula war.

»So hättest du ihn nicht behandeln dürfen«, sprach Angelika. »Nun sind wir ihn los. Er wird sich jetzt mit Carola trösten.«

Wutentbrannt schnaufte Ursula vor sich hin. Aus der Traum, mit Fritz zusammenzukommen. Hatte sie sich das teure rosa Seidennachthemd umsonst gekauft? »Er darf niemals erfahren, wieso Carola im Sauerland war. Habt ihr das verstanden?«

»Das wird sie ihm schon erzählen, die liebe Carola. Außerdem wird er sich nicht mehr mit uns treffen wollen. Wenn er mit ihr geredet hat, erst recht nicht.« Petra sah Ursula genervt an. Auch sie überlegte, sich vorerst rar zu machen und Ursula zu meiden. Wie hatte sie bloß gutheißen können, was diese dominante Frau sich zurechtgesponnen hatte? Sie machte sich bittere Vorwürfe, dem zugestimmt zu haben.

Zu dem frostigen Sonnenwinterwetter passte Carolas Laune überhaupt nicht. Sie saß in ihrem Einzelzimmer in der Pension Fennemann in der Straße »Auf dem Stadtfeld« und starrte vor sich hin. Ein kleines Einzelzimmer, doch alles da, was man benötigte, helle Möbel, ein kleiner Fernseher, eine gemütliche Sitzecke, ein bequemes Bett und Dusche mit WC. Das Frühstück war auch in Ordnung. Und es war äußerst günstig. Ursula Kaminski hatte ihr das Zimmer ausgesucht und gebucht. Die Fahrt hierher ins verschneite Bödefeld war kein Pappenstiel gewesen. Carola fuhr gerne Auto, aber nicht unter erschwerten Bedingungen. Ihre Freundinnen aus der Kirchengruppe, die sich mit ihr zu einem Quartett zusammengefunden hatten, waren jedoch geschlossen der Meinung gewesen, dass sie die Einzige sei, der sie die Fahrt und die Aufgabe zutrauten. Tagelang hatten sie auf sie eingeredet, wie auf einen kranken Gaul. Sie sollte ausführen, was die drei sich überlegt hatten, nämlich ihren Neuzugang Eleonore Scheffel ein wenig zu maßregeln. Der musste so heftig sein, dass diese sich aus der kleinen Gruppe zurückzog und vor allen Dingen die Finger von Fritz Wennemann ließ, von dem Mann, den sie alle in ihre Herzen geschlossen hatten und den sie sich quasi teilten. Auch Carola mochte ihn. Sie hatte dem männlichen Geschlecht und einer ernsthaften Verbindung mit diesem eigentlich längst abgeschworen. 30 Ehejahre mit ihrem dominanten Hubert hatten ihr gereicht, und sobald der Sargdeckel sich geschlossen und er die letzte Seilfahrt angetreten hatte, hatte sie sich geschworen: Nie wieder! Doch seit Fritz aufgetaucht war, träumte sie hin und wieder von einem Leben in inniger Gemeinschaft, die aus mehr bestand als nur Freundschaft. Sie spürte, wenn sie seine schönen Hände betrachtete, ein Kribbeln von Kopf bis Fuß bei der Vorstellung, von ihm gestreichelt zu werden. Deshalb war auch sie der Meinung gewesen, dass Eleonore verschwinden musste, bevor Fritz noch weitere Augen auf sie werfen konnte.

Denkzettel wäre okay, hatte Ursula gemeint, falls mehr passieren würde, wäre das auch in Ordnung. Carola war heftig erschrocken. Sie mochte Eleonore zwar auch nicht sonderlich, aber sie umzubringen, widerstrebte ihr. Sie war eine christliche Frau, die sonst nur Gutes tat.

Wie schon oft in den letzten Tagen fragte sie sich auch jetzt wieder, wieso sie sich bereiterklärt hatte, nach Weihnachten ins tiefste Sauerland zu starten. Die drei Frauen hatten ihr dermaßen Honig um den faltigen Mund geschmiert, sie gelobt und angebettelt, sodass sie nicht den Mut gefunden hatte, Nein zu sagen. Außerdem hatte sie, wieso auch immer, Respekt vor der Kaminski und wagte nicht, ihr zu widersprechen. Und ihr hatte der Gedanke gefallen, der wahnsinnigen Silvesterknallerei in ihrem Viertel der Großstadt zu entkommen und stattdessen den Jahreswechsel in einem Dorf zu verbringen, in dem es wesentlich ruhiger zuging.

Traurig und voller Zweifel hatte sie am 28. Dezember dieses Zimmer bezogen und sich seither mindestens dreimal täglich gefragt, was sie hier machte.

Sie war schnell fündig geworden und hatte Eleonore einen Tag nach ihrer Ankunft mit einer anderen alten Dame in dem Café mitten im Ort entdeckt. Fast wäre sie von ihr gesehen worden, das wäre fatal gewesen. Wie hätte sie ihren Aufenthalt in Bödefeld erklären sollen? Seitdem war sie ihr hinterhergekrochen, hatte sie heimlich beobachtet, auch in dem Ferienhaus, wo sie mit Sohn und dessen Freundin wohnte. Wie sollte der Denkzettel aussehen und wo sollte sie Eleonore alleine antreffen, hatte sie sich immer wieder gefragt. Überall war diese andere Frau dabei. Im Edeka-Markt, in der Kirche, beim Metzger. Ohnehin keine geeigneten Orte, sie um die Ecke zu bringen oder ihr eins auszuwischen.

Am Silvesterabend hatte sich ihr endlich die Gelegenheit geboten. Eleonore hatte sich auf den Weg zur Kirche gemacht, was Carola dem wilden Glockengeläut und den vielen Menschen, die zu Fuß Richtung Gotteshaus unterwegs waren, entnommen hatte. Mit größerem Abstand war sie ihr gefolgt, obwohl sie bei dieser Eiseskälte lieber in der Pension geblieben wäre. Doch Ursula hatte schon mehrmals angerufen und gefragt, wie weit sie mit ihrem Vorhaben sei. Es ist dein Vorhaben, hatte Carola Ursula jedes Mal korrigiert.

In der Kirche hatte sie einen Sitzplatz zwei Reihen hinter Eleonore ergattert. Sie war sich schäbig vorgekommen. War das etwa christlich? Alles wegen eines Mannes? So sehr sie Fritz mochte, das ging ihr zu weit. Dann hatte sie an die schönen Stunden mit ihm gedacht, wie sie zusammen zum Einkaufen fuhren, wie er mit ihr die selbst gekochte Marmelade auf Weihnachtsmärkten verkaufte. Allein wie wunderbar er die Gläschen in ihrer Wohnung beschriftet und sie dabei angelächelt hatte. Sollte es diese schönen Stunden vielleicht bald nicht mehr geben? Nein, hatte sie sich gesagt, Eleonore musste weg!

Nach dem Gottesdienst hatte sie sich an die Fersen der flotten Eleonore geheftet und überlegt, wie so eine Maßregelung, die ihr nicht gleich das Leben kosten sollte, aussehen könnte. Ein kaputtes Bein würde reichen. Oder besser zwei? Genügte es, wenn Eleonore zukünftig im Rollstuhl saß? Würde Fritz dann endlich das Interesse an ihr verlieren? Bestimmt. Eleonore war an dem Flüsschen Palme entlanggeschlichen, das mitten durch den Ort floss. Carola war kalt gewesen. Sie besaß nur diesen alten Lodenmantel, der nicht so wärmte wie eine Thermojacke. Nach einer Weile war Eleonore stehen geblieben und hatte auf das plätschernde Gewässer hinuntergeschaut. Carola hatte ihre Chance gesehen. Jetzt stoße ich sie hinunter in das kalte Wasser, hatte sie gedacht. Sie hatte ihren Schritt beschleunigt und sie fast erreicht, als sie einen Mann hinter sich hörte, der stark hustete. Schnell hatte sie die Straßenseite gewechselt …

Im Nachhinein war sie froh, dass dieser Kerl plötzlich auf der Bildfläche erschienen war. Sie wollte kein Verbrechen begehen.

Und dann war heute diese Margareta Sommerfeld aufgekreuzt und hatte sie angestarrt, während sie im Schneckentempo an der Kirche vorbeigefahren war. Eleonore hatte ihr die Freundin ihres Sohnes einmal vorgestellt. Carola war sich sicher, dass die Frau sie erkannt hatte. Aufgeregt war sie zurück zur Pension gefahren, wo sie nun in ihrem Zimmer saß und überlegte, was zu tun war. Sie fragte sich, warum sie nicht längst abgereist war. Eleonore war seit zwei Tagen nicht mehr am Leben. Man durfte sie auf keinen Fall mit deren Tod in Verbindung bringen.

Carola erwachte aus ihrer Trägheit, zog ihre Tasche vom Schrank und packte ihre wenigen Sachen. Wieso war sie nicht schon gestern abgereist? Wenn sie ehrlich war, wusste sie es: aus Angst vor Ursula Kaminski. Sie hatte Angst davor, ihr Rede und Antwort stehen zu müssen. Doch es nützte alles nichts. Ob gestern, heute oder morgen – der Zeitpunkt würde kommen, an dem sie der alten Hexe gegenübertreten musste. Carola beschloss, den kleinen Kreis zu verlassen. Wenn Fritz ein echter Kerl war, würde er sich auch weiterhin mit ihr treffen, davon war sie überzeugt.

10.

Margareta ging Richtung Wanderparkplatz Mechterkuse, noch unentschlossen, wohin der Weg sie an diesem nebligen Wintermorgen führen würde. Tauwetter hatte eingesetzt, nichts mehr mit herrlichem Wintertraum. Fest stand, dass sie laufen musste, viel laufen, weit laufen. Der Reißverschluss ihrer Jeans hatte heute Morgen, beim Versuch, ihn zuzuziehen, einen regelrechten Befreiungsakt vollführt. Der Gürtel spielte ebenfalls verrückt und sie hatte auf das dritte Loch ausweichen müssen, ins vierte ließ sich der Dorn nicht mehr hineinpressen. Ihre Gedärme fühlten sich eingeschnürt an, was gestern noch nicht der Fall gewesen war. Und das alles wegen der ausgiebigen Mahlzeit, die Waltraud gestern Abend zubereitet hatte, nachdem Margareta im örtlichen Metzgerladen zugeschlagen hatte. Sie hatte auf den Chef gewartet, gehofft, er würde irgendwann Wurst- oder Fleischwaren hereintragen. So hätte sie sich den Mann wenigstens schon einmal anschauen können. Während der Wartezeit hatte sie begeistert die etwas nostalgisch angehauchte Metzgerei bestaunt. Als sie endlich an der Reihe gewesen war, hatte sie, vom Duft der feinen Fleischwaren ganz hingerissen, Fleischwurst, Leberkäse, Aufschnitt, Mett, Hackfleisch, Fleisch- und Nudelsalat geordert. Der Chef war nicht erschienen, und sie hatte schwer bepackt den Laden verlassen.

Gestern Morgen hatte sie von zwei einheimischen Damen im Café erfahren, dass die Voss-Grobe-Mutter mit dem Juniorchef Clemens Vollmer nicht gut zurechtkam, weil sie andauernd die ausgehandelten Preise, die er mit ihrem Sohn vereinbart hatte, mokierte und runterhandeln wollte. Das hatten die Damen ihr jedenfalls erzählt. Falls die Verwechslungstheorie infrage käme, könnte es sich bei diesem Clemens um einen Tatverdächtigen handeln, der die alte Voss-Grobe loswerden wollte, hatte Margareta geschlussfolgert.

Als sie mit den Wurstwaren im Ferienhaus angekommen war, war sie wütend gewesen, weil sie die Zeit unnütz verplempert hatte. Waltraud hatte diese Wut abbekommen, denn Margareta hatte sie dazu verdonnert, Leberkäse, Hack und Fleischwurst zu braten. Sie musste zugeben, dass das opulente Mahl nicht nur eine Augenweide gewesen war, sondern auch köstlich geschmeckt hatte. Sogar Thomas hatte richtig zugelangt. Dazu hatten die drei jede Menge Gewürztraminer getrunken.

Das hatte sie nun davon. Behäbig schnaufend schlich sie den Hügel hinauf, nachdem sie den Wanderparkplatz passiert hatte. Obwohl sie es sich nicht eingestand, hatte sie längst das Ziel ihres Wegs vor Augen: der Voss-Grobe-Hof. Sie wollte endlich die Mutter der Bauersleute zu Gesicht zu bekommen, die Frau, die das Ebenbild von Eleonore sein sollte.

Mutig betrat sie das Gelände und steuerte auf den Stall zu. Schließlich konnte sie nicht einfach an der Haustür der Mutter klingeln. Das musste anders gehen, dachte sie und betrat den Kuhstall, dessen Tor offen stand. Kühe muhten und Eisenstäbe klirrten. Margareta liebte den Geruch von Kuhmist und Heu. Wieder wurden Kindheitserinnerungen an Bauernhofurlaube in ihr wach. Etliche Kuhaugen starrten sie von links und rechts an. Sie konnte nicht anders, als einem dieser Kuscheltiere den Kopf zu kraulen. Woanders musste man fürs Kuhkuscheln teuer bezahlen.

Am Ende des Stalles stand Lothar Voss-Grobe auf seine Mistgabel gestützt und schaute sie aus traurigen, müden Augen an. Nicht mehr ganz so feindselig wie beim letzten Mal.

Margareta grüßte freundlich und gab vor, seine Frau sprechen zu wollen.

»Ellen ist bei den Ziegen, ganz hinten durch. Was wollen Sie denn schon wieder von ihr?«

»Sie hat mir erzählt, dass sie Marmelade verkauft. Ich koche auch Marmelade, und da wollte ich sie fragen, wie viel Zucker sie auf vier Kilo Steinobst nimmt. Außerdem kommt es wahrscheinlich auch auf die Früchte an. Die Qualität muss stimmen, sagt meine Mutter immer.« Margareta schmunzelte. Waltraud und Marmelade kochen. Pah. Die könnte niemand essen. Doch sie brauchte einen Vorwand. Wie gut, dass sie gestern im Café – im größten Kommunikationszentrum des Ortes – die Ohren aufgesperrt hatte, als zwei alte Kräuterweiber sich unterhalten hatten. Thema: Marmelade einkochen!

»Sagen Sie mal, haben Sie keine anderen Sorgen? Sie sind hier im Urlaub, da kocht man keine Marmelade ein, schon gar nicht im Winter. Außerdem: Gehörte die ermordete Frau nicht zu Ihnen?« Mit funkelnden blauen Augen sah er sie skeptisch an.

»Ja, das stimmt. Sie können sich gar nicht vorstellen, wie schlimm das alles gerade ist. Kaum auszuhalten! Um ehrlich zu sein, will ich mich etwas ablenken.

Und irgendwann fahre ich wieder nach Hause, und da gibt es dann Marmelade!«

»Hat man als Privatdetektivin Zeit, um nebenbei Hausfrau zu spielen?«

Er war im Thema, stellte Margareta erstaunt fest. Von wegen dumm wie ein Bauer, wie manch arroganter Städter zu sagen pflegte.

»Der Dorffunk funktioniert. Wieso sollte ich kein Hobby haben? Ich backe und koche gerne. Im Übrigen war die Tote die Mutter meines Freundes. Kann ich trotzdem Ihre Frau sprechen?« Margareta schaute ihm trotzig ins Gesicht und hielt seinem Blick stand. Das Lügen klappte immer besser. Übung machte den Meister.

Voss-Grobe schmiss die Mistgabel in die Ecke und wollte den Stall verlassen. Er grinste hämisch, als er den roten Golf seiner Frau vom Hof fahren sah. Sie musste wohl den Hinterausgang genommen haben, dachte er und freute sich. »Sie fährt gerade weg. Vermutlich in die Stadt. Das kann dauern.«

Am liebsten hätte Margareta ihm ein paar derbe Worte an seinen Lockenkopf geschmissen. Dazu kam es jedoch nicht, denn Mutter Brigitte Voss-Grobe betrat mit einer Plastikschüssel, in der ein paar Eier hin und her rollten, den Stall.

»Ich habe Stimmen gehört. Haben wir Besuch?« Freundlich ging die Altbäuerin auf Margareta zu und gab ihr zur Begrüßung die Hand.

Margareta grüßte lächelnd zurück. Da bin ich zur richtigen Zeit am richtigen Ort, freute sie sich. Der Sohnemann verabschiedete sich mit einem unverständlichen Gemurmel, und Margareta ließ noch einmal ihren Wunsch vom Stapel, umgarnte die alte Frau, so gut sie konnte. Nicht vergebens, wie sie feststellte. Brigitte Voss-Grobe, die tatsächlich große Ähnlichkeit mit Eleonore hatte, hakte sich bei Margareta unter und schob sie in Richtung ihres Wohnhauses, was anmutig schön am Hang mit Blick auf die gegenüberliegenden Berge lag.

»Kommen Sie, trinken Sie eine Tasse Kaffee mit mir«, lud Brigitte die erstaunte Margareta ein.

Nachdem sie so freundlich aufgenommen worden war und sich in dem Rosamunde-Pilcher-Häuschen umgesehen hatte, wollte sie nicht länger um den heißen Brei herumreden. Offen und ehrlich erzählte sie der Frau, wer sie war und was sie wollte.

Keineswegs überrascht bot Brigitte ihr einen Platz in der Küche auf der geblümten Eckbank an und servierte wenig später Kaffee und Weihnachtskekse.

Wie viel Pfund Gebäck stellten die Frauen im Ort fürs Fest bloß her, wunderte sich Margareta. Oder backten sie gleich für Ostern mit?

»Ich habe Sie schon vom Fenster aus gesehen, als Sie zum ersten Mal hier waren und Eier von meiner Schwiegertochter gekauft haben. Hier verlässt kein Ei den Hof, ohne an mir vorbeizukommen, müssen Sie wissen.« Sie lachte laut und sympathisch und erzählte von ihrer Rolle auf dem Hof, von Sohn und Schwiegertochter sowie von den Enkelinnen.

Margareta ließ sie reden, lehnte sich gemütlich zurück und schaute durch das große Fenster in die nebelverhangene Landschaft. Schon lange hatte sie sich nicht mehr so entspannt gefühlt. Kommt Zeit, kommt vielleicht Wahrheit, sagte sie sich.

Während Margareta ihren Kaffee schlürfte und in einen Zimtstern biss, stellte sie fest, dass die Frau äußerst intelligent war. Äußerlich glichen Eleonore und Brigitte sich zwar wie eineiige Zwillinge, doch was die Hirnleistung der beiden Damen betraf, hätte Eleonore Brigitte nicht das Wasser reichen können. Wenn Brigitte ein schlauer Fuchs war, war Eleonore höchstens ein Eichhörnchen gewesen.

»Sie wohnen in dem Ferienhaus am Wald, oberhalb von Bödefeld, nicht wahr?«, wechselte Brigitte das Thema.

»Ja, ich mache dort ein paar Tage Urlaub mit meinem Freund, meiner Mutter und, na ja …« Margareta stockte, sie hatte plötzlich einen Kloß im Hals.

»Diese arme Frau! Es muss schlimm für Sie sein.« Mitfühlend schaute Brigitte Margareta an.

»Ja, wir stehen alle unter Schock.«

»Es wird erzählt, der Anschlag habe mir gegolten. Eine Verwechslung sozusagen. Sah sie mir wirklich ähnlich? Oder lag es daran, dass wir zufällig an dem Tag ähnliche Jacken und Mützen trugen?«

»Nein, nicht nur wegen der Bekleidung. Das Gesicht, die Statur, der Gang … Sie gleichen ihr schon sehr.« Margareta zog ihr Smartphone aus der Tasche und zeigte Brigitte einige Fotos von Eleonore.

Brigitte wirkte nachdenklich. »Das es so etwas gibt! Eine Doppelgängerin. Es ist ein komisches Gefühl, dass dieser Anschlag eventuell mir gegolten hat. Der Mörder läuft frei herum. Was, wenn er ein zweites Mal zuschlägt und ich dabei draufgehe?«

Margareta beruhigte die Frau. »Es gibt noch eine andere Spur, die eindeutig zur Mutter meines Freundes führt.«

»Ach, davon haben der Kommissar und die nette Kollegin gar nichts erzählt!« Brigitte horchte erstaunt auf.

»Vielleicht wussten sie es noch nicht.«

»Sie sind Privatdetektivin, nicht wahr? Und Ihr Freund Kommissar?«

»Richtig. Und deshalb können wir auch nicht tatenlos zu Hause rumsitzen.« Margareta dachte an das Gespräch, dass sie gestern Abend mit Thomas geführt hatte. Der Pfarrer und seine Bekannten hatten äußerst interessante Dinge preisgegeben.

»Nun fragen Sie mich schon, ob ich Feinde habe. Das wollten die Kommissare auch sofort wissen.«

»Ich habe nicht das Recht dazu, Ihnen Fragen in diese Richtung zu stellen. Außerdem kann ich mir denken, dass eine Frau wie Sie, die mitten im Leben steht, auch Menschen um sich reiht, die einem nicht gut gelitten sind. So ist das doch immer: Quatscht man den Leuten nach dem Mund, ist man die Beste. Hat man hingegen eine eigene Meinung, macht man sich schnell Feinde.«

Brigitte strahlte übers ganze Gesicht, holte die Likörflasche aus dem Schrank und goss Margareta und sich je ein Gläschen mit Pfirsichlikör ein. »Das haben Sie schön gesagt und richtig erkannt. Trinken Sie darauf ein Likörchen mit mir?«

»Ja, gerne. Ich bin zu Fuß hier!« Margareta spürte das Zwicken im Bund ihrer Jeans. Egal, man musste Opfer bringen …

Die beiden Damen prosteten sich zu. Hier stimmte die Chemie. Margareta mochte die alte Dame. Weil sie so direkt war und sich anscheinend nichts gefallen ließ.

Nach dem dritten Likör wusste sie mehr über Brigittes sogenannte Feinde, und Brigitte hatte im Gegenzug manches über Eleonore erfahren. Außerdem hatte sie nach zwei Telefongesprächen herausgefunden, wo Carola Blasius in Bödefeld abgestiegen war.

Zwei Stunden später trennten sich die beiden Frauen. Brigitte nahm Margareta das Versprechen ab, bald wieder vorbeizuschauen und sie auf dem Laufenden zu halten.

Margaretas Freude über den interessanten Vormittag währte jedoch nicht lange. Sie bog gerade um die Ecke des Kuhstalls, als jemand sie unsanft an die Schulter fasste.

»Machen Sie, dass Sie endlich wegkommen! Lassen Sie sich auf dem Hof nicht mehr blicken. Hier ermittelt die Kripo. Da haben Sie nichts verloren, kapiert?« Wütend schaute der Bauer sie an.

Margareta stieß seinen Arm weg und stellte sich ganz nah vor sein Gesicht. »Fassen Sie mich noch einmal an, dann passiert was! Ihre Mutter ist erwachsen, die kann Besuch kriegen, von wem sie will.« Sie spürte seinen Atem, sah sein dreckiges Grinsen.

»Huch, jetzt habe ich aber Angst! Was soll denn passieren? Wollen Sie mich schlagen? Ich bin hier der Boss! Und nun verschwinden Sie endlich.«

»Schlagen habe ich nicht nötig. Ich mache mir nicht die Hände schmutzig. Eine Kugel zwischen Ihre blauen Augen macht sich viel besser. Vielleicht schieße ich Ihnen auch erst in den Oberschenkel. Mal sehen, ob Sie dann immer noch so eine große Klappe haben.«

»Als Privatdetektivin darf man keine Waffe mitführen. Oder haben Sie einen Waffenschein?«

»Das werden Sie dann schon sehen. Wollen Sie es drauf ankommen lassen?«

Er gab ihr einen Stoß, sodass sie Probleme hatte, ihr Gleichgewicht zu halten.

»Das hat ein Nachspiel«, schrie sie ihm hinterher, als sie humpelnd sein Gelände verließ.

Das mit der Waffe hätte sie nicht sagen dürfen, schalt sie sich selbst. Sie hatte zwar eine dabei, war jedoch nicht im Besitz eines Waffenscheins. Thomas wusste nichts davon. Dachte sie jedenfalls. Ihr damaliger Lebensabschnittsgefährte, Hauptkommissar Stefan Kornblum, hatte ihr das Teil nach langem Betteln besorgt. Eine alte Walther P7, die sie in ihrem Schlafzimmerschrank versteckt hielt. Wieso sie diese mit in den Winterurlaub genommen hatte, konnte sie nicht sagen. Für alle Fälle vielleicht?

Ihr Kopf rauchte von den vielen Infos, die sie von Brigitte Voss-Grobe erhalten hatte. Der Molkereiwagenfahrer Michael Vogt war also spitz auf ihr Grundstück, das sich seinem anschloss. Dieses Grundstück wollte Margareta sich jetzt ansehen.

Oben an dem Wanderweg, der das Grundstück der Voss-Grobes vom Wald trennte, stand ein zerbeulter Golf Variant, dem soeben ein großer, kräftiger, böse blickender Kerl entstieg. Er zog den Bund seiner Hose höher und strich sein fettiges zurückgekämmtes Haar glatt. In seinem Gesicht prangte eine riesige Knollennase, in deren Löcher man gut und gerne je eine Walnuss verstecken könnte.

Auf Margaretas freundlichen Gruß reagierte er nicht. Er lief einige Meter an der verschneiten Wiese entlang, blieb stehen, blickte ins Tal hinunter und ging weiter, um nach fünf Metern dasselbe zu tun.

Margareta stapfte ihm in dem feuchten Schnee hinterher. »Ein schönes Stückchen Erde, nicht wahr? Gehört der alten Bäuerin vom Voss-Grobe-Hof.«

»Nicht mehr lange«, sagte der dicke Bär und musterte Margareta abfällig von oben bis unten.

Ach, wollen Sie die alte Dame umbringen, hatte sie schon auf den Lippen, verkniff es sich jedoch. Brigitte hatte ihr von ihrem Stück Land erzählt und dass sie sehr daran hing. Da der Molkereiwagenfahrer Michael Vogt ihr unsympathisch war, was mit einer alten Geschichte zwischen ihr und seinem Vater zusammenhing, wollte sie ihm das Land niemals verkaufen. Er hatte vor, eine Pferdekoppel darauf zu errichten, eventuell sogar einen Reitstall hinzusetzen. Lothar Voss-Grobe hatte mehrmals mit Engelszungen versucht, seine Mutter zu dem Handel zu überreden.

»Da wäre ich mir nicht so sicher«, entgegnete Margareta und grinste ihn wissend an.

»Was geht Sie das an? Wer sind Sie überhaupt?«

»Das geht Sie wiederum nichts an!« Sie machte auf dem Absatz kehrt und ging zurück zum Wanderparkplatz Mechterkuse. Im Kopf diesen unsympathischen Molkereiwagenfahrer Michael Vogt. Hatte er Eleonore auf dem Gewissen? Und war jetzt so wütend, weil er die Falsche erwischt hatte? Würde er sich Brigitte erneut vornehmen, wenn etwas Gras über die Sache gewachsen war?

Als Margareta gegen 15 Uhr im Ferienhaus ankam, durchgefroren und den Kopf voller neuer Eindrücke, stieß sie auf eine brummige Waltraud, die mit einer Frauenzeitschrift auf dem Sofa saß und sie böse anblickte.

In kurzen Worten gab Margareta wieder, was sie erlebt hatte und dass es einen neuen Tatverdächtigen gab. Auf die Frage, wo Thomas sei, der es nicht für nötig gehalten hatte, Margareta anzurufen oder ihr eine Nachricht zu schicken, erfuhr sie, dass er sich nach Bad Fredeburg aufgemacht hatte, um PHK Radomski zu besuchen.

»Was will er denn von dem? Was für eine Schnapsidee!« Margareta schüttelte den Kopf.

»Er war sauer, dass du so lange unterwegs warst. Einen Verdauungsspaziergang nach dem Frühstück hat er sich nicht so ausufernd vorgestellt. Vor einer halben Stunde ist er wütend weg.«

»Ich kann so lange wegbleiben, wie ich will. Ich bin nicht sein Eigentum.« Margareta verstand sein kindisches Verhalten nicht.

»Und was ist mit dem Mittagessen? Keiner kümmert sich um mich!« Waltraud zog wieder ihr beleidigtes Gesicht.

»Wie alt bist du, Waltraud? Und wieso Mittagessen? Du warst bestimmt im Café und hast ein Stück Kuchen zu dir genommen, oder etwa nicht?«

»Natürlich, es waren sogar zwei.«

»Hast du im Café was Neues erfahren?«

»Sag mal, Mädchen, dich scheint die tote Eleonore mehr zu interessieren als deine lebende Mutter. Ich darf dich daran erinnern, dass es nicht meine Idee war, den Aufenthalt hier zu verlängern.«

»Ach, Waltraud, geh mir nicht auf den Keks«, entgegnete Margareta barsch und steuerte auf die Treppe zu, die sie in ihr Schlafzimmer führte.

»Hast du was getrunken, Margareta?«, rief Waltraud ihr hinterher.

»Auch«, antwortete Margareta.

11.

Thomas rührte gedankenverloren in seinem Kaffee, in den er zuvor drei Zuckerwürfel hatte fallen lassen. Dabei musterte er abwechselnd Margaretas hautengen roten Pulli und das Gemälde von Bödefeld, welches hinter ihr an der Wand hing. Seit einer Stunde saßen die drei beim Frühstück. Waltraud war wieder einmal knurrig, konnte die Geschichten vom ach so netten PHK Radomski nicht mehr hören.

»Waltraud, das ist hier eine Art Brainstorming. Du kannst froh sein, daran teilnehmen zu dürfen.« Thomas schaute Waltraud an und wünschte sie ganz weit weg. Den gestrigen Abend hatte sie ihm auch schon mit ihren Launen verdorben.

»Brainstorming? Was soll denn das für ein Mist sein?«, fragte sie wütend.

»Jeder bringt seine Ideen ein. Du darfst Vorschläge machen, wie wir weiter vorgehen, um den Mörder meiner Mutter zu finden.« Thomas kam sich total raffiniert vor.

Margareta sagte gar nichts. Gerne hätte sie sofort ihre Jacke angezogen und wäre in Richtung Pension Fennemann gelaufen, um nach Carola Ausschau zu halten. Wieso erst lange nach Ideen suchen?

»Weißt du was, Thomas? Du gehst mir auf den Keks. Seit einer Stunde müssen wir uns hier Lobeshymnen über diesen kleinen Polizeihauptkommissar aus diesem noch kleineren Kaff anhören. Was hat er denn bisher ans Tageslicht gebracht? Nichts. Ihr habt euch nur so gut verstanden, weil er, genau wie du, diesen Kommissar Grundmüller nicht leiden kann. Was Margareta sagt, interessiert dich nicht. Dass sie gestern einen neuen Mordverdächtigen getroffen hat und dass der Bauer ihr wieder zu nahe getreten ist. Sogar handgreiflich wurde. Da hörst du nicht hin. Stattdessen erzählst du uns jeden Fliegenschiss von diesem komischen Kauz Radomski.«

»Keiner hat Margareta gezwungen, sich auf Tätersuche zu begeben«, erwiderte Thomas kleinlaut.

»Dich allerdings auch nicht. Dafür gibt es die Kripo, die für Bödefeld zuständig ist. Warum fahren wir nicht nach Hause? Du kommst dir wohl unheimlich klug vor, was? Kriechst ewig dem Pfarrer hinterher.« Waltraud fühlte sich viel besser, nachdem sie ihrem Schwiegersohn in spe die Meinung gesagt hatte.

Nun schwieg er, der gute Thomas Scheffel. Schluckte schwer, biss in sein Fleischwurstbrötchen und war beleidigt. Er zündete erneut eine Kerze für seine Mutter an und stellte diese vor sich hin.

Margareta schüttelte den Kopf. Wo war sie hier bloß gelandet? Thomas hatte tatsächlich nicht zugehört, als sie ihm von dem Besuch bei der Altbäuerin sowie von den Geschehnissen danach berichtet hatte. Und dieses ewige Kerzenanzünden ging ihr gegen den Strich. Überall brannten weiße Kerzen zu Eleonores Gedenken: im Bad, auf sämtlichen Fensterbänken, sogar auf seinem Nachttisch. Er hatte bei Edeka wohl alle Kerzenvorräte aufgekauft.

»Gut, dann reisen wir eben ab.« Trotzig stand er von seinem Stuhl auf und ging zum Fenster. »Der Nebel von gestern hat sich verzogen. Die Sonne scheint. Sollen wir mal zur Kreuzbergkapelle laufen?«, wandte er sich an Margareta.

»Ich habe schon was vor. Und du, Waltraud, was machst du?« Margareta ignorierte Thomas völlig.

»Was werde ich groß vorhaben? Ich stöbere erst durch den Edeka-Markt, schließlich ist morgen Sonntag, und setze mich danach ins Café. Vielleicht begegne ich dort einem netten Herrn, der mich auf andere Gedanken bringt. Wer weiß.«

»Ich schlage vor, wir treffen uns gegen 14 Uhr im Hotel Albers zum Mittagessen«, meinte Thomas, in der Hoffnung, die beiden Frauen würden ihm vor Freude um den Hals fallen.

Margareta gab ihm beim Verlassen des Wohnzimmers einen mütterlichen Klaps auf den Rücken und lächelte ihn an. »Und was hast du vor? Tatsächlich eine Wanderung zur Kreuzbergkapelle?«

»Nein, in dem Fall gehe ich in die Metzgerei. Vielleicht treffe ich dort den guten Clemens Vollmer an. Würde ich zur Kreuzbergkapelle laufen, müsste ich am Voss-Grobe-Hof vorbei. Der Bauer war beim letzten Mal nicht gerade gut auf mich zu sprechen.«

»Du könntest die Strecke unten herum wählen, durch Bödefeld«, schlug Margareta vor.

»Denk dran, uns bleibt nicht mehr viel Zeit. In ein paar Tagen müssen wir das Haus hier räumen. Bis dahin sollten wir den Mörder gefunden haben.«

»Ich soll daran denken? Die Kripo wird weiterermitteln und sich kümmern. Das soll nicht unsere Sorge sein.«

Langsam reichte es ihr. Zu Hause warteten zwei dicke Aufträge auf sie, die viel Geld bringen würden. Das Eleonore-Mörder-Suchen sollte nicht zum Staatsakt werden. So groß war ihr Ehrgeiz, den Täter zu finden, auch wieder nicht.

»Übrigens werden Grundmüller und Altmeier heute Mittag in Bödefeld eintreffen. Hat Radomski mir gestern erzählt.« Stolz lächelte Thomas sie an.

»Wie schön«, erwiderte Margareta nur und fragte sich, wieso er das nicht früher gesagt hatte. Da erzählte er so viel von diesem Kerl, ließ aber das Wesentliche weg.

Einen guten Kilometer quer durch Bödefeld und sie hatte die Pension Fennemann erreicht. Ein schöner Neubau mit zwei großen Dachgauben, Balkonen und Galeriefenstern. Margareta hatte sich die Pension schon im Internet angesehen. Der Parkplatz davor war gut gefüllt, die alte Karre von Carola Blasius entdeckte sie jedoch nicht. Innen sah das Haus weit weniger modern aus. Der Speiseraum und der kleine Empfang waren ganz in Eiche rustikal eingerichtet, die Eckbank und die Stühle mit Blümchenmusterstoff aus den 1970er-Jahren bezogen. Die Zimmer und Ferienwohnungen sahen im Internet sehr modern aus, die Möbel hell und zweckmäßig.

Die Pensionswirtin, eine Frau im mittleren Alter mit altmodischer Dauerwellfrisur, kam freudig herangeeilt, in der Hoffnung, eines der freien Zimmer zu vermieten. Ihre Kinnlade fiel schnell herunter, als Margareta den Grund ihres Besuches verkündete. Sie gebe keine Auskunft über ihre Gäste, meinte die Frau und wollte wissen, wer sie sei und was sie von Frau Blasius wolle.

Mit Engelszungen redete Margareta auf sie ein, erzählte, dass Carola Blasius eine Freundin ihrer Schwiegermutter sei.

Daraufhin riss die Frau, der alte Essendüfte anhafteten, ihre schmalen Augen weit auf: »Ist das die, die ermordet wurde?«

»Wie kommen Sie denn darauf?«, fragte Margareta und verneinte. Sie hatte den Türgriff schon in der Hand, als die Frau ihr hinterherrief, dass Frau Blasius heute Morgen abgereist sei. Kein Abschiedsgruß, nichts.

Margareta schaute auf ihre Uhr. Gerade einmal 11 Uhr durch. Da die Sonne schien, beschloss sie, eine Wanderung zu unternehmen. Also schlug sie den Weg Richtung Wanderparkplatz Mechterkuse ein, von dort aus ging sie, wie von einer inneren Macht getrieben, immer weiter geradeaus. Sich mit Thomas zu treffen, verwarf sie. Er hatte sie heute Morgen genug genervt. Dieses kindliche Verhalten, das er an den Tag legte, war ihr zu viel. Oder war es seiner Trauer geschuldet?

Nach gut vier Kilometern traf sie auf den kleinen Ort Altenfeld und entschied sich für einen schmalen Wanderweg, der sie in Richtung Wald führte. Es tat gut, die kalte Luft machte ihren Kopf frei.

Carola Blasius war also abgereist. Hatte die Frau etwas mit der Ermordung Eleonores zu tun? War sie die Mörderin? Mord aus Eifersucht? Angst um diesen tollen Fritz? Thomas hielt ihre Theorie für Schwachsinn.

Nach weiteren zwei Kilometern Fußweg kam sie an einer großen Tannenschonung vorbei. Zwischen den kleinen Bäumchen am Ende der Schonung ging ein Mann in einer Art Bundeswehrparka und mit blauer Strickmütze auf dem Kopf. Er blieb immer wieder stehen und knetete sein Kinn, als dächte er nach. Als er Margareta entdeckte, kam er lächelnd auf sie zu.

Was für ein gutaussehender Mann, dachte sie. Wie lange hatte sie nicht mehr in ein freundliches Männergesicht geschaut? Zudem in so ein hübsches. Die braunen Augen blickten neugierig.

»Ziemlich kalt für eine Wanderung, oder? Es zieht wieder an, nichts mehr mit Tauwetter, woll. Für die Wintersportler ideal, woll.«

Margareta lächelte über das angehängte »Woll«. »Ach, das frostige Wetter, dazu die Sonne, das tut mir einfach gut.«

»Und Sie haben keine Angst hier in der einsamen Gegend, ganz allein?«

»Sie meinen, der Eiszapfenmörder schlägt noch einmal zu?«

Der nette Mann fing an zu lachen. »Kaum zu glauben, dass bei uns hier in der friedlichen Gegend eine Frau ermordet wurde. Mit einem Eiszapfen, sagen Sie? Das muss man sich mal vorstellen. Also, ich war es nicht. Johannes Dünnebacke. Mein Name ist Johannes Dünnebacke. Mir gehört diese Nadelbaumplantage.«

Margareta schmunzelte. »Einen Nadelbaumplantagenbesitzer habe ich noch nie kennengelernt.«

»Wenn der Eiszapfenmörder noch einmal zuschlägt, bin ich fällig. Ich bin nicht sehr beliebt im Ort, müssen Sie wissen. Ich kann nicht sagen, wieso, habe aber eine Ahnung. Ende November, kurz vor Weihnachten, hat man mir 200 Weihnachtsbäume gestohlen. Sie waren bereits gefällt und eingenetzt. Natürlich hat keiner was gesehen, dabei müssen die Diebe ein größeres Auto gefahren haben, um die Dinger abzutransportieren. Keine Zeugen, nichts. Das Jahr zuvor waren es 100 Bäume. Ich blieb beide Male auf den Schäden sitzen. Die Versicherung hat nicht gezahlt. Das hat mich hart getroffen. Ich bin ein armer Mann.«

»Na ja, wenn ich mir Ihren Wagen ansehe, ist es mit der Armut nicht ganz so schlimm.« Sie nahm den Mercedes G-Klasse, der am Wegesrand stand, näher in Augenschein. Dieser Geländewagen kostete mindestens 100.000 Euro.

»Geleast, nur geleast, woll!« Johannes Dünnebacke schaute ihr tief in die Augen. »Und Sie, was machen Sie hier? Urlaub? Allein?«

»Momentan keinen Urlaub mehr. Wir haben uns über Weihnachten und Silvester ein Ferienhaus am Wald gemietet, mein Freund und ich. Unsere Mütter haben wir auch mitgenommen. Die Mutter meines Freundes wurde in der Silvesternacht ermordet.«

Das Lächeln wich aus seinem Gesicht. »Oh, dann ist sie die Frau? Das tut mir leid. Und deshalb bleiben Sie hier?«

»Mein Freund ist Erster Hauptkommissar in Gelsenkirchen, und ich bin private Ermittlerin. Natürlich ermittelt man da auch selbst und stößt nicht gerade auf Sympathie bei der Kripo und den Einwohnern.«

Johannes Dünnebacke wurde hellhörig. »Private Ermittlerin, sagen Sie? Auch wenn Sie momentan vermutlich andere Sorgen haben –vielleicht könnten Sie mir den einen oder anderen Tipp in Sachen Diebstahl geben, woll. Selbstverständlich nicht gratis, versteht sich.«

Margareta beschloss, den Fall »Tannenbaumdiebstahl« anzunehmen. Wieso nicht nebenbei etwas Geld verdienen? Ihr war jedoch kalt und sie trat von einem Fuß auf den anderen. Das bemerkte dieser nette Plantagenbesitzer, bevor sie etwas sagen konnte.

»Entschuldigen Sie. Das müssen wir nicht hier besprechen. Wie wäre es heute Abend? Im Hotel Albers? Haben Sie Zeit? Sie dürfen Ihren Freund gerne mitbringen.«

»Das fehlt mir gerade noch. Nein, ich komme allein.«

»19 Uhr? Ich fahre jetzt zurück. Wenn Sie wollen, nehme ich Sie mit.«

»Okay, 19 Uhr bei Albers. Wenn Sie mich in der Ortsmitte von Bödefeld absetzen könnten, wäre das toll. Dann brauche ich die sechs Kilometer nicht zu Fuß zu gehen. Ich habe mich wohl etwas überschätzt.«

Höflich hielt er ihr die Beifahrertür seiner tollen Karosse auf. Als er sich neben sie setzte, fiel ihr auf, wie gut er roch. Nach Sandelholz und Patchuli. Thomas würde im Dreieck springen, wenn sie heute Abend zu ihrem Date aufbrach. Sie könnte es als Auftrag deklarieren. War es ja auch, irgendwie.

Entspannt saß sie auf einem Barhocker an der Theke des Hotels Albers und beobachtete sich im Spiegel hinter der Bar. Sie sah ihre eigenen Umrisse und die ihres Sitznachbarn Johannes Dünnebacke. Gut sah sie aus, fand sie. Die Haare waren toll gestylt, das Gesicht geschminkt, die Wangen leuchteten. Der enge rote Pulli betonte ihre gute Figur. Ihr Nebenan konnte sich ebenfalls sehen lassen. Dunkle wellige Haare, die sie heute Mittag unter der Mütze niemals vermutet hätte. Strahlend weiße Zähne sorgten für ein schönes Lächeln, und das wiederum ließ ihn unheimlich sympathisch aussehen. Er trug ein kariertes Holzfällerhemd, darüber eine Jeansweste.

Sie verstanden sich auf Anhieb gut und hatten sich jede Menge zu erzählen. Zum ersten Mal seit vielen Tagen fühlte sie sich richtig lebendig. Sie durfte allerdings nicht daran denken, was Thomas für einen Aufstand gemacht hatte, als sie ihm von ihrem Treffen mit dem Nadelbaumplantagenbesitzer und seinem Problem erzählt hatte. Selbst mit dem Hauptargument, dass es um einen bezahlten Auftrag ging, war sie bei Thomas auf taube Ohren gestoßen. Was denn mit seiner Mutter sei, hatte er sie angeschrien.

Sie blickte zur Seite und sah in den kleinen, gut besuchten Raum, in dem sie heute Mittag wie vereinbart auf Waltraud und Thomas gestoßen war. Wie die beiden Trauerklöße dagesessen hatten, es war kaum auszuhalten gewesen. Sie hatten herumgenörgelt, wieso sie zu spät sei und wo sie herkomme. Es hatte sie nicht interessiert, ob ihre Recherche bezüglich Carola erfolgreich gewesen war. Nichts. Maulend hatte Waltraud die Speisekarte durchforstet, um sich dann nur eine Suppe zu bestellen. Sie habe es mit dem Magen, hatte sie mit jammerndem Blick gemeint. Margareta hatte das nicht gewundert. Sie war überzeugt, dass Waltraud morgens im Café mindestens zwei riesige Tortenstücke vertilgt hatte.

Thomas hatte sich beklagt, dass ihm kalt sei und er keinen Hunger habe. Auf ihre Frage, ob er den Metzger erreicht habe, hatte er den Kopf geschüttelt. Dann hatte er sich ebenfalls eine Suppe bestellt. Wie die beiden gemeinsam die Suppen gelöffelt hatten … Margareta hatte an Altenheimbewohner denken müssen.

Auf der Rückfahrt zum Ferienhaus hatte an der Ampel vor ihnen ein silberner Volvo mit Kennzeichen RE-FW-1947 gestanden. Margareta war sofort klar gewesen, dass in diesem alten Volvo Fritz Wennemann aus Herten saß. Da er Thomas zu langsam fuhr, hatte dieser ihn überholt. Margareta hatte dabei einen Blick von der Seite auf den Fahrer geworfen. Dieser durchaus gepflegte alte Herr hatte so ausgesehen, wie sie sich Fritz, Eleonores Schwarm, immer vorgestellt hatte. Thomas und Waltraud, die in der Karre fast eingeschlafen waren, hatte sie nichts von ihrer Entdeckung erzählt. Wozu auch?

Johannes holte sie in die Gegenwart zurück. Er konnte nicht fassen, dass es sich bei der ermordeten Frau um die Mutter ihres Freundes handelte. Er stellte interessiert Fragen, hatte zu allem eine Theorie parat, versorgte sie mit Insiderwissen über Voss-Grobe & Co, ohne anmaßend zu wirken. Betonte immer wieder, dass das seine Sicht sei.

Das Glück, das Thomas heute nicht zuteilgeworden war, traf heute Abend dafür Margareta. Zwei Stühle weiter unterhielten sich der Metzger Clemens Vollmer und der Molkereiwagenfahrer Michael Vogt lautstark bei Weizenbier und klarem Schnaps. Entweder hatte Vogt sie nicht erkannt oder er hatte vergessen, wer sie war. Thema der beiden Männer: der Mord an Eleonore und das »Pack« aus dem Ferienhaus. Der Wirt hielt mit seinen Kommentaren nicht hinter dem Berg. Man spürte deutlich, dass Johannes hier nicht gerne gesehen war. In der Stereoanlage nahm James Blunt Anlauf und trällerte sein »You're Beautiful«.

»Was für eine beschissene Musik«, meinte Clemens Vollmer, nippte an seinen Schnaps und knallte das Glas auf den Tresen. »Alles beschissen.«

»Eine Privatdetektivin ist mir noch nie begegnet«, sagte Johannes draußen beim Abschied und küsste zart Margaretas Hand. »Sehen wir uns wieder?« Mit stechendem Blick aus braunen Augen wartete er auf eine Antwort.

»Aber sicher doch. Ich höre mich um«, erwiderte Margareta mit ziemlich weichen Knien.

Er fuhr sie nach Hause, direkt bis zum Ferienhaus, worüber sie sehr froh war. Der Hinweg hatte ihr schon genug Angst bereitet. Ständig hatte sie das Gefühl gehabt, jemand wäre hinter ihr. Sie hatte wieder den Atem im Nacken gespürt, genau wie in der Kreuzbergkapelle.

12.

Margareta hörte deutlich, was Thomas sagte. Was genau er damit meinte, verstand sie jedoch nicht. Vorwurf reihte sich an Vorwurf. Hilfesuchend blickte sie zu Waltraud, die belustigt in ihr Brötchen biss und anscheinend Spaß daran hatte, dass ihre Tochter sich mal wieder nicht einig mit ihrem Thomas war. Sie hielt sich geschlossen, ergriff keine Partei für ihre Tochter.

War das die Retourkutsche, fragte Margareta sich. Weil sie ewig auf Sepp und Waltraud herumgehackt hatte? Und warum schaute Waltraud dauernd nervös auf ihre Uhr? »Hast du es eilig, Waltraud? Was hast du vor?«

»Kirche, mein Kind, ich will zur Kirche.« Waltraud schob sich den Rest ihres Marmeladenbrötchens in den Mund und schlürfte den Kaffee hinunter.

»Kirche? Du warst schon jahrelang nicht mehr in der Kirche. Wieso ausgerechnet heute?« Margareta wollte sie aufhalten, sie wollte nicht mit Thomas alleine sein.

»Die Umstände erfordern das. Immerhin ist Eleonore ermordet worden. Außerdem kann ich mir dann den Pfarrer ansehen.« Waltraud grinste Thomas an.

»Ich begleite dich, Waltraud. Wir können das Auto nehmen, dann geht es schneller.« Auch Margareta hatte es plötzlich eilig.

»Moment mal. So geht das nicht! Du musst mich erst fragen, wenn du das Auto nehmen willst«, protestierte Thomas.

»Sag mal, geht's noch? Aus verständlichen Gründen sind wir mit nur einem Auto hergefahren. Ich wusste nicht, dass ich erst darum betteln muss, wenn ich es benutzen will.«

»Was heißt ›betteln‹. Absprechen sollte man sich. Schließlich ist es mein Wagen. Schlimm genug, dass du dich abends alleine in der Kneipe herumtreibst, ohne mich vorher zu fragen. Ich hätte mitgehen können. Stattdessen lässt du mich allein hier sitzen.«

»Wieso allein? Waltraud war hier. Du schaust doch abends sowieso nur Fernsehen oder sitzt vor deinem Altar und beobachtest die Kerzen beim Brennen. Ob ich hier bin oder nicht. Im Übrigen muss ich dich nicht fragen, wenn ich mich mit jemandem in einem Lokal treffe. Es war obendrein ein Auftrag.« Tränen traten Margareta in die Augen.

»Sagen wir lieber: Unter dem Deckmantel eines Auftrags hast du dich mit einem Kerl getroffen. Außerdem warst du nicht mehr nüchtern, als du nach 23 Uhr nach Hause gekommen bist. Ich habe dich draußen lachen hören.«

»Schlimm genug, dass ich draußen lachen muss. Okay, deine Mutter ist gestorben. Doch das entschuldigt nicht alles. Wir sind nicht verheiratet, und ich kann tun und lassen, was ich will.«

Am liebsten hätte sie ihm die zerknüllte Serviette, die neben ihrem Teller lag, in seinen verschmierten Mund gestopft, diesem Trottel. Sie redete sich selbst gut zu, dass seine Überreaktion dem Tod seiner Mutter geschuldet war. Er war doch sonst nicht so.

»Komm, Waltraud, gehen wir eben zu Fuß.« Margareta stand vom Tisch auf.

»Sei doch nicht gleich beleidigt. Klar kannst du das Auto nehmen«, lenkte Thomas ein. »Aber du hättest mir von gestern Abend erzählen können, wenn es so harmlos war.«

Nun rastete Margareta völlig aus. »Natürlich war es harmlos. Oder meinst du, wir hätten da im Albers eine Nummer geschoben? Kein Wort hast du heute Morgen mit mir geredet. Wieso soll *ich* dann das Gespräch suchen?«

Waltraud schob Margareta aus dem Raum. »Komm, lass uns aufbrechen. Sag nichts, was du später bereust, Kind.«

Verzweifelt verbarg Thomas das Gesicht in seinen Händen und fing an zu heulen wie ein kleines Kind.

»Und lass die Kerzen nicht brennen. Du fackelst uns noch die ganze Bude ab.« Margareta machte sich ernsthaft Sorgen.

»Ich will, dass du das Auto nimmst, Margareta«, rief er ihr schluchzend hinterher, als sie bereits an der Tür war. »Bitte!«

»Und du? Was wirst du in der Zeit machen?«

»Ich glaube, es tut mir gut, wenn ich mal ein Stück laufe. Vielleicht zur Kreuzbergkapelle.«

Vor Wut schnaubend startete Margareta den Passat und gab so viel Gas, dass die Räder auf der festgefrorenen Schneedecke durchdrehten.

»Der beruhigt sich schon wieder. Lass ihn ein bisschen durch die Gegend laufen«, sagte Waltraud, zufrieden, nicht zu Fuß zur Kirche gehen zu müssen.

»Ich bin froh, dass ich nicht mit ihm verheiratet bin, Waltraud. Das kannst du mir glauben. Wieso sind alle

Männer so? Am Anfang alles paletti, sie bemühen sich um dich. Aber irgendwann ziehen sie die Samthandschuhe aus.«

»Ja, Kind, so ist das. Das ist das Los von uns Frauen. Dein Vater war auch ein echter Macho …«

»›Das Los von uns Frauen‹ … Geht's noch?«, unterbrach Margareta den aufkommenden Redeschwall ihrer Mutter. »Welches Jahrhundert schreiben wir denn? Das ist heute nicht mehr so.«

Waltraud grinste besserwissend und wechselte das Thema. »Wie war es gestern Abend? Tatsächlich ein lukrativer Auftrag?«

»Ich habe diesem Johannes Dünnebacke versprochen, mich umzuhören, mehr nicht. Es war seit Langem mal wieder ein entspannter Abend. So ein toller Mann …« Margareta kam ins Schwärmen.

»Oh, Kind, ich ahne Fürchterliches. Verliebe dich bloß nicht in den Kerl. Hast gerade selbst gesagt, dass zu Beginn alles wunderbar läuft. Auch mit dem wird irgendwann der Alltag einkehren.«

»Ein bisschen Spaß wird man wohl noch haben dürfen, oder? Ich will nichts von dem.«

Waltraud zog die Schultern hoch.

Um die Angelegenheit abzuschließen, berichtete Margareta davon, dass sie gestern Abend auf Michael Vogt und Clemens Vollmer gestoßen war.

Hinter den beiden Frauen in der letzten Kirchenbank saßen die Kommissare Rolf Grundmüller und Tanja Altmeier. Margareta entdeckte sie sofort, als sie sich umsah. Außerdem spürte sie mit ihrem siebten Sinn, dass sie jemand von hinten beobachtete. Hatte Grundmüller sie wiedererkannt? Waltraud gab ihr einen Stoß in die Rippen, gepaart mit einem bösen Blick. Also konzentrierte sie sich wieder auf das Geschehen vorne am prunkvollen Hochaltar. Was dieses glanzvolle Gebilde mit diesen herrlichen Gottesfiguren und den goldenen Säulen wohl gekostet hat? Zur Linken und zur Rechten des Gottestisches leuchteten noch immer die riesigen Weihnachtsbäume. Sie kamen Margareta unwirklich vor. Weihnachten! War Weihnachten nicht längst vorbei? Dabei war morgen erst der Dreikönigstag, also befanden sie sich noch mitten in der Weihnachtszeit. An Weihnachten war die Welt noch in Ordnung gewesen. War sie das wirklich?

Nachdem das Orgelspiel verklungen war und auch die letzten Besucher mit ihrem Gesang innehielten, stieg der Pfarrer in die Kanzel. Pfarrer Christian Zimmermann war groß, kräftig, mit wenigen Haaren und liebem Gesicht. Ein richtiger Bilderbuchpfarrer mit seinem grauen Schopf und den Pausbacken. Äußerst vertrauenerweckend blickte er auf die Gemeinde hernieder, bevor er seinen Kopf schief legte und einen Psalm aus dem Evangelium vorlas, der als heutiges Predigtthema diente. Die Worte des Pfarrers rauschten an Margareta vorbei. Ihre Gedanken waren überall, nur nicht bei Gott. Sie stellte sich vor, wie Thomas mit dem Pfarrer bei Kaffee und Keksen zusammengesessen und sich über Eleonore ausgetauscht hatte. Thomas war begeistert von diesem Mann.

Margaretas Gedanken schweiften immer weiter ab, verglichen den Pfarrer mit Johannes Dünnebacke, der rein äußerlich wesentlich besser abschnitt. Die beiden Kommissare im Nacken verursachten ihr ein Prickeln und machten sie nervös.

Nach leisen, eindringlichen Worten erhob der Pfarrer die Stimme, um einen warnenden Appell an seine Schäfchen zu richten. Dabei hörte er sich an, als hätte er einen Hamster verschluckt, rau und kieksend zugleich.

Waltraud war hingerissen, lauschte gebannt der Predigt, sang anschließend kräftig mit, konnte nicht genug von den Pfarrerworten bekommen.

Als nach über 90 Minuten die Messe vorbei war, die kleinen Messdienerinnen und Messdiener in ihren hübschen Gewändern mit ihrem Klingeln endlich aufhörten und von der Bildfläche verschwanden, verließ Margareta schnell das Gotteshaus. Waltraud an ihrer Seite war voll des Lobes, sprach immer wieder auf sie ein. »Ach, Kind, was für eine tolle Predigt. Wie recht er hat, der Herr Pfarrer. Ein wunderbarer Mann. Nicht wahr?«

»Da hast du Johannes Dünnebacke noch nicht gesehen.« Margareta grinste schelmisch.

»Ist das dieser Tannenbaumkerl? Das kannst du doch nicht vergleichen. Du solltest dich schämen. Außerdem kommt es nicht auf das Aussehen an.«

»Ich finde schon. Na ja, als Pfarrer ist er ganz nett, dieser Christian Zimmermann.«

»Du bist unmöglich!«

Vor der Kirche wurde Margareta von Rolf Grundmüller aufgehalten. Dreist klopfte er ihr auf die Schulter und polterte ihr ins Ohr: »Könnte ich Sie kurz sprechen, Frau Sommerfeld?«

Margareta wollte ihm einen flotten Spruch an den Kopf knallen, unterließ es jedoch. Sie wunderte sich über sein Aussehen bei Tageslicht, das so ganz anders war als in dem dunklen Ferienhaus bei Kerzenscheinflackern. Positiv denken, ermahnte sie sich.

Auch Tanja Altmeier, in weißer Steppjacke und weißer Hose, grüßte freundlich. Ihr Blick ging zu dem gegenüberliegenden Café. »Herr Grundmüller, vielleicht sollten wir uns da hineinsetzen? Dort spricht es sich besser als hier draußen.«

Der wulstlippige Kommissar grinste, was seinem Gesicht einen Ausdruck verlieh, als würde er heulen. Dann nickte er, und das Quartett, bestehend aus den beiden Kommissaren, Waltraud und Margareta, steuerte auf die Konditorei zu.

Margareta leckte sich über ihre Lippen. Sie freute sich einerseits über den heißen Kakao, den sie gleich zu sich nehmen würde, andererseits darüber, dass sie die Erste war, die Neuigkeiten über die Ermittlungen erfuhr. Thomas würde staunen.

Gerade als sie in einer gemütlichen Ecke Platz genommen hatten, meldete sich Margaretas Smartphone. Eilig nahm sie es aus der Tasche, in der Hoffnung, Johannes würde sich melden. Doch es war Thomas, der ein schlechtes Gewissen hatte, weil er sich am Morgen so unmöglich aufgeführt hatte. Er saß in der Kreuzbergkapelle und erzählte aufgeregt, dass etwas nicht stimmte. Es spuke, er fühle sich verfolgt und spüre auch so etwas wie Atem in seinem Nacken. Er könne sie jetzt verstehen. »Oh, Margareta, kannst du nicht herkommen? Es tut mir alles so leid!«

Margareta würgte ihn mit den Worten »Momentan ist es schlecht, ich kann nicht telefonieren, wir reden später« ab. Ein Erster Hauptkommissar, der Angst hatte! Pah!

Grundmüller und Altmeier berichteten über erste Erfolge der Soko Eleonore Scheffel. Aufgeschlossen erläuterte Grundmüller den Obduktionsbericht, was

Margareta verwunderte. Eleonore war tatsächlich mit einem Eiszapfen erstochen worden. Dann folgten einige gezielte Fragen bezüglich der Verwechslungstheorie. Grundmüller wollte wissen, ob Margareta daran glaubte, dass der Mordanschlag Brigitte Voss-Grobe gegolten hatte. Damit stach er in ein Wespennest. Obwohl Margareta es nicht vorhatte und sich geschlossen halten wollte, sprudelte sie los und gab viel zu viel von ihren bisherigen Ermittlungen preis.

Er war gewitzt, dieser Rolf Grundmüller. Er merkte sehr schnell, dass Thomas und Margareta nicht an einem Strick zogen.

Er hatte etwas von einem amerikanischen Schauspieler, dachte Waltraud. Auch als uralter Mann würde er noch aussehen wie ein Teenager. Und diese gepflegten Hände!

Als die beiden Kommissare sich nach einer Stunde verabschiedet hatten – Margareta und Waltraud waren nicht auf Staatskosten eingeladen worden –, hatte Waltraud sich, sehr zur Verwunderung Margaretas, entschieden, noch eine Weile zu bleiben. Nachdem auch Margareta gegangen war, hatte sie sich eine Zeitung gegriffen und ein weiteres Stück Kirschtorte geordert. Dafür würde sie das Mittagessen ausfallen lassen, nahm sie sich vor.

Jetzt lehnte sie sich zurück und betrachtete den Mann, der sich soeben zu ihr an den Tisch gesetzt hatte, weil das Café hoffnungslos überfüllt war. Er stellte sich ihr als Fritz Wennemann vor. Was für ein Zufall! Oder war es Fügung? Der Schwarm der toten Eleonore an ihrem Tisch? Als Margareta ihr vorhin erzählt hatte, dass sie ihn gestern an einer Kreuzung in einem alten Volvo entdeckt hätte, hatte Waltraud es als Hirngespinst abgetan.

Erst Carola Blasius und nun auch noch Fritz Wennemann? Waltraud hatte sich Sorgen um die Verfassung ihrer Tochter gemacht.

Doch jetzt saß er ihr gegenüber. Mit brauner Strickjacke, darunter ein weißes Hemd. Die Haare waren äußerst gepflegt, was oft nicht mal junge Männer schafften.

Sie waren sich gleich sympathisch, und er staunte nicht schlecht, als er erfuhr, um wen es sich bei seinem Gegenüber handelte.

»Was führt Sie denn nach Bödefeld? Wollen Sie dem Tod Eleonores auch selbst nachgehen?«, fragte Waltraud.

»In gewisser Weise. Ich will herausfinden, was hier nicht stimmt. Carola Blasius wirkte nach ihrer Rückkehr sehr verwirrt. Sie hat mir am Telefon alles erzählt, von dem Plan, Eleonore eins auszuwischen, zur Not mit Gewalt, um sie von der Seniorenstube und damit von mir fernzuhalten.« Ausführlich erklärte er, wie er an diese Damen geraten war und was ihn mit denen verband. »Ich frage mich, ob Carola, die ich eigentlich sehr gerne mag, tatsächlich dazu fähig ist, jemandem den Garaus zu machen. Welch ein Glück, dass ich Sie, liebe Frau Sommerfeld, hier treffe. Das muss ein Zeichen sein.«

Er nahm ihre fleischige Hand in seine und schaute sie aus braunen Augen lange an. Er wusste, wie seine Blicke auf Frauen wirkten und welche Worte er wählen musste.

Waltraud war verzückt. Margareta allerdings würde am Rad drehen, wenn sie davon erfuhr, da war sie sich sicher. Und die Kripo erst. Ein zweites Ermittlerpärchen à la Miss Marple und Mister Stringer, das die Nase in alles steckte.

Fritz Wennemann grinste in sich hinein, dieser schlaue Fuchs. Was er in der kurzen Zeit hier im Café alles erfahren hatte! Er saß an der Quelle und würde in den nächsten Tagen mit Infos aus erster Hand sicherlich überhäuft werden. »Welch ein Glück, Frau Sommerfeld«, wiederholte er.

»Ach, sagen Sie doch Waltraud.«

»Dann müssen Sie mich Fritz nennen. Wollen wir das Sie nicht auch weglassen?«

Nachdem sie noch eine Weile über Belangloses gesprochen hatten, stand er auf, küsste Waltraud freundschaftlich auf die Wange, verabschiedete sich und schlug den Weg Richtung Hotel Albers ein, in dem er ein Zimmer bezogen hatte.

Waltraud schwebte regelrecht davon, heim zum Ferienhaus. Am liebsten hätte sie ihn ins Hotel begleitet, denn sie wollte sich nicht von ihm trennen. Kommt Zeit, kommt Hotel, sagte sie sich.

13.

Seit gut 30 Jahren war Rolf Grundmüller Polizist. Nein, es waren nicht immer schöne Jahre gewesen. Es hatte Zeiten gegeben, da hatte er seinen Beruf gehasst. Sein siebter Sinn und sein feines Gespür hatten ihm einen guten Ruf und den Posten als Erster Hauptkommissar der Kripo in Dortmund verschafft. Wenn er daran dachte, dass er sich diesen Stress noch sieben Jahre lang antun musste, wurde er je nach Wetterlage wütend, traurig oder sogar verzweifelt. Seit Tanja Altmeier an seiner Seite war, war es etwas besser. Eine zwar freche, aber sehr fähige Person.

Er sah aus dem Fenster des Hotel Albers der untergehenden Sonne zu. Diese Kälte und dieser Schnee! Kaum auszuhalten hier in den Bergen. Als gestern in der Soko-Scheffel-Sitzung beratschlagt wurde, dass er und Altmeier noch einmal für länger als einen Tag ins Sauerland sollten, hatte er darauf bestanden, im Hotel Albers abzusteigen. Altmeier hatte zwei Zimmer gebucht. Wenn er sie nicht hätte, wäre sein Frust oft noch größer, denn sein Team konnte er vergessen. Wie sie bei den Besprechungen dasaßen, allein das brachte sein Blut in Wallung. Außer ihre Klabusterbeeren zu züchten, machten sie nichts. Altmeier brachte frischen Wind in seinen Alltag. Sie konnte seine Gedanken lesen und sprach häufig aus, was er auf der Zunge hatte.

Ihm und Altmeier schräg gegenüber saß ein alter, jedoch feiner Herr und trank Kaffee. Er unterhielt sich mit dem Wirt und gab preis, dass er aus dem Ruhrgebiet stamme.

Sofort schrillten bei Grundmüller die Alarmglocken. Ruhrgebiet – Eleonore Scheffel. Gestern hatten sie das Umfeld der Scheffel in Herten unter die Lupe genommen. Er war sich sicher, dass dieser Kerl die Frau kannte. Die Alten waren die Schlimmsten, dachte er und ihm fiel diese Waltraud Sommerfeld ein, die er heute Mittag erlebt hatte. Er hatte sie beim Besuch am Neujahrstag im Ferienhaus schon kurz gesehen. Da hatte sie allerdings noch nicht so aufgedreht gewirkt wie vorhin.

»Diese Sommerfeld-Mutti müssen wir uns mal alleine vorknöpfen. Die weiß was, Altmeier«, teilte Grundmüller seiner Kollegin mit.

»Das ist aber auch ein Gespann. Die Tochter war ja heute sehr gesprächig und hat aus dem Nähkästchen geplaudert.« Tanja Altmeier trank ihre Cola und blätterte in der Speisekarte. Der Kuchen in dem Café hatte sie nicht satt werden lassen.

»Was sie mit Sicherheit schon bitter bereut. Mit ihr sollten wir uns auch noch mal unterhalten. Der Sohn der Scheffel scheint uns keine Schwierigkeiten zu bereiten. Das hatte ich anders befürchtet.«

»Der versinkt in seiner Trauer. Ein echtes Muttersöhnchen, wenn Sie mich fragen. Solche habe ich zur Genüge kennengelernt. Ansonsten können wir zufrieden sein, haben viel geschafft heute. Vielleicht tut sich am Abend hier am Tresen noch was auf. Margareta erzählte, dass sie gestern hier auf den Metzger Clemens Vollmer und den Molkereiwagenfahrer Michael Vogt getroffen ist, beides angebliche Feinde der alten Voss-Grobe. Vielleicht sind sie heute wieder hier.«

Gelangweilt warf Grundmüller einen erneuten Blick aus dem Fenster. »Das darf nicht wahr sein!«, rief er entrüstet. »Jetzt fängt es auch noch an zu schneien. Ich wollte morgen Abend zurückfahren.« Er schaute wieder zu dem alten Herrn, der sich eine Zeitung von der Theke geholt hatte. Anschließend griff Grundmüller nach der Speisekarte, die Altmeier an die Seite gelegt hatte. »Gerade mal 16.30 Uhr. Zum Abendessen viel zu früh. Vielleicht sollten wir kurz zum Ferienhaus fahren und uns den Scheffel zur Brust nehmen. Was meine Sie, Altmeier?«

»Ich denke, wir haben für heute genug erledigt. Immerhin waren wir nach dem Café-Besuch noch bei den Voss-Grobes. Ab 18 Uhr soll es hier sonntags voll werden. Dann können wir unseren guten Tisch vergessen. Ich würde gerne eine Stunde die Beine hochlegen. Sie können ja so lange hier die Stellung halten. Wie wär's?«

»Ich bin nicht mehr der Jüngste, Altmeier. Wir reservieren den Tisch, und ich lege mich auch ein wenig hin, bevor wir zu Abend essen.«

Als sein Handywecker bimmelte, stand Rolf Grundmüller auf und machte sich in aller Kürze frisch. Ein Griff zur Zahnbürste, dabei schnell gepinkelt, ein Spritzer warmes Wasser ins Gesicht und mit der Hand, die Finger gespreizt, einmal durchs Haar. Ein grinsender Blick in den Spiegel, und die Welt war in Ordnung. Gut sah er aus, fand er. Sehr gut sogar.

Das Zimmer gefiel ihm und es war nur unwesentlich teurer als das im Gasthof neulich. Auf ungefähr 15 Quadratmetern viel Komfort. Roter Teppichboden, zartgelbe Wände, helles Holz. Ein schöner Schreibtisch, ein großer Fernseher und eine kleine Sitzecke. Der Balkon, von dem er im Winter allerdings nicht viel hatte, bot einen herrlichen Blick über Bödefeld. Er wühlte in seinem Trolley, den er auf dem bequemen Bett abgelegt hatte, und entschied sich für einen dunklen Pulli mit Zipper. 18.20 Uhr sagte die Uhr. Er verließ das Zimmer und stieg die Treppen zur Gaststube hinab.

Tanja Altmeier saß bereits an dem reservierten Tisch und zog einen Flunsch. Wenn sie etwas hasste, dann war es Unpünktlichkeit. Die Gaststube war tatsächlich rappelvoll. An der Theke waren alle Barhocker besetzt. Es herrschte eine ausgelassene Stimmung. Im Hintergrund Musik aus dem Radio, wohl Radio Sauerland.

Während Grundmüller auf den Tisch zusteuerte, bestellte er beim Wirt an der Theke ein Kännchen Kaffee, zum Wachwerden. Obwohl äußerst appetitliche Essensdüfte durch den Raum zogen, verspürte er noch keinen Hunger.

»Ist hier noch frei?«, fragte er seine Kollegin, die ein Gesicht wie sieben Tage Regenwetter machte. Schick war sie. Grauer grober Strickpulli, rotes Seidentuch, die halblangen Haare frisch gestylt.

»Ach, wie lustig. Ganz toll, der Witz. Was haben Sie an 18 Uhr nicht verstanden? Ich hasse es, warten zu müssen«, schnauzte sie ihn an.

»Sie haben sich bestimmt schon was zu essen bestellt, oder? Außerdem hatten Sie so die Möglichkeit, Studien zu betreiben.« Er kannte Tanja inzwischen sehr gut.

Sie musste grinsen. Ihre Laune besserte sich. In dem Moment wurde ihr Schnitzel serviert, das sogar Grundmüller Appetit machte. Das sogenannte »Bödefelder Schnitzel« bestand aus zwei Stücken gebratenem Fleisch, überbacken mit Champignons, Rucola, Zwiebeln und Käse, dazu Kroketten und einem Salatteller. Sie nahm einen großen Schluck aus ihrem Bierglas und griff nach dem Besteck.

»Guten Appetit«, wünschte Grundmüller und orderte das Gleiche. »Who is who?«, fragte er Tanja und blickte neugierig zum Tresen.

Tanja kannte seine blöden Sprüche und fand sie inzwischen nur noch peinlich. Im Flüsterton, etwas nach vorn gebeugt, erstattete sie ihm Bericht. »Der Riese mit dem breiten Hintern ganz außen an der Theke muss der Molkereiwagenfahrer Michael Vogt sein. Der schwingt Reden, da kann einem schlecht werden. So ein Großkotz. Er behauptet, dass ihm das Stück Land, das sich am Voss-Grobe-Hof anschließt, schon fast gehört. Er sei mit der alten Brigitte in Verhandlung. Wir haben heute Abend echt Glück. Der kleinere Rotschopf daneben kann nur der Metzger Clemens Vollmer sein. Ein aufbrausender Typ. Warten wir mal drei Biere ab, dann wird er uns erzählen, was er mit Brigitte Voss-Grobe vorhat. Dem Reden nach muss er sie hassen.«

Rolf Grundmüller blickte zur Seite, um sich die beiden Typen genau anzusehen, die auf ihren Barhockern hingen wie nasse Säcke. Gerade als er sich dazu äußern wollte, wurde die Tür aufgerissen und Polizeihauptkommissar Ralf Radomski erschien auf der Bildfläche.

»Was will der denn hier, dieser Schwachkopf?« Grundmüllers Kinnlade fiel herunter. Der hatte ihm noch gefehlt.

»Was weiß ich? Ich habe ihm nicht gesagt, dass wir hier abgestiegen sind.« Altmeier grinste und schnitt an ihrem Schnitzel herum.

Wie ein abgehalfterter Cowboy, der einen Saloon betrat, kam Radomski mit großen Schritten herein und lechzte nach Aufmerksamkeit. Er trug eine dicke Jeansjacke mit verschmutztem Pelzkragen, darunter ein rot kariertes Flanellhemd zur Jeans mit Löwenkopfgürtel. Sein extrem gerader Pony hing ihm fast in den Augen. Die Daumen hatte er vorne in die Jeanstaschen getopft. Wie eine Überwachungskamera sah er sich im Raum um. Die Männer und Frauen an der Theke nahmen kaum Notiz von ihm.

»Du meine Güte, ist der hässlich. So eine Witzfigur!« Grundmüllers Laune sank auf den Nullpunkt.

Und schon hatte Radomski sie entdeckt und steuerte mit einem breiten Grinsen auf den Tisch zu, an dem die Kommissare aus Dortmund saßen.

»Was für eine Überraschung! Da komme ich ja genau richtig. Schönen guten Abend.« Radomski baute sich vor dem Tisch auf und erwartete, dass man Platz für ihn machte, beiseiterückte und ihn freudig begrüßte.

Ein mageres »Hallo« von Tanja Altmeier und ein brummiges »Hey« aus Grundmüllers Mund waren alles, was sie für ihn übrig hatten.

Als Radomski ungeduldig von einem Fuß auf den anderen trat und nach »Ermittlungserfolgen« fragte, rückte Tanja auf der schmalen Bank zum Fenster hin und machte dem PHK notgedrungen Platz.

»Nee, wir sind zum Skiwochenende hier. Und Sie?« Grundmüllers Blick blieb an dem vergammelten Webpelzkragen der Jeansjacke hängen. Was für ein seltsames Stück, dachte er.

»Man hätte mich ruhig anrufen und mich einbeziehen können. Das macht man normalerweise unter Kollegen so.« Radomski wollte nichts essen, bestellte sich eine Cola.

»Wir sind keine Kollegen, Herr Radomski. Außerdem sind wir selbst erst heute angekommen.« Grundmüller war der Appetit auf sein Schnitzelgericht gründlich vergangen.

»Keine Kollegen? Gut zu wissen. Ich war der erste Polizist, der am Tatort erschienen ist. Wäre schön gewesen, wenn man mich bezüglich der Ermittlungen unterrichtet hätte. Was ergab der Obduktionsbericht?« Radomski griff nach einem Zahnstocher, der sich in dem Pfeffer- und Salzstreuerständer befand, und wühlte, nachdem er ihn bedächtig ausgepackt hatte, damit in seinen Hackerzähnen herum.

»Das wird Ihnen sicherlich Thomas Scheffel berichtet haben. Oder nicht? Er hat Sie doch in Bad Fredeburg besucht, nicht wahr?« Grundmüller hatte genug von Radomski und seinen Sprüchen. Er mochte ihn nicht, nicht nur wegen seines Aussehens. »Und die Zähne können Sie sich zu Hause reinigen. So eine Schweinerei!«

»Dass er mich besucht hat, heißt noch lange nicht, dass er was wusste, und die Zahnstocher stehen zum Benutzen auf dem Tisch.« So schnell ließ Radomski sich nicht einschüchtern.

»Wenn man hier gespeist hat, darf man sie benutzen. Sonst nicht.«

»Was den Scheffelbesuch betrifft, da habe ich was anderes gehört«, meldete sich Altmeier zu Wort und sog angeekelt den hässlichen Duft von Radomski ein.

»Papperlapapp. Wollen Sie mich nun an ihren Ermittlungen teilhaben lassen oder nicht?« Radomskis wütendes Gesicht wurde zu einer einzigen Fratze.

»Eigentlich nicht«, meinte Grundmüller.

»Wenn es unbedingt sein muss«, sagte Tanja etwas versöhnlicher und grinste.

Der Wirt legte eine CD ein, die angesagte Hits in der Gaststube verbreitete. Die drei Männer und eine Frau an der Theke unterhielten sich immer lauter, je mehr sie dem Alkohol zusprachen.

Radomski trank die dritte Cola und schwieg ansonsten vor sich hin, nachdem er dreimal gefragt hatte, wie weit die Ermittlungen gediehen seien und was in Herten in Erfahrung gebracht worden sei. Die Verwechslungstheorie kam auf den Tisch, von der Grundmüller mehr denn je überzeugt war.

»Nee, das glaube ich nicht«, sagte Radomski. »Das traue ich eher einem hinterhergereisten Städter zu. Die Leute auf dem Land haben zwar eine große Klappe, aber sie sind harmlos.«

»Sie müssen es wissen, Radomski. Wie viele Mordfälle haben Sie schon gelöst?« Grundmüller schnaufte.

Nach fast zwei Stunden bat der Wirt die Hitzköpfe am Tresen um etwas Ruhe. Der rothaarige Clemens redete sich euphorisch bei dem Hit von Kerstin Ott, »Die immer lacht«, in Rage, sprach davon, der alten Voss-Grobe den Kopf abzuhacken, schwang seinen Arm mit dem imaginären Beil durch die Luft und knallte dabei versehentlich die Faust in Vogts Gesicht.

»Ey, pass doch auf, du Hohlkopf. Was hat sie dir denn getan, die arme Brigitte? Gleich mit dem Beil auf sie loszugehen, ist schon hart, woll«, meinte Vogt und schüttelte den Kopf. Seine riesige Nase begann zu bluten, was dem Wirt vor den anderen Gästen peinlich war.

Er reichte ihm mit den Worten »Reißt euch mal zusammen, ihr seid schließlich nicht alleine hier« ein Geschirrtuch, das Vogt sich auf seinen Zinken presste.

»Du musst gerade dein Maul aufreißen, Michael. Kannst sie doch selbst nicht ab. Was haste gestern Abend herumposaunt? Wenn sie dir das Land nicht verkauft, setzt es was für die Alte, woll? Hast du gesagt.« Clemens verstand die Welt nicht mehr.

»Aber nicht so gemeint. Sie wird mir das Land verkaufen, da bin ich mir ganz sicher«, nuschelte Michael in das Geschirrtuch. Nachdem die Blutung nachgelassen hatte, legte er das Teil auf die Theke.

Der Wirt schnaufte wütend. »Nun langt es aber. Ihr zahlt jetzt und macht euch auf nach Hause zu euren Frauen.«

»Einer von denen könnte es gewesen sein«, sagte Tanja und beobachtete die beiden streitenden Männer weiterhin.

»Quatsch, die reden bloß. Sind ansonsten harmlos«, entgegnete Radomski.

Grundmüller hätte vor Wut in die Tischkante beißen können. Er sah Radomski lange an und musste an sich halten, ihm nicht an den kleinen Kopf zu werfen, was er gerade dachte. Er hatte genug von ihm und genug von den beiden Männern an der Theke. Wieder und wieder fragte er sich, was in dem erbsengroßen Gehirn von Radomski vor sich ging. Glaubte er das, was er sagte, tatsächlich? Verbarg sich hinter seiner trotteligen, blödsinnigen Fassade ein Mensch, der für irgendetwas zu gebrauchen war? Wieso hockte er noch in seinem winzigen Kellerraum auf der Wache in Fredeburg? Was war schon Polizeihauptkommissar? Mit seinen 48 Jahren hätte er längst weiter oben stehen müssen auf der Karriereleiter. Und so einer spielte sich hier groß auf? Er war für sein unglaubliches Gedächtnis bekannt, war Grundmüller zugetragen worden. Hatte er eine Akte einmal gelesen, kannte er sie auswendig, hatte alles in seinem Minigehirn abgespeichert. Trotzdem rebellierte Grundmüllers Stimme in seinem Kopf und rief: »Los, sag es ihm, knalle es ihm an den Schädel, sag ihm, dass er eine totale Lusche ist und sich vom Acker machen soll. Du verzichtest auf seine Mithilfe. Los, raus damit!«

Doch Radomski kam ihm zuvor, warf einen Zehner auf den Tisch und schaute Grundmüller hasserfüllt an. »Ich werde mich über Sie beschweren. Jawohl, gleich morgen. An oberster Stelle. Mit Ihnen kann man nicht zusammenarbeiten.« Er stand auf, knöpfte seine Jacke zu, klappte den dreckigen Kragen hoch und verließ den Raum ohne Gruß.

»Hier ticken die Leute anders, Grundmüller. Der kann doch nichts dazu. Er ist, wie er ist. Wollte nur helfen«, meinte Tanja, für den armen Mann Partei ergreifen zu müssen.

»Ich habe doch gar nichts gesagt. Soll er sich beschweren. Ich kann den nicht ertragen. Das ist ein Arschkriecher. Lassen Sie uns morgen ranklotzen und den Fall schnell lösen, Altmeier.«

Für beide gab es noch einen Kräuterlikör als Absacker, bevor auch sie sich vom Tisch erhoben.

Der dicke Vogt schien dem kleineren Metzger nichts nachzutragen. Arm in Arm verließen sie wankend die Gaststube.

»Ist das tatsächlich die Mentalität der Menschen hier?«, fragte Grundmüller seine Kollegin. »Eben noch schlägt man sich die Köpfe ein, und dann wieder dicke Freunde?«

»Scheint so. Ich kann nicht mehr, muss die Beine hochlegen.«

»So jung und schon so fertig? Wir haben erst 21 Uhr!«

»Zu dir oder zu mir?«, stellte Tanja die Frage in den Raum.

Grundmüller hielt das für einen schlechten Scherz.

»Was schauen Sie so erschrocken? Ich will nichts von Ihnen. Jedenfalls nicht das, was Sie denken. Beine hochlegen, sagte ich. Also, ich habe jede Menge Süßigkeiten auf meinem Zimmer. Reste vom Fest. Und Sie? Was können Sie mir bieten?«

»Wir könnten uns noch Bier mit aufs Zimmer nehmen.« Grundmüller war völlig verdutzt.

»Okay, bei Bier und Knickebein sprechen wir noch mal alles durch, in Ordnung? Hier ist es mir zu unruhig.«

14.

Waltraud stand vor dem großen Spiegel ihres Zimmers und beendete ihre Morgentoilette. Ein letzter Blick – mit ihren Haaren hatte sie sich heute Morgen besonders viel Mühe gegeben – sagte ihr, dass sie für ihr Alter toll aussah. Ob Fritz das auch so empfand? Die halbe Nacht hatte sie kein Auge zugetan, ständig musste sie an diesen aparten, gepflegten Mann denken. Vergessen war Sepp, jetzt zählte nur noch Fritz, der in ihr Leben einschlug wie ein Perlschnurblitz.

Am Abend hatten Waltraud und Fritz noch lange telefoniert, was Margareta mit gemischten Gefühlen zur Kenntnis genommen hatte. Als Waltraud wenig später mit leuchtenden Wangen beim TV-Programm gesessen hatte – der Film rauschte nur so an ihr vorbei –, hatte Margareta gemeint, ihr die Leviten lesen zu müssen.

»Lass die Finger von dem alten Mann! Der hat genug Verehrerinnen, sogar eine tote. Willst du die Nächste sein? Wie du guckst! Total verknallt.« Ja, das hatte Margareta zu ihr gesagt.

Trotzig schob Waltraud das Kinn vor, bevor sie ihr Zimmer verließ. Pah! Ist doch meine Sache, mit wem ich meine Zeit verbringe, dachte sie und begab sich zu dem Esstisch im Wohnzimmer, an dem sich Margareta und Thomas beim Frühstück angeregt unterhielten.

»Guten Morgen, Waltraud. Na, hast du gut geschlafen?«, begrüßte Margareta ihre Mutter mit ironischem Unterton.

Thomas Scheffel grinste. »Bist du mit diesem Fritz Wennemann verabredet? Ich würde ihn gern einmal kennenlernen.«

»Ich wüsste nicht, was dich das angeht. Was soll das?« Wütend schaute sie Thomas an, dem es besser zu gehen schien.

»Vielleicht hat er was mit dem Tod meiner Mutter zu tun. Hast du mal darüber nachgedacht? Ich würde es besser finden, wenn du hierbleibst. Kommissar Grundmüller und seine Kollegin kommen gleich«, sagte Thomas schulmeisterlich.

Angewidert schaute Waltraud Thomas an. »Die kommen mit Sicherheit nicht meinetwegen her. Ich habe gestern bereits mit den beiden netten Menschen gesprochen, während du dich im Wald ausgeheult hast. So ein Quatsch. Fritz ist ein kultivierter Herr. Der soll deine Mutter umgebracht haben? Bei dir piept's wohl!«

»Ein Mörder kommt oft an den Tatort zurück. Was will er sonst hier? Das ist doch äußerst seltsam, dass der Kerl plötzlich auftaucht. Oder etwa nicht?« Thomas ließ nicht locker.

»Da er auch mit Carola befreundet ist, will er sehen, was an der Sache dran ist. Ob sie eventuell etwas mit dem Mord an Eleonore zu tun hat. Schließlich haben die anderen Frauen aus dem Quartett sie dazu gezwungen, herzufahren, um Eleonore eins auszuwischen.«

»Da siehst du, wie diese alten Menschen ticken. Pass auf dich auf, Waltraud.« Thomas wollte es scheinbar auf die Spitze treiben.

»Was soll das denn heißen? Dass alte Menschen verrückt sind? Meinst du damit auch mich?« Am liebsten hätte Waltraud ihm die mit Butter bestrichene Brötchenhälfte, die sie in der Hand hielt, an die Stirn gedrückt. »Kümmere du dich um deinen eigenen Mist!«

»Thomas meint es nur gut, Waltraud. Was habt ihr denn vor, du und dieser Fritz?« Margareta wollte den Streit nicht eskalieren lassen.

»Wir treffen uns im Ort und gehen dann zur Kreuzbergkapelle hinauf. Die will ich mir auch mal ansehen. Es ist zwar kalt, doch die Sonne scheint. Was will man mehr?«

»Ach, auf einmal willst du eine längere Strecke laufen? Letztens war dir der Weg dahin noch zu beschwerlich. Heute geht es? Dein Rheuma vergessen?«

»Bei trockenem Frostwetter geht es mir gut, Kind. Das weißt du doch!« Mit drei Bissen hatte Waltraud ihr Brötchen verschlungen, trank ihre Kaffeetasse leer und stand schwungvoll vom Tisch auf. Sie kam sich traumhaft schön vor, fast wie ein Filmstar. Kaum Falten im Gesicht, gut geschminkt und die Haare top. Um Jahre jünger sah sie aus. Das musste auch Fritz bemerken.

An der Tür drehte sie sich süffisant lächelnd um. »Wie sieht diese Carola Blasius eigentlich aus?«

Margareta musste lachen. »Da brauchst du keine Angst zu haben. Die ist keine Konkurrenz für dich, liebe Waltraud. Rein äußerlich betrachtet jedenfalls nicht.«

Die letzten Worte hörte Waltraud nicht mehr, so schnell war sie zur Tür hinaus. Sie lief geradewegs den Sternsingern in die Arme, die sich vor der Tür den Schnee von den Schuhen stampften. Dreikönigstag! Waltraud blieb stehen, um sich den Besuch anzuschauen. Ziemlich klein waren die Sternsinger, zwei Jungen und ein Mädchen, und wurden deshalb von einem Erwachsenen begleitet. Der Größte, Melchior, mit geschwärztem Gesicht, trug unter seinem Gewand einen dicken Strickpullover, was bei den Minusgraden erforderlich war, und einen lustigen roten Turban auf dem Kopf. Balthasar, eindeutig ein Mädchen, und Caspar hatten bunte Gewänder an und trugen über weißen Tüchern goldene Kronen auf dem Kopf. Stolz schwang Caspar das Sternenschild. Balthasar, die Kleinste der Gruppe, hielt eine wuchtige Blechdose in den Händen. Der begleitende Mann trug einen Stoffbeutel. Ohne Aufforderung legten sie los und sangen ihre Lieder, was Waltraud Tränen der Rührung in die Augen trieb. Lieder wie »Salamu alaikum« und »Frieden für die Kinder«.

Das rief sogar Margareta und Thomas auf den Plan, die zur Tür geeilt kamen. Nachdem die Kinder mit Kreide den Segen über die Eingangstür geschrieben und Geldscheine von Margareta und Waltraud kassiert hatten, machte die kleine Truppe sich davon. Thomas brach zitternd in Tränen aus und rannte die Treppe hinauf in sein Schlafgemach.

Waltraud grinste, als sie im gleichen Augenblick den Wagen der Kripoleute vorfahren sah.

Fritz Wennemann war nicht immer der hilfsbereite, charmante Mann, der absolute Frauenversteher, für den alle Welt ihn hielt. Er hatte auch eine dunkle Seite, die ab und zu Besitz von ihm ergriff. Nicht oft, aber gelegentlich. Er wusste nicht genau, wann das begonnen hatte, dieser Hass, der hin und wieder aus ihm herauswollte. Nach dem Tod seiner Ehefrau vor 15 Jahren? Hatte er Elisabeth wirklich so sehr geliebt? Wieso hatte er sie dann ständig betrogen? Damals hatte er sich eingeredet, dass das eine Berufskrankheit sei und Elisabeth sich damit arrangieren müsse. Was sie auch getan hatte, irgendwie. Als Kneipenwirt gehörte es dazu, mit den Frauen zu flirten. Und wenn der Alkoholpegel stieg, wurde aus einem Flirt schnell mehr. So war das eben. Er hatte gerne mit den Frauen gespielt. Hatte es toll gefunden, wie er nur die richtigen Sprüche anzuwenden brauchte, um sie in die Kiste zu kriegen. Wenn Elisabeth sich beklagt und manches Mal bitterlich geweint hatte wegen seiner Untreue, hatte er sie immer damit getröstet, dass seine Seitensprünge bedeutungslos seien und nur dazu dienten, den Umsatz zu steigern.

Mit Elisabeths Tod und der Insolvenz der Kneipe war auch die Lust auf Frauen gestorben. Erst viele Jahre später erwachte diese wieder zum Leben, jedoch legte er sich eine neue Masche zu. Er spielte den hilfsbereiten, den gütigen, den verständnisvollen Freund und konzentrierte sich dabei auf das ältere Semester. Doch auch ein guter Freund hatte mal genug von dem Samaritertum, wollte mal egoistisch sein und sich nehmen, was er wollte.

Er stand am Spiegel über dem Waschbecken seines kleinen Bades und rasierte sich. Nach alter Tradition mit einem Rasiermesser. Mit Bedacht schabte er den Rasierschaum vom Hals. Bahn für Bahn. Er ging besonders gründlich vor. Sein Hals war noch fast faltenfrei und sollte glatt sein. Während er mit dem Rasiermesser – original aus Solingen und ziemlich teuer – an seiner Gurgel entlangfuhr, kamen ihm wieder einmal ein paar grausame Gedanken. Er stellte sich vor, wie er mit der Klinge an Waltrauds speckigem Hals entlangfahren und irgendwann heftig drücken würde, immer tiefer, bis sie sich ins Fleisch bohrte, die Haut nachgab und das Blut aus der Wunde schoss.

Er schüttelte sich, um die Gedanken zu verscheuchen. Er mochte Waltraud. Wieso wollte er ihr dann die Kehle durchtrennen? Seufzend vollendete er die Rasur, zog sich an und begab sich in den Speisesaal, um sein Frühstück einzunehmen. In einer Stunde wollte er sich mit Waltraud an der Kirche treffen. Gemeinsam sollte es zu Fuß zur Kreuzbergkapelle gehen. Er lächelte, während er das Rührei in sich hineinschaufelte. So ein Zufall aber auch, gerade diese Frau zu treffen, fand er. Er hatte nicht vor, sich in sie zu verlieben. Seine letzte Flamme, Eleonore Scheffel, war erst ein paar Tage tot. Er konnte nicht sagen, wieso er gestern hierhergefahren war. Was wollte er in Bödefeld? War es, weil Carola Blasius, diese gute Seele, die zu allem Ja und Amen sagte, so verzweifelt war? Sie hatte sich am Telefon bei ihm ausgeheult, hatte sich mit ihm treffen wollen, was er jedoch rigoros ablehnt hatte. Dieses ganze Weiberquartett ging ihm inzwischen gehörig auf den Keks. Er hatte genug von den alten Frauen. Und doch traf er sich gleich wieder mit einer Alten. Waltraud war 76 Jahre alt, wusste er. Also vier Jahre älter als er. Okay, sie sah wesentlich jünger aus. Aber alt blieb alt. Einschließlich Stützstrümpfen und herausnehmbaren Zahnprothesen. Wie er all das hasste. Petra beim Tennisspielen zuzusehen, ihre behaarten Stampfer ständig vor Augen, ihr anschließend gefühlte 20 Wasserkästen in die Wohnung zu schleppen, Ursula ständig nach Dortmund zu kutschieren zur dämlichen Tochter, Carolas übersüße Marmelade auf Märkten zu verkaufen, Angelika durch die Supermärkte zu folgen, um anschließend von ihr mit Rouladen und Koteletts mütterlich bekocht zu werden … Er hatte es satt. Satt, satt, satt. Er wollte diese Rolle nicht länger spielen!

Fritz parkte seinen Volvo direkt vor der Kirche, was großer Unsinn war. Er hätte ihn auf dem Gästeparkplatz des Hotels, nur gut 100 Meter entfernt, stehen lassen können. Doch ohne sein Auto war er nichts, ein Nackedei vor dem Herrn. Von Weitem sah er Waltraud auf sich zukommen, und schlagartig besserte sich seine Laune. Sein verbiestertes Gesicht entspannte sich, was ihn verwunderte. Er zog den rot karierten Schal enger um seinen Hals. Sein Kamelhaarmantel wirkte, als käme er frisch aus dem Geschäft.

Waltraud in ihrer hellen Steppjacke und der roten Strickmütze auf dem Kopf sah gegen den gepflegten Mann eher zünftig aus. Die Begrüßung war herzlich, sie lächelten sich an und machten sich gleich auf den Weg.

Mit einem Auge schielte Waltraud nach rechts hinüber zum Café. Lieber hätte sie sich jetzt da hineingesetzt, bei einem schönen Stückchen Kuchen und einer Tasse Kaffee, statt den Berg zur Kreuzbergkapelle hinaufzukraxeln. Sie wollte jedoch vor Fritz nicht ihr Gesicht verlieren, straffte die Schultern und strahlte ihn an.

Es ging ein Stück zurück, direkt am Hotel den steilen Kreuzbergweg hinauf. Bald hatten sie den Fichten- und Laubwald erreicht. Die Zweige der Bäume waren mit Schnee verhangen. Die Sonne blinzelte hier und da durch das Geäst. Es sah romantisch aus.

Fritz schritt forsch voran und merkte bald, dass Waltraud ganz schön schnaufen musste. Er blieb stehen, entschuldigte sich, dass er so schnell ging. Nach fünfminütiger Pause marschierten sie weiter. Immer noch steil bergauf.

Wie eine gefühlte Ewigkeit kam es Waltraud vor, bis sie endlich die kleine Kapelle erreichten. Sie fragte sich ernsthaft, ob sie Fritz noch immer so toll fand. Er war viel zu fit für sie.

»Sag mal, hast du gar keine Gebrechen? Keine Wehwehchen? Die älteren Männer, die ich sonst kenne, hatten alle schon einen Haufen Beschwerden, angefangen bei Diabetes über Durchblutungsstörungen in den Beinen bis zu einem Herzinfarkt.« Sie schaute ihn neugierig an und wartete, vor der Kapelle stehend, auf seine Antwort. Von hier oben hatte sie einen herrlichen Panoramablick auf die Umgebung.

Fritz genoss den Ausblick ebenfalls. »Nein, körperlich bin ich gesund, hatte bislang keine nennenswerten Operationen. Ich lebe aber auch danach, laufe viel, rauche nicht, esse gesund.« Ein etwas abfälliger Blick streifte Waltrauds wohlgenährten Körper. Das jahrzehntelange Kneipenlotterleben verschwieg er ihr.

»Zählst du etwa zu den Vegetariern oder bist ein Körnerfresser?« Sie lachte lauthals. Immerhin würde das seine überschlanke Figur erklären.

Fritz war verärgert und fragte sich, was diese Alte mit ihrem dicken Hintern sich einbildete. »Weder noch. Ich weiß ein gutes Essen mit Fleisch zu schätzen. Komm, lass uns die Kapelle von innen ansehen.« Versöhnlich fasste er Waltraud an die Schulter und führte sie in das kleine Gotteshaus, in dem es nach Weihrauch und Kerzenwachs roch. Kälte schlug ihnen entgegen.

Waltraud fielen Margaretas Worte ein, dass sie bei ihrem Aufenthalt hier ein Atmen im Nacken gespürt und das Gefühl gehabt hatte, jemand befände sich in ihrer Nähe. Zum Glück war sie nicht allein, hatte Fritz an ihrer Seite. »Was glaubst du, hat Carola was mit Eleonores Tod zu tun?«, fragte sie Fritz.

Dieser zog erstaunt die Schultern hoch. »Wenn ich das wüsste. Carola ist eine gute Seele, immer für alle da. Allerdings kann sie schlecht Nein sagen. Deshalb wurde sie vermutlich ausgewählt für die Schnapsidee, Eleonore zu bestrafen. Was die anderen gegen Eleonore hatten, ist mir unbegreiflich. Als ich die Frauen neulich im Café in Herten traf, waren sie total erschüttert über Eleonores Tod. Damit hatten sie nicht gerechnet. Ob Carola tatsächlich was damit zu tun hat, weiß ich nicht.« Er berichtete Waltraud noch einige Details über das Frauenquartett, in das er geraten war, und schaute sie dabei aus treuen Augen an.

Waltraud war überzeugt, dass solche Augen niemals lügen konnten. »Sie hatten Angst um dich. Angst, dass du dich in Eleonore verlieben könntest und sie leer ausgehen würden.«

Fritz schmunzelte. »Wir sind nur Freunde, die vier Frauen und ich. Eleonore war mir tatsächlich von Anfang an sehr sympathisch. Vielleicht mehr, als ich mir eingestehen wollte. Ob aus uns mehr geworden wäre, kann ich nicht sagen.«

»Aber wieso Eleonore einen Denkzettel verpassen? Haben die Frauen gedacht, sie würde vor Angst die Finger von dir lassen? Das ist doch totaler Unsinn. Traust du Carola eine solche Tat zu?« Waltraud war aufgewühlt, sie hatte sich das Treffen mit Fritz anders vorgestellt.

»Carola ist ein herzensguter Mensch und ein echter Freund. Sie kann aber auch anders, wenn man sie zu sehr reizt. Sie ist ein Sensibelchen.«

»Und sie hat sich bei dir ausgeheult, weshalb du jetzt hier bist. Macht in meinen Augen auch keinen Sinn. Was willst du hier erfahren?« Waltraud klebte förmlich an den schönen Lippen des Mannes.

»Ich finde, dass es schon Sinn gemacht hat. Schließlich habe ich dich kennengelernt, liebe Waltraud.« Liebevoll zog er sie für einen kurzen Moment an sich.

Sie merkte, dass er das Thema wechseln wollte. »Ich gehe von einer Verwechslung aus. Eleonore sollte nicht sterben. Irgendwer wollte die Voss-Grobe-Mutter loswerden. Sie soll einige Feinde hier im Ort haben. Die Ähnlichkeit der beiden Frauen sei verblüffend, sagt meine Tochter.«

Fritz rutschte nervös auf der Kirchenbank hin und her. Das Gespräch lief für ihn eindeutig in die falsche Richtung. Es wurde ihm unangenehm. Er stand auf, ging zum Altar, verharrte kurz, trat zu dem Ständer mit den Opferkerzen, nahm sich eine aus dem Paket heraus, zündete sie an und stellte sie zu den drei brennenden Kerzen.

Für wen er die wohl anzündet, fragte sich Waltraud. Für seine verstorbene Frau? Für Eleonore? Oder gar für Carola?

Der Ausflug verlief anders, als sie es sich vorgestellt hatte. Zum Glück führte der Rückweg stetig bergab. Und danach, wenn sie wieder in Bödefeld angekommen waren? Fritz hatte darüber noch kein Wort verloren. Würde er sie zum Essen einladen und ihr anschließend sein Zimmer im Hotel Albers zeigen?

Sie ahnte nicht, dass Fritz ein großer Schauspieler war und sich nicht zum ersten Mal in Bödefeld aufhielt.

15.

Lothar Voss-Grobe spürte schon morgens im Bett, dass etwas anders war als sonst. Er sprang von seiner Schlafstätte auf, rannte die Treppe hinunter in sein Büro, schaltete den PC ein und wartete ungeduldig, bis dieser hochgefahren war. Dann das Bankprogramm aufgerufen und siehe da, sein Hochgefühl hatte ihn nicht getrogen. 50.000 Euro im Haben, als Verwendungszweck: »Brigitte«. Er hätte jubeln können, schreien vor Freude, am liebsten auf den vereisten Hof rennen und sich in seinem Schlafanzug im Schnee wälzen. Stattdessen freute er sich still und grinste wie ein kleines Kind. Er schaute auf die Uhr, fast 6 Uhr, Zeit, um zum Melken in den Stall zu gehen. Er schmiss sich in seine Kuhstallklamotten, die in der Diele hingen, und schlich in die Küche. Ellen stand an der Kaffeemaschine und goss ihm die braune Flüssigkeit in seine rote Lieblingstasse. Gute fleißige Ellen, dachte er. Ohne sie wäre er aufgeschmissen.

»Was ist denn mit dir los? Aus dem Bett gefallen?« So kannte Ellen ihren Mann gar nicht. Ohne einen bestimmten Koffeinpegel kam er schlecht in Fahrt, und vor 6.15 Uhr war er noch nie auf der Bildfläche erschienen.

»Erzähle ich dir später«, sagte er freudestrahlend, gab ihr einen schnellen Kuss, riss ihr den Kaffeepott aus der Hand und verschwand in den Stall.

»Ich komme gleich nach«, rief Ellen und fragte sich, was passiert war.

Während des Melkvorgangs schweiften seine Gedanken oft ab. Er war seit jeher ein Träumer, der häufig in einer melancholischen, trüben Gedankenwelt steckte. Heute war es besonders schlimm. Wieso überwies ihm seine Mutter plötzlich Geld? Wie lange hatte er sie angebettelt, ihm etwas zu leihen? Doch sie war hart geblieben. Und jetzt fand er diese große Summe auf seinem Konto. Gut, es hätte mehr sein können. Aber immerhin. Vor Freude schlug er der Kuh, die er gerade aus dem Melkstand trieb, mit der Hand auf den Hintern und jauchzte dabei auf.

»Geh ruhig ins Haus. Ich schaffe das allein. Du willst doch heute in die Stadt fahren, oder nicht?«, wandte er sich an seine Frau, die seine gute Laune noch immer nicht einordnen konnte, erst recht nicht am frühen Morgen.

»Was ist denn los? Rede endlich. Du warst in aller Frühe am PC. Hast du eine gute Nachricht bekommen? Sag schon!«

»Später, Schatz, später!«, vertröstete er sie und fuhr mit seiner Arbeit fort.

»Ich muss noch die Kälbchen füttern.«

»Mach ich schon, mach ich schon. Geh nur!«

Ellen suchte nach einer Erklärung für seine euphorische Stimmung. Der Stadtbummel mit ihrer Freundin lockte allerdings, sodass sie den Stall verließ, um unter die Dusche zu eilen.

Als Lothar mit der Stallarbeit fertig war, blieb er einen Moment vor dem Stall stehen und schaute zum Haus seiner Mutter. Die winkte ihm aus dem Küchenfenster heraus zu. Verdattert winkte er zurück. Was stimmte nicht mit ihr? Jetzt lächelte sie ihn richtig lieb an. Ob er kurz zu ihr gehen sollte, um sich zu bedanken? Er verwarf den Gedanken sofort. Nicht übertreiben, sagte er sich.

Wieso dieser plötzliche Sinneswandel? Hing das mit der Ermordung dieser Eleonore Scheffel zusammen, die ihr angeblich so ähnlich sah? Glaubte sie, dass der Mordanschlag ihr gegolten hatte? Vielleicht gar nicht so schlecht. Das Geld schmerzte sie nicht, sie hatte genug davon. Im Geiste teilte er bereits den Geldsegen ein. Wer bekam zuerst was? Vielleicht lieber eine Prioritätenliste anlegen, bevor er im Kopf Hypothesen aufstellte.

Als er gerade dabei war, die große Tanne vor dem Haus von der Weihnachtslichterkette zu befreien, rückten die Sternsinger an. Die hatte er gefressen. Eigentlich. Was hatte er gestern Abend noch zu seiner Frau gesagt? »Lass die bloß kommen, die kriegen allesamt einen Tritt in den Hintern und fliegen vom Hof. Keinen Cent geb ich denen. Wer spendet mir was? Hörst du, Ellen, keinen Cent gibst du denen. Sollen sich ganz einfach vom Acker machen.«

Und was tat er nun, der gute Lothar? Stellte sich freundlich grüßend hin, hörte den kleinen Sängern zu, sah begeistert, wie der Segen fürs neue Jahr über die Tür geschrieben wurde, zog seine Patte aus der Hosentasche und rückte einen Zehner heraus. Anschließend rannte er in die Küche, um vier Schokoladen zu holen, die er für die Kinder in den Leinenbeutel steckte. Mindestens dreimal bedankte er sich mit einem tiefen Diener.

Der begleitende Kirchenmensch staunte nicht schlecht, hatte man ihn doch vor dem geizigen, nicht ganz pflegeleichten Bauern gewarnt.

Der Tag war gerettet. Sagte seine Mutter nicht dauernd, wenn man etwas spende, jemandem was Gutes tue, bekomme man es 20-fach zurück? Das wäre toll, wenn er zu dem Geldsegen von heute Morgen noch 200 Euro bekommen würde.

Während er sich wenig später in der Küche ein Leberwurstbrot schmierte und sich damit an den Tisch setzte, dachte er an den gestrigen Abend vor dem Landhotel Albers. Er hatte sich eigentlich schon vor den Fernseher gesetzt, es sich dann jedoch anders überlegt, sich noch mal angezogen, war in seinen Wagen gestiegen und in den Ort gefahren. Als er gegen 20.30 Uhr auf den Eingang zusteuerte, waren ihm Vogt und Vollmer entgegengekommen, Arm in Arm, total betrunken. Er hatte sich hinter der großen Tanne vor dem Lokal versteckt, um von den Kerlen nicht gesehen zu werden. Dabei hatte er sie reden gehört.

Vollmer: »Was einmal nicht geklappt hat, wird beim nächsten Mal fluppen, woll? Dann schlage ich ihr mit dem Ochsenkopf-Fleischerbeil die alte Rübe ab. Was meinst du, wie die fliegt!« Beide hatten laut gelacht.

Es hatte einen Moment gedauert, bis Lothar begriffen hatte, von wem die Rede war.

Vogt: »Lass sie leben, die Brigitte. Ich habe mir auch schon oft ausgemalt, was ich mit der anstellen könnte. Habe mir vorgestellt, wie ich sie in den 24.000-Liter-Tank meines Milchwagens stopfe und ertrinken lasse. Erst Tage später beim zweiten oder dritten Abpumpen würde man merken, dass etwas vor der Pumpe liegt.« Er hatte sich gebogen vor Lachen, dieser alkoholisierte Dummkopf. »Oder wie ich ihr mit dem scharfen Käsebohrer ein wenig Hirn herausdrehe. Mit dem großen scharfen Drahtschneider könnte ich ihr in den Rücken schneiden. Bis auf die Wirbelsäule. Danach läuft die keinen Meter mehr.« Wieder war ein wieherndes Lachen gefolgt.

»Du bist bescheuert, Michael.« Clemens hatte den Kopf geschüttelt, während sie weiter die schmale Straße entlanggegangen waren. »Dann sitzt sie im Rollstuhl, falls sie überlebt. Und würde dir das Land erst recht nicht verkaufen. Wir hätten nicht so viel trinken sollen!«

Lothar hatte geschluckt. Wie böse sie über seine Mutter sprachen, das hatte ihn hart getroffen. Am liebsten hätte er sie zur Rede gestellt. Notfalls mit seinen Fäusten. Er hatte die Eiszapfen gesehen, die an dem Garagendach über dem Flüsschen Palme im Schein der Laterne glitzerten. Wie gerne hätte er einen solchen abgebrochen und ihn den beiden in den Hals gerammt. Über seine Mutter durfte niemand schlecht sprechen! Jedenfalls kein Fremder.

»Außerdem«, hatte Clemens hinzugefügt, »verwursten wäre die bessere Alternative. Das merkt kein Mensch. Und sie würde für immer ihre freche Klappe halten, die Altbäuerin vom Voss-Grobe-Hof.«

Wieder hatten die Männer gegrölt vor Lachen und waren die Straße »Alter Burgweg« hinaufgewankt.

Die Lust auf ein Feierabendbier war Lothar Voss-Grobe gründlich vergangen. Er wollte gerade zu seinem Auto zurück, als sich die Tür zur Gaststube ein weiteres Mal geöffnet und den Polizeihauptkommissar Ralf Radomski herausgelassen hatte. Pfeifend war er auf den Parkplatz in der Dorfmitte zugelaufen. Nicht auch der noch, hatte er gedacht und war heimgefahren, durch den winterlichen Ort, vorbei an Weihnachtsbäumen, Schwibbögen und blinkenden Lichterketten. Weihnachten war vorbei. Eigentlich.

Ja, so war das gestern. Lothar war noch ganz in Gedanken, als er gegen Mittag im Stall nach den Kühen schaute und Ellens Wagen auf den Hof fahren hörte. Gleichzeitig nahm er Schritte wahr, die näher kamen. Zögernd drehte er sich um und traute seinen Augen nicht. Er hatte kein weiteres Fahrzeug gehört, das sich dem Hof genähert hatte.

»Ordentlich hast du es, das muss man sagen!« Anerkennend schaute sich Ralf Radomski um und pfiff durch die schiefen Schneidezähne.

»Was willst du, Radomski? Bist du zu Fuß gekommen? Ich habe kein Auto gehört.« Lothar hatte zu gute Laune, um Radomski was richtig Böses an den Kopf zu schmeißen. Für ihn war der kleine Polizist ein Dummschwätzer, der viel redete, aber wenig leistete.

»Ich hab den Wagen weiter hinten abgestellt. Ich hätte noch ein paar Fragen.« Radomski trug Zivil, einen gefütterten Trenchcoat, der ihn noch kleiner aussehen ließ. Trotz des beinahe identischen Mantels hatte er längst keine Ähnlichkeit mit Columbo.

»Was für Fragen?«

»Bezüglich des Mordes am Silvesterabend.« Radomski zog einen Halm aus dem Heuballen neben ihm und kaute darauf herum.

»Dazu wurde ich schon befragt, und zwar von den Kommissaren aus Dortmund. Die sind befugt dazu. Du als kleiner Streifenbulle hast mir gar nichts zu sagen.« Voss-Grobe wollte seinen unliebsamen Besuch loswerden, und zwar so schnell wie möglich.

»Da täuschst du dich, mein Lieber. Ich bin sehr wohl befugt.«

»Dann frag und verschwinde.« Lothar fiel ein, wie oft er schon mit dem Polizisten aus Bad Fredeburg aneinandergeraten war.

»Wo warst du am Silvesterabend zwischen 20 und 22 Uhr?«

»Sag mal, willst du mich ärgern, oder was? Wo soll ich gewesen sein? Hier, zu Hause, bei meinen Lieben. Wir machen uns nichts aus Silvester. Ich ging früh ins Bett, weil ich morgens zum Melken rausmusste. Frag Ellen oder meine Mutter.« Lothar ließ den Mann kopfschüttelnd stehen und ging auf das Haus zu.

»Das werde ich, verlass dich drauf, Voss-Grobe!« Mit wutverzerrtem Gesicht verließ Radomski den Hof. Er wusste selbst nicht, was ihn geritten hatte, hier anzuhalten und dem Bauer einen Besuch abzustatten. Wollte er mal wieder Kommissar spielen?

Anderthalb Stunden waren seit Radomskis Besuch vergangen. Soeben hatte Lothar sich eine Suppe einverleibt, die Ellen ihm am Morgen gekocht hatte. Aus der Stadt hatte sie ihm zwei Frikadellen mitgebracht, ihm einen Kaffee gekocht und sich zu ihm gesetzt. Sie ließ ihn reden, musste schmunzeln, dass er die Sternsinger diesmal so freundlich behandelt hatte, was im Dorf schon die Runde gemacht hatte. Bezüglich Radomski nahm sie ihm den Wind aus den Segeln, sagte, dass Radomski nur seine Pflicht tat.

Viel besser gelaunt verließ er wenig später das Wohnhaus und ging hinüber zum Stall. Lieber hätte er sich in sein warmes Büro gesetzt und im Internet recherchiert.

Das Geld auf seinem Konto juckte in seinen Fingern. Er würde die Melkkammer gerne besser ausstatten, rief sich jedoch zur Vernunft. Zuerst musste er einen Teil seiner Schulden tilgen. Vielleicht griff seine Mutter Brigitte ja noch einmal in ihr Geldsäckel.

Gerade als er den Stall erreichte, fuhr mit flottem Reifen ein Auto auf den Hof. Ein dunkler Passat. Ihm entstieg die Sommerfeld. Die hatte ihm noch gefehlt.

Freundlich grüßend kam sie auf ihn zu. »Hallo, Herr Voss-Grobe. Geht es Ihnen gut? Ich hätte noch eine Frage.«

»Das ist schön für Sie, doch ich werde sie nicht beantworten. Ich habe langsam die Schnauze voll. Eben erst war Radomski hier und hat mir Löcher in den Bauch gefragt. Ihr Lebensgefährte, dieser Hauptkommissar aus dem Kohlenpott, war auch schon so dreist, hier aufzutauchen. Was soll das Ganze? Ich brauche nur der Kripo, die dafür zuständig ist, Fragen zu beantworten. Obwohl ich nichts verbrochen habe. Hören Sie? Ich habe nichts getan! Also schleichen Sie sich. Aber zackig!« Lothar Voss-Grobe schnaufte, betrat den Stall, griff sich seine Mistgabel und begann, Heu für die Kühe zu verteilen.

»Warum sind Sie denn gleich so garstig«, versuchte Margareta es auf die freundliche Tour und ging ihm hinterher.

Leider fruchtete ihr Versuch nicht. »Haben Sie es mit den Ohren? Abgang! Ich weiß echt nicht, was Sie alle von mir wollen!« Er bohrte sich mit seinem rechten Zeigefinger im Ohr und betrachtete das ans Tageslicht Beförderte ausgiebig.

Margareta hätte sich auf der Stelle übergeben können. Sie ignorierte seine Aufforderung und stellte die Frage, die ihr unter den Nägeln brannte. »Herr Voss-Grobe, Sie kennen doch sicherlich Johannes Dünnebacke, dem die große Nadelbaumplantage gehört, oder?«

»Dieser Spinner! Der passt hier nicht her. Haut auf den Putz. Was soll mit dem sein? Gefällt er Ihnen? Sie sind mit dem gesehen worden. Lustig trinkend an der Theke im Albers.« Voss-Grobe freute sich über sein Wissen wie ein Kind.

»Ach, sieh an! Ich helfe Herrn Dünnebacke dabei, die Diebstähle seiner Tannenbäume aufzuklären. Er hat mich beauftragt, mich umzuhören. Wie Sie wissen, bin ich eine private Ermittlerin.«

»Pah. So kann sich jeder nennen.« Voss-Grobe lachte und zeigte seine ebenmäßigen weißen Zähne.

»Und Bauer? Muss man dafür studiert haben, um Kühe zu melken und Ställe auszumisten?« Obwohl sie sich nicht reizen lassen wollte, musste sie ihm eins mitgeben.

Jetzt wurde der Blick des Bauern böse. »Ich habe Landwirt gelernt, drei Jahre lang, eine Prüfung abgelegt und kann weiß Gott mehr als Kühe melken.« Dass er beim ersten Anlauf durch die Prüfung gerasselt war, verschwieg er.

»Sehen Sie, und ich habe eine Ausbildung zur privaten Ermittlerin bei der IHK in Berlin absolviert und alle Prüfungen mit Bravour bestanden.«

»Und was wollen Sie jetzt wissen? Ob der Dünnebacke koscher ist? Nein, ist er meiner Meinung nach nicht. Ein Zugereister, der das schnelle Geld machen will. Legt alle Weiber flach, die ihm gefallen. Hat er es bei Ihnen auch schon versucht? Würde mich nicht wundern.«

»Nein, mich interessiert, ob Sie eine Vermutung haben, wer als Täter in Sachen Diebstahl infrage kommen könnte.«

»Warum fragen Sie das ausgerechnet mich?« Verwundert hielt Voss-Grobe inne und fühlte ein klein wenig Stolz in seiner Bauernbrust. Einmal ging es nicht um ihn. Friedlich schüttelte er den Kopf. »Nein, ich weiß nichts. Fragen Sie am Stammtisch nach. Die wissen mehr. Und gehen Sie ohne Dünnebacke hin.« Er drehte sich um und verschwand grußlos in der Melkkammer.

Margareta fuhr mit gemäßigtem Tempo vom Hof. Sie konnte selbst nicht sagen, wieso sie ausgerechnet diesen Stoffel nach Dünnebacke gefragt hatte. Was hatte sie da bloß geritten?

Voss-Grobe dachte lange nach. Komische Person, diese Margareta Sommerfeld. Irgendwie machte sie ihm Angst. Heute hatte sie ihre Nase zwar nicht in seine Angelegenheiten gesteckt. Doch wer weiß, was morgen ist. Er öffnete den Schrank über dem Waschbecken. Hier hatte er die Medikamente für die Kühe und die Kälber untergebracht. Der Zitzenräumer fiel ihm entgegen. Er nahm ihn in die Hand, betrachte ihn ausgiebig und fand, dass er sich mal ein neues Teil gönnen sollte. Dieses ungefähr 25 Zentimeter lange und drei Millimeter dicke vernickelte Instrument mit einem Ring am oberen Ende diente dazu, Verwachsungen im Zitzenkanal zu beseitigen. Höllisch teuer war dieses Ding, doch sehr nützlich, wenn man nicht immer den Tierarzt rufen wollte. Er lachte hämisch. So einen Zitzenräumer hatte die Sommerfeld bestimmt noch nie gesehen, diese tolle private Ermittlerin. Damit könnte ich ihr ganz schön wehtun, überlegte er und nahm das Instrument von einer Hand in die andere. Als Ellen den Stall betrat, um beim Melken zu helfen, räumte er es zurück in den Schrank.

16.

Sie wandte sich zu ihm um und strahlte ihn an. Sein Lächeln war ebenso künstlich wie ihres, doch im Gegensatz zu ihrem wirkte es echt und ließ ihn wunderbar aussehen.

Dieses Lächeln war bestimmt perfekt einstudiert und hundertfach vor dem Spiegel geübt worden. Er wusste genau, wie er auf Frauen wirkte, vermutete Margareta.

Am Telefon hatte er eher reserviert geklungen, ihr dann aber angeboten, sie gegen 16 Uhr abzuholen, um ihr die Nadelbaumplantage in voller Größe zu zeigen. Auf ihren Einwand, dass es bald dunkel wurde, hatte er lapidar gemeint, dass sie die Plantage mit dem Auto umfahren würden, er habe schließlich eine Genehmigung, die Forstwirtschaftswege zu nutzen. Anschließend wollte er ihr sein Haus zeigen, in dem sein Büro untergebracht war. Ihr Zögern hatte er richtig gedeutet und sie beruhigt, dass er keine zweideutigen Absichten hege.

Hatte Voss-Grobe nicht gesagt, dass Dünnebacke alles flachlegen würde, was ihm gefiel? Margareta hatte das Angebot des Plantagenbesitzers verunsichert, aber sie hatte beschlossen, Voss-Grobes Aussage als Neid abzutun, und zugesagt.

Als sie jetzt vom Hof der Voss-Grobes zum Ferienhaus zurückfuhr, überlegte sie, ob es richtig war, zuzusagen. Wenn alle Stricke rissen, sagte sie sich, hatte sie ihre Walther P7. Sie überprüfte deren Sitz an ihrer Seite.

Kurz vor 16 Uhr kam sie am Ferienhaus an. Johannes Dünnebacke wartete schon in seiner Mercedes-G-Klasse. Am gardinenlosen Wohnzimmerfenster stand Thomas, die Hände auf dem Rücken verschränkt, und schenkte ihr einen bösen Blick. Sie winkte ihm zu und huschte, nachdem sie den Passat verlassen hatte, hinüber zum Daimler von Johannes. Ein weiterer Blick zum hell erleuchteten Wohnzimmerfenster sagte ihr, dass Waltraud wohl nicht daheim war. Ob sie noch mit diesem Fritz unterwegs war?

Thomas konnte ganz allein seine Wut und Trauer ausleben, Kerzen anzünden, Mutti-Fotos ansehen, um Mutti weinen und sich neue böse Sprüche ausdenken, die er ihr später an den Kopf knallte.

Schon am Mittag hatte er sich nicht von seiner Schokoladenseite gezeigt. Er hatte sich zu nichts aufraffen können und nur gejammert. Bevor die Sternsinger aufgetaucht waren, war er voller Elan gewesen, hatte davon gesprochen, den Metzger aufzusuchen und danach um das Bauernhofgelände der Voss-Grobes zu laufen.

Doch schon kurze Zeit später hatte ihn seine Trauer erneut übermannt. Als Kommissar Grundmüller und seine Kollegin Altmeier kamen, staunten sie nicht schlecht über den total verheulten Thomas. Wie ein Häufchen Elend saß er in der Ecke der Wohnzimmercouch und starrte vor sich hin. Margareta war das sehr peinlich. Der Besuch brachte nichts Neues. Margareta konnte nicht sagen, was die beiden Kripoleute wollten. Sie in Kenntnis darüber setzen, wie weit die Soko Scheffel mit ihren Ermittlungen war? Darüber, wen sie in Verdacht hatten, schwiegen sie sich jedenfalls aus. Margareta war auch nicht so gesprächig wie tags zuvor im Café.

Nachdem Grundmüller und Altmeier einen Kaffee getrunken hatten, machten sie sich davon. Sie hatten Margareta aber indirekt auf die Idee gebracht, sich ebenfalls in Herten im Ruhrgebiet umzuhören. Doch wie sollte sie da hinkommen? Thomas würde einen Aufstand machen, wenn sie den Passat nahm. Vielleicht könnte Fritz ihr seinen Wagen leihen? Was, wenn Thomas sie begleiten wollte? Sie überlegte fieberhaft, wie sie eventuell sogar schon heute Nachmittag den Plan umsetzen könnte, als sie die Kommissare zur Tür brachte.

Bei ihrer Rückkehr ins Wohnzimmer richtete Thomas die Augen mit einer stummen Frage auf sie und beobachtete sie ganz genau. Nach zehn Minuten wurde es ihr zu bunt, und sie schrie ihn an: »Du hast sie doch nicht mehr alle. Was soll das? Okay, deine Mutter wurde ermordet. Aber führt man sich so auf? Die Kommissare haben gedacht, du hast nicht alle Tassen im Schrank. Und jetzt schweigst du *mich* an?«

Das war der Zeitpunkt gewesen, an dem sie sich warm angezogen und das Haus verlassen hatte. Ungefragt hatte sie den Passat genommen, war erst ziellos durch die Gegend gefahren, um dann Kurs auf den Voss-Grobe-Hof zu nehmen.

Und nun ließ sie sich von einem angeblichen Gigolo bei einbrechender Dunkelheit über holprige, teilweise vereiste Feld- und Waldwege kutschieren. Bäume verschiedener Größe und Arten bekam sie zu sehen, ein riesiges Areal. Sein Vortrag, den er bestimmt schon hundertmal gehalten hatte, rauschte an ihr vorbei. Sie schloss die

Augen, konzentrierte sich auf seine sonore Stimme und nahm den feinen Geruch, der von ihm ausging, wahr.

»Ich langweile Sie«, stellte er fest, wendete den Wagen und fuhr auf der L740 Richtung Bödefeld, ließ anschließend den Ort links liegen und steuerte Westernbödefeld an. Von der L740 bog er in die Bestwiger Straße und fuhr kurz vor Brabecke nach links in eine winzige Straße. Sie passierten einen frostigen Winterwald, der bei Dunkelheit gespenstisch aussah.

Margareta ängstigte sich ein wenig, ließ sich aber nichts anmerken. Nach einer Weile fuhr der Daimler in eine Hofeinfahrt und hielt vor einem Haus. Margareta klappte vor Staunen die Kinnlade herunter. Eine kleine, durch indirektes Licht bestrahlte Villa im Fachwerkstil, wie sie versteckter, mitten im Wald, nicht liegen konnte. Gediegen und verwunschen. Ein riesiges Schild, ebenfalls angeleuchtet, prangte rechts neben dem Haus. Es trug die Aufschrift »Freiherr von Dünnebacke'sche Verwaltung«.

Er stapelte tief, dieser Johannes Dünnebacke, musste Margareta feststellen. Von wegen armer, bestohlener Nadelbaumplantagenbesitzer.

Lächelnd sah er sie an. »Was ist los, was hat Ihnen die Sprache verschlagen? Etwa der Titel Freiherr? Keine Angst, das bin nicht ich, das ist mein Vater, und der lebt noch. Okay, nicht mehr richtig, aber er atmet, wenn auch unregelmäßig. Außerdem hat ein Freiherr den niedrigsten Rang im Adel. Ich bin nur sein Geschäftsführer. Ja, ich weiß, ein Sohn vom Freiherr erbt zumindest das *von*. Das habe ich jedoch streichen lassen.«

Margareta verließ den Wagen, und Dünnebacke führte sie galant zum Hauseingang. »Und das alles verdient man mit Tannenbäumen?«

»Nicht nur«, meinte Johannes und gab ihr, nachdem er die Haustür aufgeschlossen hatte, den Vortritt.

»Voss-Grobe sagte, Sie seien ein Zugereister und außerdem ein Weiberheld.« Das musste sie jetzt loswerden.

»Sagt er das, dieser Bauer?« Johannes grinste schelmisch. »Meine Familie lebt seit Generationen im Sauerland. Mein Familienstand ist: verwitwet.« Das musste genügen, fand er. Seine geliebte Marga sollte sein Geheimnis bleiben.

Das Innenleben des Hauses gefiel Margareta. Während sie über das Parkett mit den dicken Orient-Teppichen hier und da zum Fenster schritt und in den Garten blickte, war sie regelrecht verzückt. Ein kleiner Park offenbarte sich ihr, wunderschön beleuchtet, in der Mitte ein zugefrorener Teich, auf der Terrasse ein Weihnachtsbaum mit Lichterkette, ein Relikt aus den vergangenen Feiertagen. An denen die Welt noch in Ordnung gewesen war.

Die Wohnräume waren großzügig geschnitten, es gab eine offene Küche und einen hellen Wohnbereich, äußerst karg im Stilmix möbliert. Hypermoderne edle Stücke, die man in einem solchen Haus nicht vermutete, wechselten sich ab mit antiquarischen Landhausmöbeln.

»Schöne Aussicht, nicht wahr? Sie müssten den Garten mal im Sommer sehen.« Dem stolzen Hausbesitzer schwoll die Brust. Er reichte Margareta ein Glas Champagner, wo auch immer er dieses so schnell hergezaubert hatte.

»So lange hatte ich eigentlich nicht vor zu bleiben«, scherzte Margareta, nahm das Glas entgegen und trank einen kräftigen Schluck von der kalten Flüssigkeit.

»Und, haben Sie schon etwas in Erfahrung gebracht?«, wechselte er das Thema.

»Bezüglich Ihrer Tannenbäume oder des Mörders meiner Schwiegermutter in spe?«

»Mich interessiert beides. Das Haus wurde übrigens im letzten Jahr aufwendig saniert. Ich zeige Ihnen gern auch die oberen Räume.«

»Ach, für heute reichen mir die unteren Zimmer. Auf das Schlafgemach verzichte ich, und duschen will ich auch nicht.« Sie kam sich unheimlich cool vor, merkte allerdings, wie ihre Knie zitterten.

Er grinste immer noch. Sie gefiel ihm, zweifelsohne.

»Ich weiß erst seit zwei Tagen von Ihrem Problem, habe mich aber hier und da umgehört. Bisher leider erfolglos. In der Mordsache beiße ich ebenfalls überall auf Granit.« Langsam drehte sie sich zu ihm um und schaute in seine braunen Augen. Komm bloß nicht auf die Idee, dich in diesen Kerl zu verlieben, rief ihre innere Stimme. Du hast noch den jammernden Kommissar an der Backe, vergiss das nicht.

Sie nahm auf seine Aufforderung hin auf einem der weißen Ledersessel Platz. Er gehörte zu der Art Sessel, bei der man bis auf den Boden einsank und Angst haben musste, niemals ohne Hilfe wieder aufstehen zu können. Johannes setzte sich ihr gegenüber. Für ihn war dieser tiefe Sessel mehr als unvorteilhaft, denn hier kam sein hervorstehender Spitzbauch mehr zur Geltung als im Stehen. So ein toller Mann, leider mit einem kleinen Makel versehen, dachte Margareta. Das machte ihn noch sympathischer.

Er stellte wenig später eine Platte mit verschiedenen winzigen Häppchen auf den Couchtisch. Edle kleine Teile mit Fisch, Schinken und Käse. Hatte er etwa damit gerechnet, dass sie mit zu ihm kommen würde? Hierher, in seine Räuberhöhle? Wie viele Damen er wohl schon mit so niedlichen Dingern verwöhnt hatte, bevor es zur Sache ging?

»Nur ein kleiner Appetizer. Wir können nachher gerne was Warmes essen gehen. Allerdings nicht wieder zu Albers«, lachte er.

Sie stimmte in sein herrliches Lachen ein. »Genau, nicht ins Albers.«

Schnell verfielen sie in eine angeregte Unterhaltung.

Margareta erzählte ihm mehr, als ihr lieb war und sie es vorhatte. Ob es am Schampus lag? Oder hatte er etwas in die Häppchen gemischt?

Aber auch Johannes war nicht mundfaul, gab auf alles präzise Antwort und berichtete ihr im Gegenzug Dinge, die man nicht jedem erzählte.

Die Chemie stimmte. 100 Prozent. Sie mochten sich.

Doch Margareta konnte nach zwei Stunden noch immer nicht sagen, ob es sich bei ihm um eine ehrliche Haut handelte oder um einen guten Schauspieler, der seine Rolle geübt hatte.

Nach zwei geleerten Flaschen Imperial Rioja Gran Reserva 2012 – Margareta hatte sich sehr zurückgehalten und nur an ihrem Glas genippt – kippte er mit einem Lächeln auf den schönen Lippen zur Seite und schlief gegen 22 Uhr in seinem Sessel ein. Laut schnarchend schien er wenig später im Land seiner Träume angekommen zu sein. Nichts mehr mit einem warmen Essen in einem schönen Lokal.

Margareta musste schmunzeln. Sie hatten sich gut unterhalten. Alles etliche Male durchgekaut. Mögliche Mordverdächtige im Fall Eleonore Scheffel: Ortsansässige, die Brigitte Voss-Grobe gemeint haben könnten, einschließlich deren Dreck am Stecken. Der Nadelbaumplantagenbesitzer Johannes war nicht zimperlich gewesen, hatte ausgepackt, was er über jeden dachte.

Ein kleines Schlitzohr, musste Margareta feststellen, doch ein sehr sympathisches.

Er hatte keinerlei Versuche unternommen, ihr zu nahe zu treten, hatte ihr Komplimente gemacht, ganz unverfängliche, keine schmierigen.

Was ihr mehr als suspekt vorkam, waren die Kurznachrichten, die er hin und wieder empfangen und schmunzelnd gelesen hatte. Anrufe hatte er geschickt abgewimmelt. Irgendwann hatte sich alles um Holz und Bäume gedreht. Auf die Diebstähle war er nicht mehr zu sprechen gekommen. Schnitt Margareta das Thema an, hatte er die Sache nicht ernst genommen. Margareta hatte sich gefragt, ob er womöglich selbst etwas damit zu tun hatte.

Dafür hatte ihn der Mord an Eleonore Scheffel umso mehr interessiert. Wie es ihr Sohn, der Erste Hauptkommissar Thomas Scheffel, aufgenommen hatte. Da hatte er den richtigen Knopf gedrückt. Margareta hatte alles herausgelassen. Diese Jammerei, dieses Geheule, diese Kerzenaktion. Nein, er würde nichts unternehmen, um den Mörder zu finden. Als sie zwischen zwei Fischhäppchen – Johannes hatte reichlich nachgelegt – davon gesprochen hatte, sich in Herten einmal umzuschauen, jedoch nicht wüsste, wie sie dahin kommen sollte, hatte er ihr angeboten, ihr sein Auto zu leihen. Wenn sie nicht mit dem großen Schiff durch die winterlichen Straßen kurven wolle, habe er ein Firmenfahrzeug, einen Golf VII, den er ihr gerne zur Verfügung stelle.

Wie von der Tarantel gestochen war er plötzlich aufgesprungen, in sein Büro gerannt, das ans Wohnzimmer angrenzte, und hatte den Schlüssel und die Fahrzeugpapiere geholt. Vom Küchenfenster aus hatte er ihr den roten Wagen gezeigt, der vor dem Büro parkte. »Kannst du nachher gleich mitnehmen«, hatte er gemeint. »Wenn du es abschlägst, bin ich tödlich beleidigt.«

Zu dem Zeitpunkt war er noch halbwegs nüchtern gewesen. Der Wein schien ihm zu munden. Er hatte sich ein Glas nach dem anderen in den Hals gekippt und mehr als einmal den guten Tropfen gelobt, den er bestimmt nicht aus dem Edeka-Markt hatte. Bei klassischer Musik von Jonas Kaufmann war er dann bald weggenickt.

Niedlich sah er aus, wie er da lag und schnarchte. Der Abend hätte auch anders enden können, dachte Margareta. Was, wenn sie ein bisschen zugänglicher gewesen wäre? Hätte sie vielleicht den ersten Schritt tun müssen? Was wäre hinterher passiert? Außer einem extrem schlechten Gewissen hätte sie noch Sorge haben müssen, dass sich ihr Mund wie von Geisterhand öffnen und erniedrigende Fragen herauslassen würde wie: Rufst du mich an? Wie geht es mit uns weiter?

Bloß nicht, so war es schon besser. Komplikationen gab es in ihrem Leben momentan genug. Eine davon sendete ihr eine Nachricht nach der anderen.

Kurz nach 22 Uhr wollte sie den Ort der Gemütlichkeit verlassen und den Heimweg antreten, dazu gleich den Golf nutzen, da sie höchstens ein Glas Wein getrunken hatte und somit noch fahrtüchtig war. Sie stand auf und rief zuerst leise, dann etwas lauter den Namen dieses Tannenbaum-Johannes. Doch auch nach mehreren Versuchen wurde er nicht wach. Das war die Chance, durchzog sie ein plötzlicher Geistesblitz. Das Büro! Sieh dich mal um!

Vorsichtig öffnete sie die in die Wand eingelassene, kaum wahrnehmbare Tür, die sie in sein Büro führte. Zuerst betrat sie einen Gang, der feucht und modrig roch. Nur Umrisse konnte sie erkennen. Leise schloss sie die Tür hinter sich und ging auf das Ende des Ganges zu, wo sich eine Tür befand. Sie öffnete die Tür und suchte nach einem Lichtschalter.

Für ein Büro nicht gerade das ideale Ambiente, fand sie, nachdem sie den Schalter betätigt hatte. Vorne hui, hinten pfui. Der karge Raum mit der niedrigen Decke passte nicht zu der tollen Villa. Auf leisen Sohlen schlich sie zu dem großen antiken Schreibtisch in der Mitte des Raumes. Ihm gegenüber stand ein kleines, moderneres Modell. Auf jedem der Tische prangte ein PC-Monitor. Auch hier drin war der üble Geruch vom Vorraum noch wahrzunehmen. Wie konnte man bei dem Gestank arbeiten? Johannes hatte ihr erzählt, dass er eine Halbtagsangestellte zur Unterstützung eingestellt hatte. Ein armseliges Mütterchen aus dem Ort, das sich etwas dazuverdienen musste.

Neugierig setzte sich Margareta an den großen Schreibtisch und fand sich zwischen riesigen Papierbergen wieder. Er könnte mal abheften, der gute Johannes. An der rechten Wand befand sich ein nostalgisches Regal mit etlichen Ordnern. An der anderen Wand einige Stahlschränke. Hinten in der Ecke, die wohl als Besucherecke diente, stand ein Rattantisch mit passendem Sessel. Sie betätigte den rostigen Knopf der nostalgischen Messing-Schreibtischleuchte direkt vor ihr. Sie kam sich zwischen den Bergen von Briefen und Prospekten ziemlich verloren vor. Die Lederunterlage auf dem Schreibtisch hatte mehr Löcher als ein Schweizer Käse. In einer mit Grünspan verzierten Messingschale lagen altertümliche Kugelschreiber, abgelutschte Kräuterbonbons und benutzte Pflaster sowie auseinandergebogene Büroklammern, die jemand in einen Radiergummi gesteckt hatte.

Voller Eifer stürzte sich Margareta auf den aktuellen Tischkalender und durchforstete die Termine. Ihr fiel der Name Dieter O. auf. Mindestens an drei Tagen der Woche spielte Dieter O. eine Rolle. »15 Uhr mit Dieter O. GP« oder »Nicht vergessen: 18 Uhr Dieter O. bei KP«. Wer war Dieter O.? Der geheimnisvolle Unbekannte mit Sicherheit nicht, da er hier in dem Kalender stand.

Sie öffnete die Holztür an der rechten Seite des Schreibtisches und nahm die kleinen Ordner mit den Kontoauszügen heraus. Wer, außer Waltraud, hortete heute noch Kontoauszüge, wo alles digital lief? Unter den Ordnern – die Kontoauszüge sagten ihr nichts – lag ein Taschenkalender vom vergangenen Jahr. Hastig blätterte sie darin herum und stieß auf eigenartige Einträge. Sie steckte den Kalender in ihre Hosentasche, beendete ihre Observation und schlich, nachdem sie das Licht gelöscht hatte, zurück ins Wohnzimmer, wo sich ihr ein unveränderter Anblick bot.

Johannes schnarchte noch immer vor sich hin. Leise machte sie sich vom Acker, bestieg den Golf und fuhr zurück nach Bödefeld in die Höhle des Löwen. Thomas lief bestimmt schon Amok, oder er hatte die Polizei verständigt, um eine Vermisstenanzeige aufzugeben.

17.

Margareta war kurz davor, die Nerven zu verlieren. Waltraud schwieg. Thomas schwieg. Wollten die beiden sie strafen? Mit Nichtbeachtung? Sie bestrich ein Brötchen dick mit Butter und Marmelade, biss herzhaft hinein und wartete erst einmal ab.

Vor nicht einmal zwölf Stunden hätte sie fast einen großen Fehler begangen. Beinahe hätte sie sich diesem Johannes an den Hals geworfen. Wahrscheinlich war er es gewohnt, dass sich die Weiber scharenweise an seinen schönen Körper schmissen.

Aber es war nichts passiert. Als sie gestern Abend gegen 22.30 Uhr mit dem schnittigen Golf vor dem Ferienhaus hielt, hatte noch Licht im Wohnzimmer gebrannt. Waltraud und Thomas hatten auf den TV-Bildschirm gestarrt und eine Erklärung von Margareta erwartet. Doch Pustekuchen. Sie hatte freundlich gegrüßt, und nachdem keine Reaktion der beiden gekommen war, war sie hoch ins Schlafzimmer gegangen. Als Thomas ihr eine halbe Stunde später gefolgt war, hatte sie sich schlafend gestellt.

Jetzt schwiegen sie noch immer. Was wäre gewesen, wenn Margareta erst heute Morgen heimgekommen wäre? Dann hätte Thomas sich aufregen können. So jedoch hatte er keinen Grund. Und was bildete sich Waltraud ein? Sie zog mit einem Grufti durch die Gegend und strafte ihre Tochter mit Verachtung, weil sie nach 22 Uhr heimkam? Margareta platzte fast der Kragen vor Wut.

»Waltraud, was soll dein bescheuertes Schweigen?«

Waltrauds vorwurfsvoller Blick streifte sie. »Thomas sagt, dieser Dünnebacke hätte dich abgeholt und ihr hättet den ganzen Abend zusammen verbracht. Ist das sein Auto, mit dem du gekommen bist? Gehört das diesem Mann?«

»Schlägst du dich auf die Seite von Thomas? Gegen mich? Ist doch meine Sache, mit wem ich den Abend verbringe. Es war außerdem rein beruflich. Und den Wagen hat Johannes Dünnebacke mir geliehen, damit ich damit nach Herten fahren kann, um mich umzuhören.«

»Thomas hat sich gesorgt, er hat versucht, dich zu erreichen. Du hast dich nicht gemeldet.«

»Ging nicht.«

Thomas verfiel in Schnappatmung. »Du willst nach Herten fahren? Heute? Ohne mich?« Er riss seine Augen weit auf und starrte Margareta ungläubig an.

»Ich wusste nicht, ob du dazu in der Lage bist. Gestern ging es dir sehr schlecht«, antwortete sie voller Spott.

»Ich muss auch nach Herten. Brauche einige Unterlagen aus dem Haus meiner Mutter. Man hat ihre Leiche freigegeben. Grundmüller hat mich gestern Abend angerufen. Ich wollte dir Bescheid geben, aber du hast dich ja tot gestellt.«

»Ich war mitten in einem wichtigen Gespräch. Sonst erzählst du mir auch nichts, also bleib mal auf dem Teppich.« Margareta wünschte sich weit, weit weg. Alles war besser, als hier in dieser miesen Stimmung auszuharren.

»Wir müssen uns um die Beerdigung kümmern.« Thomas schaute sie vorwurfsvoll an.

»Du! Du musst dich darum kümmern. Es ist deine Mutter! Ich kümmere mich darum, ihren Mörder zu finden. Obwohl das auch nicht meine Aufgabe ist.«

»In Herten?«

»In Herten!«

Waltraud schnaufte empört. »Du kannst Thomas doch nicht mit allem alleine lassen. Margareta, komm zur Vernunft!«

»Bin ich schon, Mutter, bin ich schon. Ich fahre heute nach Herten. Wenn du willst, setze ich dich zu Hause ab. Du wolltest doch unbedingt nach Hause.«

»Aber jetzt nicht, wo Fritz hier ist«, erboste sich Waltraud.

»Warum tust du mir das an, Margareta? Willst heute einfach verschwinden?« Thomas schlug die Hände vors Gesicht und seufzte.

»Ja, warum tust du ihm das an, Kind?«

»Halt du dich da raus, Waltraud. Ich bin nicht dein dummes Blag. Merk dir das! Konzentriere dich auf den neuen Kerl. Was auch immer das für einer ist. Vielleicht erfahre ich heute mehr über ihn. Ich muss los. Um 11 Uhr habe ich einen Termin bei Pfarrer Morgenrot.«

»Du willst mich wirklich alleine lassen?«, jammerte Thomas.

»Ja, habe ich vor. Beten und heulen kannst du auch ohne mich. Und nach Herten fährst du eben morgen.«

Wohlweislich hatte Margareta ihr Täschchen in aller Frühe gepackt und in die Diele gestellt.

Als sie ihre Jacke anziehen wollte, hielt Thomas sie am Arm fest. »Läuft da was zwischen dir und diesem Kerl?«

»Nein, absolut nichts. Wäre ich sonst gestern Abend nach Hause gekommen?«

Ein winziges Lächeln huschte über Thomas' Gesicht. Tränen traten in seine Augen.

»Macht's gut, ihr beiden!« Und schon war Margareta zur Tür hinaus und schwang sich in den Golf.

Bis nach Herten waren es 122 Kilometer, sagte das Navi. In einer Stunde und 22 Minuten würde Margareta ihr Ziel erreicht haben. Ein Blick auf die Uhr verriet ihr, dass es zeitlich in etwa hinkommen müsste, pünktlich beim Pfarrer auf der Matte zu stehen. Kein Schnee, die Straßen gestreut, Sonnenwetter, fünf Minusgrade.

Immer wieder dachte sie an Thomas, der schmollte wie ein Kleinkind. Wie konnte sich ein Mann von 42 Jahren bloß so aufführen? Würde sie sich auch so verhalten, wenn Waltraud ermordet worden wäre?

Kurz vor Meschede nahm sie den Anruf des Polizeihauptkommissars Rolf Radomski entgegen, dem Mann, über den alle lachten und den keiner für voll nahm. Margareta hatte sich noch keine Meinung über ihn gebildet, da sie ihn nicht gut genug kannte. Von seinem sonderbaren Aussehen auf seinen Charakter zu schließen, wäre zu einfach und auch gemein. Dem sollte jetzt Abhilfe geschaffen werden, denn der gute Mann wollte sich mit ihr unterhalten. Ganz form- und zwanglos, nur so, meinte er. Sie sagte, dass sie gerade auf dem Weg nach Herten sei, deshalb schlug er den nächsten Morgen vor. Um 10 Uhr im Café in Bödefeld. Gerne könne sie ihn auch auf dem Polizeirevier in Bad Fredeburg besuchen. Das lehnte Margareta jedoch ab, da es ihr zu offiziell erschien.

Bei der Vorstellung, wie Waltraud und Thomas reagieren würden, wenn sie morgen früh zum Café aufbrach, um sich mit Radomski zu treffen, musste sie lachen. Trotzige Oma mit sturem Kind. Sie sah die beiden vor sich.

Der nächste Anruf, kurz nach Arnsberg, kam von Johannes Dünnebacke, der sich gefühlte 20 Mal für sein Verhalten vom Vorabend entschuldigte. Unverzeihlich, sich so mit Wein zuzuschütten und dann einzuschlafen. Er freute sich, dass sie mit seinem Golf unterwegs war, und wünschte ihr viel Erfolg. Den Wagen könne sie ruhig noch ein, zwei Tage behalten. Ob sie heute Abend noch einmal telefonieren wolle, fragte er ganz vorsichtig.

Was waren das nur für Männer? Alles Memmen, oder etwa nicht?

Jedenfalls hielt sich Margaretas schlechtes Gewissen Thomas gegenüber in Grenzen. Schließlich war er nicht schuldlos an ihrem Verhalten. Viel mehr drückte sie das schlechte Gewissen, was ihren Job betraf. Längst hätte sie sich bei ihrem neuen Auftraggeber, einem Unternehmer, melden müssen. Sie hatte ihn am 2. Januar nur kurz per Anruf vertröstet, ihm von der verblichenen Schwiegermutter erzählt, die mit einem Eiszapfen getötet worden war. Er hatte trotzdem ziemlich ungehalten reagiert, weshalb sie ihm versprochen hatte, spätestens am Samstag, den 11. Januar, bei ihm auf der Matte zu stehen. Andernfalls könne sie den Auftrag vergessen, hatte er gedroht. Ob sie es schaffen würde, den Mörder in drei Tagen dingfest zu machen? Vielleicht mit Radomskis Hilfe?

Erst kürzlich hatte Thomas ihr vorgerechnet, welche monatlichen Kosten sie für Miete, Strom, Wasser, Telefon und Versicherung bezüglich der Detektei, zu der ihre komplette Wohnung inzwischen mutiert war, aufbringen musste. Das Auto wollte unterhalten werden, und was Warmes auf den Tisch brauchte sie auch hin und wieder, ganz zu schweigen von ihrer Garderobe, Friseurbesuchen und so weiter. Margareta wusste, was Zweck dieser Vorrechnerei war. Thomas wollte, dass sie zusammenzogen. Erstens aus Kostengründen und zweitens, weil sie sich schon ewig kannten, so seine Meinung. Schaudernd dachte sie daran, mit Thomas in seinem jetzigen Zustand ein Zuhause zu teilen. Sie brauchte einen Mann, kein Kind. Jetzt, nach Eleonores Tod, wird er das leer stehende Elternhaus im Kopf haben, vermutete sie. Nein, sie wollte da nicht einziehen. Um keinen Preis. Sie musste ihre Selbstständigkeit behalten. Unbedingt.

Um kurz vor 11 Uhr fuhr Margareta in der Antoniusstraße in Herten vor und stellte ihren Wagen ab. Obwohl sie nur wenige Kilometer von Herten entfernt wohnte, hatte sie besagte Kirche nie näher in Augenschein genommen. Ein Hinweisschild führte sie zum Pfarrbüro um die Kirche herum. Kaum hatte sie die Tür erreicht, ging diese auf und der Pfarrer empfing sie mit zur Seite geneigtem Kopf und gütigem Blick. Margareta hatte ihn bei der Beisetzung von Thomas' Vater gesehen und der eigenartigen Grabrede gelauscht. Gesprochen hatte sie noch nie mit ihm. Er wirkte mit seinen 58 Jahren älter, als er war. Der mittelgroße Mann war untersetzt, wusste wohl, was lecker schmeckte, wofür sein speckiges Gesicht und der Bauch sprachen. Sein Anzug roch nach Mottenkugeln, war kleinkariert in Grüngelb, das Hemd darunter weiß, jedoch aus einer anderen Epoche stammend. Als er ihr voraus ins Pfarrbüro schritt, konnte sie ihm auf den Kopf gucken und die kahle Stelle in seinem schwarz-grauen Gewölle wahrnehmen. Tja, wir werden alle nicht jünger.

Auf dem kleinen Tisch in der Besucherecke wartete ein dampfender Tee in einer Glaskanne auf einem Stövchen auf sie, daneben zwei Teegläser und ein Schälchen mit Keksen.

Er bat sie, Platz zu nehmen, und fragte, ob sie eine gute Fahrt gehabt habe.

Langsam wurde Margareta die Tragweite ihres Tuns bewusst und sie wäre am liebsten wieder gegangen. Was wollte sie von diesem Gottesmann? Schnüffelte in einem Mordfall herum, nur weil sie eine private Ermittlerin war. Sie wusste nicht, wie sie beginnen sollte.

Er spürte ihre Nervosität und lächelte gnädig. »Tja, sehr traurig, das mit unserer Schwester Eleonore. Da folgt sie ihrem Mann so schnell nach. Kaum zu glauben.«

»Ja, Thomas steht unter Schock. Er ist völlig fertig«, erzählte Margareta, um einen Anfang zu finden. Der Pfarrer kannte Thomas schon viele Jahre, kannte die Probleme der gesamten Familie. Sein Blick, mit dem er Margareta von oben bis unten checkte, war prüfend. Wahrscheinlich überlegte er, ob diese Frau besser zu Thomas passte als dessen erste Gattin, Simone, mit der er ihn im Jahr 2003 vermählt hatte.

Sie schaute hinaus in den winterlichen Pfarrgarten. Anschließend blieb ihr Blick an dem hölzernen Kruzifix an der rechten Wand hängen. Sie hatte das Gefühl, dass der leidende Gottessohn sie flehend anstarrte. Endlich ließ sie ihre Worte, die sie sich im Auto zurechtgelegt hatte, sprudeln. Die Verwechslungstheorie, die bisherigen Ermittlungen in Bödefeld, das plötzliche Auftauchen von Carola Blasius und Fritz Wennemann.

Der Pfarrer nickte, kaute Kekse wie ein Karnickel Möhren, besonders die Schokowaffeln fischte er sich vom Teller, und bestätigte jeden ihrer Sätze mit »Hm, hm«.

Der Tee war eine Offenbarung, Margareta konnte nicht genug davon bekommen. Lindenblütentee mit Zitrone und Ingwer, selbst zubereitet, nichts mit Haushälterin, sagte der Pfarrer.

Margareta wurde immer gesprächiger, öffnete ihm ihr Herz, äußerte ihre Bedenken, wollte von ihm wissen, ob er Carola Blasius über den Weg traue und was Fritz Wennemann für ein Zeitgenosse sei.

»Wissen Sie, Frau Sommerfeld, ich hatte ein richtig schlechtes Gewissen, dass ich mich Eleonore Scheffel nach dem Tod ihres Mannes angenommen und sie in der Seniorenstube untergebracht habe. Dort stieß sie auf die vier Frauen, die sich um den Gockel Wennemann geschlagen haben. Irgendwann hatten sie sich zusammengerauft, sich diesen Kerl geteilt. Eleonore war nun eine neue Gefahr und sie wollten sie nicht in ihre kleine Gruppe aufnehmen. Eleonore blieb aber hartnäckig, vor allem, weil dieser Fritz, der übrigens kein gläubiger Katholik ist und nicht zu unserer Gemeinde zählt, ein Auge auf sie geworfen hatte.«

Margareta lauschte seinen kurzweiligen Ausführungen und war hin und weg. Was für ein interessanter Mann, dachte sie bewegt. Wenn er nur nicht so übel nach Aceton und feuchtem Muff riechen würde.

Pfarrer Morgenrot öffnete das kleine Schränkchen neben sich und entnahm ihm eine Cognacflasche sowie zwei Schwenker. Es schien ihm nichts auszumachen, dass Margareta mit dem Hinweis, noch fahren zu müssen, ablehnte. Lustvoll goss er sich ein Glas mit der braunen Flüssigkeit halb voll und setzte es mit leuchtenden Augen an die wulstigen Lippen. Nach dem zweiten Cognac lehnte er sich lässig zurück und begann, Anekdoten aus dem Gemeindeleben zu erzählen. Besonders die Seniorenstube lag ihm sehr am Herzen.

Als Margareta, inzwischen ganz benebelt von dem Geruch im Zimmer, aufbrechen wollte, gab ihr der Pfarrer noch zwei interessante Hinweise.

»Übrigens treffen sich die Frauen aus dem Quartett immer dienstags und donnerstags im Dom-Café. Vielleicht gehen Sie mal rüber, es ist ja nicht weit.« Er blickte auf die große Standuhr in der Ecke. »12.30 Uhr ist es jetzt. Die haben Sitzfleisch.«

»Was werden die Frauen denken, wenn ich mich einfach dazusetze?«

»Ach, das sollte Ihnen egal sein. Nur Mut!« Er reichte ihr zum Abschied die Hand und fügte hinzu: »Nehmen Sie sich vor dem Wennemann in Acht. Der ist nicht ganz koscher. Ich kenne jemanden bei der Kripo, der hat mir was erzählt. Also Obacht! Mehr möchte ich nicht verraten.«

Margaretas Hirn begann zu rattern. Fritz Wennemann ein Verbrecher? Vor Aufregung vergaß sie, den Pfarrer nach der Adresse von Carola Blasius zu fragen. Wenn sie diese jetzt gleich im Café antraf, spielte die Adresse aber ohnehin keine Rolle mehr.

Auf dem Weg zum Dom-Café, das schräg gegenüber der Kirche lag, schämte sie sich dafür, nicht erwähnt zu haben, dass Thomas morgen bei dem Pfarrer auftauchen wollte. Margareta straffte die Schultern und grinste. Sollte er doch denken, was er wollte. Pah!

Der Besuch beim Pfarrer hatte sich gelohnt, fand Margareta. Der alte Wennemann ein Verbrecher? Sie war gespannt auf das Quartett hinterhältiger Weiber, die sich wegen dieses Mannes die Haare ausrissen und sogar vor Auftragsmord nicht zurückschreckten. Da sollte noch mal einer sagen, sie kümmere sich nicht um ihre Familie und Freunde. Kostenlose Ermittlungen, eine Fahrt über 100 Kilometer durch Eiseskälte …

Margareta betrat das Café und stieg in den gläsernen Fahrstuhl. Ihr Magen meldete sich mit einem lautstarken Knurren. Oben angekommen, öffnete sich die Tür und ließ sie in den gemütlichen Gastraum frei, der einen herrlichen Blick hinüber zur Kirche bot. Ihr Herz pochte stärker als gewöhnlich, da sie nicht wusste, welchen Aufhänger sie nehmen sollte, um ihr Erscheinen zu erklären. Ganz hinten in der Ecke direkt am Fenster saßen sie, die vier Grazien, an einem Tisch mit vier roten Sesseln.

Margaretas Problem löste sich von selbst, denn Carola Blasius erkannte sie sofort und sprang von ihrem Sessel auf. »Ja, das ist doch Margareta Sommerfeld, die Schwiegertochter der lieben Verstorbenen Eleonore Scheffel, nicht wahr? Ich habe Sie sofort erkannt. Was verschlägt Sie nach Herten? Ich dachte, Sie sind noch in Bödefeld? Kommen Sie, setzen Sie sich zu uns.«

Die Frau schien sich wirklich zu freuen. Einen verhuschten Eindruck machte die Blasius jedenfalls nicht. Sie wirkte souverän auf Margareta.

Ein weiterer Sessel wurde in die Runde geschoben. Allgemeine Verzückung löste Margaretas Erscheinen allerdings nicht aus. Freundlich grüßte sie in die Runde und wandte sich dann an Carola.

»Ich hatte was Dringendes in Herten zu erledigen und da dachte ich mir, schaust du dir mal das Café an. Heute Abend will ich wieder im Sauerland sein. Ich habe übrigens versucht, Sie in Bödefeld zu erreichen, aber Sie waren schon abgereist.«

»Ja, am Samstag bin ich zurückgefahren.« Verlegen schaute Carola auf den Boden. Kein Wort, was sie im Sauerland zu suchen gehabt hatte. Nichts.

Der kleine mollige Zwerg mit der langen Nase stellte sich selbst vor. Das war also die berüchtigte Ursula Kaminski, die Rädelsführerin der Truppe. »Was gibt es so Wichtiges, dass Sie dafür Ihren Winterurlaub unterbrechen?« Der Zwerg schnitt genüsslich Stücke von seinem Schnitzel ab und stopfte sie schnell nacheinander in den faltigen, mit Lippenstift verschmierten Mund. Kleine Teile von den Bratkartoffeln landeten in ihrem Loop-Schal.

Sie war Margareta sofort unsympathisch. Ihr Kopfkino zeigte Ursula wie eine Königin in dem alten Volvo von Fritz Wennemann sitzen, um durch die Gegend kutschiert zu werden. Für seine Kurierfahrten bekam er von ihr Currywurst und Pommes frites, hatte ihr Waltraud berichtet. Die vier Weiber teilten sich also den alten Fritz Wennemann, den Margareta unbedingt genauer unter die Lupe nehmen musste. Bald könnten alle vier die Dienste, die er für sie verrichtete, vergessen, freute sie sich innerlich. Waltraud würde ihm schon gehörig den Kopf verdrehen und ihn auf andere Gedanken bringen.

Carola stellte ihr Petra Halstenbach vor. Eine drahtige, jung wirkende Frau mit Kurzhaarfrisur, die sich ein Stück Sachertorte gönnte. Ein Kännchen Kakao rundete das Ganze ab. Sie sprach nicht viel, glotzte nur dämlich.

Angelika Thomas hingegen wirkte freundlich mit ihrem runden Gesicht und der Knotenfrisur. Sie wirkte wie eine Märchenoma, die keinem was zuleide tat. Auch sie hatte ein knuspriges Schnitzel vor sich.

Margareta fragte sich, ob die Ladys zu viel Zeit und zu viel Geld hatten. Oder warum saßen sie hier andauernd herum?

»Fritz Wennemann, Ihr Bekannter, ist zurzeit im Sauerland. Er wollte sich ein paar Tage erholen, hat er meiner Mutter erzählt. Die beiden verbringen den ganzen Tag zusammen und verstehen sich prima.«

Das hatte gesessen. Kaminski ließ Messer und Gabel fallen. Ihre Hände begannen zu zittern. Ihre Gesichtszüge entglitten ihr, als wollte sie sagen: »Der soll sich da umhören, mehr nicht.« Doch kein Wort kam über ihre Lippen.

Carola Blasius war die Einzige, die sich mit Margareta unterhielt. Das musste Margareta ausnutzen. Sie belagerte sie mit Fragen. Letztendlich landeten sie beim Thema Marmelade.

»Ach, ich koche auch leidenschaftlich gerne Marmelade«, sagte Margareta. »Haben Sie nicht ein gutes Rezept? Oder vielleicht noch ein Gläschen zu Hause? Das wäre wunderbar, wenn ich Thomas nachher damit überraschen könnte.«

Obwohl Carola sich in die Enge getrieben fühlte, schaffte sie es nicht, Margareta den Wunsch abzuschlagen.

Nachdem sie bezahlt und das Café verlassen hatten, nahm Carola Margareta mit zu sich nach Hause. Margareta freute sich wie eine Schneekönigin, da es besser lief, als sie sich hätte träumen lassen.

Carola wohnte nur zwei Straßen weiter. Eine winzige Zwei-Zimmer-Wohnung in einem grauen Mietshaus in der Vitusstraße war ihr Zuhause. Die Einrichtung war genauso bescheiden wie das Äußere der Carola Blasius, der allseits gelobten barmherzigen Samariterin, die anscheinend nur Gutes tat. Carola legte ihren beigen alten Wollmantel ab und nahm Margaretas Jacke entgegen, um sie an die Garderobe zu hängen. Das Wohnzimmer war original Gelsenkirchener Barock. Eine solche Couchgarnitur hatte Margaretas Oma auch besessen. Dunkelroter harter Stoff mit eingelassenem Blumenmuster, überall Kissen mit bestickten Umhüllungen darauf verteilt. Es roch jedoch nicht nach altem Haushalt, sondern angenehm frisch.

Margareta setzte sich auf die Kante des Sofas und ließ sich von Carola einen Tee servieren. Als sie die Frau in der Küche hantieren hörte, besah sie sich das Foto in einem der Schrankfächer, das ihr beim Eintreten ins Wohnzimmer sofort ins Auge gestochen war. Ein Schwarz-weiß-Foto in einem großen Rahmen. Das Bild zeigte einen süffisant lächelnden Fritz Wennemann. Carola Blasius rahmte ihren Bekannten, der ihr stets hilfreich zur Seite stand, ein und verzierte den Rahmen mit einem roten Band? Die behäkelte Großmutter mit der Knotenfrisur passte rein äußerlich überhaupt nicht zu diesem flotten Mann.

Margaretas Blick biss sich an der selbst gestrickten weißen Jacke Carolas fest. Die lila Blumen, die hinterher mühevoll aufgestickt worden waren, harmonierten mit den silbernen, uralten Knöpfen. Was für ein grausiges Stück, dachte Margareta. So eine unnütze Arbeit.

Carola kam wieder zurück, setzte sich, lächelte wissend und nippte in kleinen Schlucken an ihrem Tee. »Sie fragen sich sicher, wieso ich ein Foto von Fritz da stehen habe, nicht wahr?«

»Och«, machte Margareta nur. Würde Carola ihr jetzt gestehen, dass sie ein sexuelles Verhältnis mit dem flotten Rentner hatte und Eleonore wegmusste, weil sie diesem im Wege gestanden hatte?

»Er ist nur ein Freund. Ein Freund von uns vier Frauen. Mehr ist da nicht. Obwohl manche von uns ihn gerne als Liebhaber hätten. Ich nehme mich da nicht aus. Auch mit 75 Jahren hat man noch Bedürfnisse und Gefühle. Als Eleonore zu uns stieß, kam bei uns allen Angst auf. Aber ich habe sie nicht umgebracht.«

Für Margareta war es unbegreiflich, warum ein so flotter Herr sich an diese Omas schmiss, wenn auch nur mit freundschaftlichen Absichten. Praktisch spielte er den Lakai für sie.

»Wieso ließen Sie sich dann ins Sauerland schicken, um Eleonore Leid zuzufügen? Sie hat Ihnen persönlich doch gar nichts getan.«

»Sie haben die Kaminski eben kennengelernt. Die ist ein Terrier. Wenn die sich was in den Kopf gesetzt hat, lässt sie nicht mehr locker. Dann der ganze Zoff in der letzten Zeit. Ich war froh, mal aus Herten rauszukommen. Ich habe Eleonore jedoch nichts getan.« Aus gütigen braunen Augen sah sie Margareta an.

Und diese glaubte ihr.

Plötzlich fing Carola an zu weinen und konnte sich kaum mehr beruhigen. Trauer um den für sie verlorenen Fritz? Oder um die arme Eleonore?

Eine Stunde später machte sich Margareta mit zwei Gläsern Marmelade und einem belegten Brötchen vom

Bäcker auf den Weg zurück nach Bödefeld. Die Sonne verschwand langsam am Horizont. Wenn sie gut durchkäme, wäre sie um 18 Uhr bei ihren Lieben.

18.

In den Vorgärten verschwand nach und nach die Weihnachtsbeleuchtung von den Tannen. Auch in den Fenstern und auf den Fensterbänken hatte der Weihnachtsschmuck für diese Saison ausgedient. Einige Hartgesottene ließen ihre Weihnachtsbäume bis zum 2. Februar, Mariä Lichtmess, stehen.

Das Leben ging weiter. Aber Thomas' Mutter, mit der er seine Probleme gehabt hatte, war tot. Auf dramatische Weise ums Leben gekommen. Thomas durfte sich von diesem schlimmen Ereignis nicht so aus der Bahn werfen lassen, sagte er sich. Er musste weiterleben.

Doch neben der Trauer nagte das schlechte Gewissen an ihm. Hätte er seine Mutter nicht mit in den Urlaub genommen, würde sie vermutlich noch leben. Er musste ihren Mörder finden, konnte sich jedoch nicht dazu aufraffen, ihn zu suchen, war unkonzentriert, fahrig und depressiv. Wenn er sich weiterhin so gehen ließ, würde er Margareta verlieren. Da war er sich sicher. Sie ging immer mehr ihre eigenen Wege. Wie albern, heute in Herten aufzukreuzen und den Pfarrer zu besuchen, wo Margareta gestern erst dort gewesen war.

Fröhlich war sie gestern Abend heimgekommen. Anscheinend war der Ausflug nach Herten erfolgreich gewesen. Viel erzählt hatte sie nicht. Dass sie die vier

Frauen im Dom-Café getroffen und dass Pfarrer Morgenrot ihr einige Dinge über Fritz Wennemann erzählt habe. Ins Detail war sie nicht gegangen, wegen Waltraud. Die ließ nichts auf ihren neuen Freund kommen.

Später im Schlafzimmer hatte Margareta nicht mehr davon gesprochen, sondern ihn nur gefragt, was er in Herten genau wolle. Beerdigungsdinge regeln, Unterlagen im Haus zusammensuchen, hatte er geantwortet und ihr gestanden, dass er sie gern dabeihätte. Und was hatte sie erwidert? »Was meinst du, was ich alles gern hätte. Dein Verhalten in den letzten Tagen war nicht auszuhalten.«

Wollte sie ihn nun dafür bestrafen? Er befand sich mittlerweile im Auto auf der L740 Richtung Ruhrgebiet und dachte über ihre Beziehung nach. Würde sie den Tod seiner Mutter und seine Trauer überstehen? Wenn nicht, taugte die Beziehung ohnehin nichts. Margareta war eine sehr selbstständige und unabhängige Person. Im Prinzip fuhr sie ihr eigenes Ding, was ihn schon lange störte. Natürlich sollte eine Frau selbstständig sein, aber nicht dauernd machen, was ihr gerade in den Sinn kam, ohne sich mit ihrem Partner abzusprechen.

Wieder dachte er daran, in sein Elternhaus im Grünen von Herten zu ziehen. Allein dieser herrliche Garten. Wenn er dieses Thema ganz vorsichtig anschnitt, machte Margareta sofort dicht. Was hatte sie beim letzten Mal gesagt? Eher würde sie sich aufhängen, als in diese muffige Bude zu ziehen. Auch mit Renovierung, neuen Möbeln und dem Garten brauchte er ihr nicht zu kommen. Sie wollte keinen Garten. Garten bedeute Arbeit, und davon habe sie auch so genug. Er würde sogar Waltraud in Kauf nehmen, die in die Einliegerwohnung ziehen könnte. Als er ihr das vorgeschlagen hatte, hatte sie einen Lachkrampf bekommen. Nichts zu machen, sie blieb stur.

Er musste sich aufraffen, sich nicht nur auf seine Trauer und Margareta fixieren. Sich endlich ernsthaft auf Tätersuche begeben. Er hatte zwar den Pfarrer und einige Leute des Kirchenvorstands in Bödefeld kennengelernt, war auf dem Voss-Grobe-Hof und bei Radomski gewesen. Doch eine heiße Spur hatte er nicht entdeckt und sich deshalb melancholisch zurückgezogen. Die kleine Kreuzbergkapelle war ihm suspekt vorgekommen. Doch auch dem war er nicht weiter nachgegangen. Am Samstag war der Aufenthalt im Sauerland vorbei. Um 10 Uhr musste das Haus geräumt sein. Noch drei Tage! Schafften sie es, in dieser Zeit den Mörder dingfest zu machen?

Die beiden Dortmunder Kommissare kamen auch nicht weiter, hatte er den Eindruck. Er wusste nicht, ob er an der Verwechslungstheorie festhalten sollte oder ob der Täter im Hertener Umfeld zu suchen war. Was stimmte nicht mit diesem Fritz Wennemann? Margareta hatte angedeutet, dass er Dreck am Stecken habe. Gestern hatte er das Vergnügen gehabt, Fritz Wennemann persönlich kennenzulernen, als dieser Waltraud abholte. Für seine 72 Jahre ein absolut vorzeigbarer Mann mit tadellosen Manieren, der durchaus jüngere und attraktivere Frauen haben könnte, was die Sache für Thomas noch unvorstellbarer machte. So galant hatte er den Mann gar nicht eingeschätzt.

Beim Frühstück heute Morgen war die Stimmung schon ein bisschen gelöster gewesen. Waltraud hatte munter drauflosgeplaudert, und Margareta hatte einige

Details von ihrem Besuch bei Dünnebacke berichtet. Als sie anschließend hatte verlauten lassen, dass sie sich mit Radomski treffen würde, war seine Kinnlade wieder heruntergefallen. Zum ersten Mal hatte er während des Frühstücks keine Kerzen für seine Mutter angezündet, was Margareta freudig zur Kenntnis genommen hatte. Okay, Radomski konnte ihm nicht so gefährlich werden wie der Schönling Johannes Dünnebacke. Thomas neigte aber dazu, in allen Männern, mit denen Margareta Kontakt hatte, eine potenzielle Gefahr zu sehen.

Bevor er den Pfarrer aufsuchte, mit dem er um 12 Uhr verabredet war, fuhr er in die Nesselrodestraße in Westerholt, eine feine Wohngegend direkt am Paschenberg. Sein Magen krampfte sich zusammen, als er vor seinem Elternhaus hielt. Er brachte es nicht fertig, die Auffahrt hochzufahren und direkt vor dem Haus zu parken, obwohl der Schnee ordentlich beiseitegeräumt war. Mit zitternden Knien entstieg er dem Wagen und ging auf die schwere Eichenholzhaustür zu. Seine Hand zitterte ebenfalls, als er den Schlüssel ins Schloss steckte. Die Rollläden im Untergeschoss waren heruntergelassen. Eile trieb ihn hinein. Er wollte auf keinen Fall die Nachbarn Elfriede und Hannes treffen, diese neunmalklugen Besserwisser. Sie kümmerten sich um das Haus, wenn keiner da war, trotzdem waren sie ein rotes Tuch für ihn. Thomas hatte die beiden per Kurznachricht vom Tod seiner Mutter informiert und ihnen mitgeteilt, dass er noch eine Woche länger blieb. Er wollte keine persönlichen Beileidsbekundungen von Elfriede entgegennehmen und an ihre bekittelte Hausfrauenbrust gezogen werden.

Er machte im Wohnzimmer das Licht an und sah sich um. Alles war wie am Morgen der Abreise, als er seine Mutter abgeholt hatte. Es roch ein wenig muffig, aber nicht so schlimm wie erwartet. Die olle Elfriede wird hin und wieder ordentlich lüften, dachte er. Nachdem er die Ordner im Schrank durchgesehen und entsprechende Unterlagen an sich genommen hatte, nahm er sich den Safe vor, der mit einem Landschaftsbild, Typ röhrender Hirsch, bedeckt war. Der Schlüssel hierfür lag im Schrank. Ein komisches Gefühl, in den Unterlagen seiner Mutter zu wühlen. Erst nach Vaters Tod hatten sie klar Schiff gemacht, seine Mutter und er. Sparbücher, Wertpapiere und Bargeld, alles war noch da.

Anschließend betrat er die Küche, danach ging er die Treppe hinauf in die oberen Räume. Sein Zimmer, das er sich erst vor gut zwei Jahren neu eingerichtet hatte, war unberührt. Alles so, wie am Tage seines Auszugs. Hatte Eleonore gehofft, dass er irgendwann zurückkommen würde? Ihm wurde warm. Hatte Elfriede etwa die Heizung höher gestellt? Den alten Backsteinkabachel von 1935 mit seinen 175 Quadratmetern im Winter warm zu bekommen, kostete ein Vermögen. Sollte er das Haus wirklich behalten? Was wollte er alleine in dem großen Gebäude? Das Vernünftigste wäre, es zu verkaufen.

In seinem Zimmer war das Rollo nicht heruntergelassen. So hatte er freien Blick in den verschneiten Garten. Tränen rollten über seine Wangen. Ein Mantel aus Schnee bedeckte den großen Garten. Wenn der Schnee weggetaut wäre und das Frühjahr Einzug halten würde, würde es ihm besser gehen. Er hasste die kurzen Tage und die langen Nächte. Schnee war schön für Kinder, nicht mehr für ihn. Schon gar nicht nach dem gemeinen

Verbrechen an seiner Mutter. In der Tatnacht hatte es in dicken Flocken geschneit. Von nun an würde ihn Schnee immer an den Tod seiner Mutter erinnern. Schneedecke ... Das war die Lösung! Eine Energiewelle durchflutete ihn. Er wusste nun, wo er ansetzen musste.

Er holte sein Wurstbrötchen, das er sich heute Morgen zurechtgemacht hatte, aus seiner Manteltasche und aß es auf dem Bett sitzend. Eine Tasse Kaffee wäre nicht schlecht. Er war jedoch zu bequem, sich Kaffee zu kochen. Später würde er das Dom-Café aufsuchen und sich ein Kännchen bestellen.

Nachdem er das Brötchen verschlungen hatte, straffte er seufzend die Schultern, trocknete seine Tränen und verließ mit einigen Ordnern unter dem Arm das Haus. Einen Blick in den Keller und auf den Dachboden zu werfen, verschob er auf später. Ihm graute vor der Arbeit, die eine Haushaltsauflösung mit sich bringen würde.

Als er leise zur Haustür hinausschlich, betete er, seine Nachbarin nicht zu treffen. Er hatte Glück. Kittel-Elfriede ließ sich nicht blicken. Wahrscheinlich stand sie in der Küche und backte irgendeinen kalorienreichen Mist, den der arme Hannes essen durfte. Hinter der Wohnzimmergardine des Nachbarhauses glaubte er, den kahlköpfigen Hannes zu entdecken. Der hatte es auch nicht leicht bei der Alten, dachte Thomas, bevor er in den Passat stieg und zur Antoniusstraße fuhr.

»Du siehst mich verwundert, mein Junge«, schmunzelte Pfarrer Morgenrot, als er Thomas ins Haus ließ. »Gestern besuchte mich deine Lebensgefährtin, und heute kommst du zu mir. Haben die getrennten Besuche etwas zu bedeuten? Ziehen Wolken am Liebeshimmel auf, mein

Sohn?« Pfarrer Morgenrot zog seine Stirn in Falten und sah Thomas, sein langjähriges Schäfchen, besorgt an.

Thomas schüttelte den Kopf. »Nein, nein, alles gut, Herr Pfarrer. Aus organisatorischen Gründen ging es nicht anders. Margareta hat einen weiteren Fall im Sauerland zu lösen, der sich kurzfristig ergeben hat.« Er spürte, wie sich die dunklen Wolken, die gerade über ihm und Margareta hingen, verzogen.

Schneedecke!

»Ich hoffe, deine Margareta ist gut nach Hause gekommen?« Ansgar Morgenrot bot ihm einen Platz in der Besucherecke an und setzte sich dazu.

Hier hatte Thomas schon oft gesessen, wenn er Probleme hatte oder wenn es etwas zu regeln gab wie im letzten Sommer die Beerdigung seines Vaters. »Ja, alles gut.«

»Hast du dir bereits Gedanken gemacht, wann wir deine liebe Mutter, unsere gute Schwester Eleonore, zu Grabe tragen werden? Die Leiche ist ja freigegeben, sagtest du mir am Telefon.«

Thomas überreichte dem Pfarrer das Familienstammbuch. Den Personalausweis hatte er von der Kripo noch nicht zurückbekommen. »Kann ich Ihnen am Sonntag Bescheid geben? Da sind wir wieder aus dem Sauerland zurück. Ich hoffe, bis dahin ist der Fall gelöst und wir haben den Mörder.«

Der Pfarrer wunderte sich über Thomas' gute Laune. Margareta hatte ihm gestern was ganz anderes erzählt. »Meinst du, der Mörder wird so schnell gefasst? Was ist mit der Kripo vor Ort? Sind die Leute fähig? Sie haben mich letztens auch besucht.«

»Ich denke schon. Die halten an der Verwechslungstheorie fest und glauben, dass eine andere Frau, die meiner Mutter unheimlich ähnlich sieht, sterben sollte. In deren Umfeld ermitteln sie nun. Ich habe aber auch Herten im Blick. Die neuen Bekannten meiner Mutter sind nicht ohne.«

Pfarrer Morgenrot hatte eine Kanne Kaffee aus der Küche geholt. Er wusste, dass Thomas keinen Tee trank. »Ja, besonders ein ganz bestimmter Herr. Ich habe deiner Freundin gegenüber Andeutungen gemacht, was ich eigentlich nicht dürfte. Doch die Sache ist mir zu wichtig.«

Thomas rieb sich die Hände und konnte es kaum erwarten, von der heißen Flüssigkeit zu trinken, nachdem er ordentlich Milch und zwei Löffel Zucker in seine Tasse dazugegeben hatte. »Ja, dieser Fritz Wennemann. Ich habe ihn gestern erst kennengelernt und war positiv überrascht. Ein durchaus attraktiver älterer Herr, den ich mir ganz anders vorgestellt hatte. Wieso gibt er sich mit den alten Damen ab, frage ich mich. Anscheinend will er die nicht ins Bett kriegen, sondern sucht Freundschaft. Seit Tagen zieht er mit der Mutter von Margareta durch die Gegend, die sich mit Sicherheit in ihn verliebt hat. Was er im Sauerland will, ist mir ein Rätsel.«

»Hat die Mutter deiner Lebensgefährtin Geld?« Neugierig schaute der Pfarrer ihn an.

»Nein, sie hat nur eine ganz normale Rente. Wieso? Meine Mutter hatte auch keine Reichtümer und hat sich in den Mann verguckt. Und er anscheinend in sie.«

»Ja, eben drum!«

»Sie meinen, er hat sie umgebracht? Das kann ich nicht glauben!« Thomas wurde neugierig. Was erzählte der Pfarrer da?

»So weit will ich nicht gehen, das zu behaupten. Das entbehrt auch jeglicher Logik. Eine kleine Mitschuld trägt er aber mit Sicherheit.« Vergnügt biss der Gottesmann in ein Plätzchen, das er aus der Schale fischte, die noch von gestern auf dem Tisch stand.

»Ist er früher mal straffällig geworden? Margareta hat da etwas angedeutet und gesagt, Sie wüssten mehr.«

»Ich komme in Teufels Küche, wenn ich darüber rede, Junge. Ein befreundeter Kripomann, den du eventuell kennst, hat ihn durchleuchtet.« Der Pfarrer machte es spannend.

Er wirkte auf Thomas äußerst sensationslustig. Passierte in seiner Gemeinde zu wenig? »Nun reden Sie schon«, forderte Thomas ihn auf. Langsam wurde er nervös. War Waltraud in Gefahr?

»Heiratsschwindel. Zwei Frauen, auch mit einigen Jahren auf dem Buckel, haben ihn angezeigt. Sie behaupteten, er habe sie um ihr Vermögen gebracht. Man konnte ihm nichts beweisen. Entweder war an den Vorwürfen nichts dran oder er ist sehr geschickt vorgegangen. Das liegt schon Jahre zurück. Einer dritten hat er sogar die Ehe versprochen. Sie verschwand irgendwann von der Bildfläche und ist seitdem unauffindbar, obwohl ihre Kinder alle Hebel in Bewegung gesetzt haben.«

»Sie meinen, er hat die Frau beseitigt?« Thomas schaute in das vor Erregung verzerrte Gesicht des Pfarrers und empfand Ekel.

»Das weiß man nicht. Er soll hin und wieder sehr gereizt reagieren und seine letzte Frau des Öfteren geschlagen haben.«

Thomas Scheffel atmete tief durch und lehnte sich zurück. »Na ja, nichts Schönes, was man dem Mann vorwirft. Aber vergessen Sie nicht: Der Mann war Kneipenwirt. Vielleicht haben sich ihm die Frauen auch an den Hals geworfen? Jedenfalls sollten Sie keine voreiligen Schlüsse ziehen, wenn etwas nicht eindeutig bewiesen ist.«

»Die Frauengeschichten, die er damals hatte, sind eine andere Sache. Seine erste Frau soll sehr darunter gelitten haben.«

»Woher wissen Sie das alles?«

»Man hat so seine Quellen.« Genüsslich grinsend aß er einen Keks nach dem anderen.

Ein altes Tratschweib bist du, wollte Thomas dem ach so gütigen Pfarrer an den Kopf werfen, ließ es aber. Ihm missfiel, wie dieser versuchte, Salz in die Wunde zu streuen beziehungsweise das Feuer zu schüren. Das machte ein Pfarrer nicht.

Thomas verabschiedete sich recht schnell und verließ das Pfarrbüro mit seinem neuen Wissen, was ihm viel zu aufgebauscht erschien.

Im Dom-Café ließ er sich das Gespräch mit dem Pfarrer bei einem Stück Torte durch den Kopf gehen und kam zu der Erkenntnis, dass Fritz Wennemann zwar ein altes Schlitzohr war, jedoch mit dem Mord an seiner Mutter nichts zu tun hatte. Da wollte er ganz woanders ansetzen.

Schneedecke!

Gegen 16 Uhr fuhr er zurück ins Sauerland. Ihm ging es besser. Er war nicht mehr ganz so traurig wie noch gestern. Und er freute sich auf Margareta!

19.

Ralf Radomski saß vor seiner dampfenden Kaffeetasse und strahlte Margareta an. Zu dem Kaffee gesellte sich ein armselig belegtes Käsebrötchen, auf das er sich anscheinend freute. Margareta fragte sich, wieso er sich schon etwas bestellt hatte, bevor sie anwesend war. Benahm man sich so? Sie verzieh es ihm. Allein sein Aussehen erweckte Mitleid in ihr. Dieser Pullover im Pfeffer-und-Salz-Muster sah arg ramponiert aus. Ihr Vater hatte einen ähnlichen besessen, den er allerdings nur zum Kohlen einschippen angezogen hatte. Der grüne Schal strotzte vor kleinen Knötchen. Radomskis unreines Gesicht glänzte. Der Hingucker war allerdings der mächtige Pickel an seinem Kinn, der Ähnlichkeit mit einem Maiglöckchen hatte. Ein echter Appetitzügler war das. Seine Ponyfrisur war frisch gekämmt, das Fett im Haar somit gleichmäßig verteilt.

»Sicher wundern Sie sich, wieso ich mich mit Ihnen treffen wollte, oder?« Er starrte ihr mit seinen grünen Augen in den Ausschnitt ihres roten Pullis, den sie trotz der Kälte gewählt hatte. Ihr pompöses Halstuch bedeckte diesen leider nicht. Absicht?

»Och, ich habe mich ehrlich gesagt darüber gefreut, mich mal mit Ihnen auszutauschen«, umschmeichelte sie den Mann.

Diesem schwoll der Kamm und er strahlte sie an. »Wissen Sie, Frau Sommerfeld, mit dem Grundmüller und seiner Kollegin komme ich einfach nicht klar.« Er biss in sein Käsebrötchen, schmierte sich die Butter bis an beide Ohren und wartete ab.

Was erhoffte er sich? Dass sie die beiden Kripoleute schlechtreden würde? Gott bewahre, dachte sie.

Als von ihr nichts kam, redete er munter weiter, was genau ihn an den Kollegen aus Dortmund störte und wie oft er in welchen Fällen mit ihnen zusammengearbeitet hatte. Wie häufig sie sich über ihn lustig gemacht, ihn nie für voll genommen hatten.

Interessiert lauschte Margareta dem kleinen Polizeihauptkommissar, biss von ihrer Nussecke ab und schlürfte ihre weiße Schokolade.

»Obwohl, das muss ich zugeben, ich meine Meinung, was den Mörder betrifft, inzwischen revidiert habe. Ich bin nicht mehr davon überzeugt, dass der Täter in Herten unter den Bekannten der Ermordeten zu suchen ist. Auch wenn ich auf einige interessante Dinge bezüglich der Herten-Theorie gestoßen bin.«

Margareta wurde hellhörig. Sicherlich wollte er gleich von ihr wissen, ob sie etwas, und wenn ja, was sie in Herten in Erfahrung bringen konnte. Sie konzentrierte sich aufs Zuhören und hielt sich mit ihren Äußerungen geschlossen. Nicht wieder zu viel herauslassen, was du hinterher bereust.

»Eine Frau aus Herten, eine gewisse Carola Blasius, reiste eigens aus dem Ruhrgebiet an, um sich hier umzuhören. Dann haben wir zurzeit einen Fritz Wennemann hier zu Gast. Beide gehörten zum Bekanntenkreis der Verstorbenen. Da wird man natürlich aufmerksam.«

Ist das nicht deine Aufgabe, wachsam zu sein, du kleiner Bullenzwerg, wollte sie ihm an den Kopf werfen, lächelte jedoch nur und hielt sich weiterhin bedeckt.

Das Café füllte sich. Familien mit Kindern betraten den warmen Raum und suchten sich lautstark Plätze, ohne Rücksicht auf die anderen Gäste. Genervt verzog Radomski sein Gesicht. Er hasste jeglichen Krach.

»Ich hatte es mir hier ruhiger vorgestellt. Habe extra den äußersten Platz in der Ecke ausgesucht.«

»Haben Sie keine Kinder, Herr Radomski?«

»Nein, Kinder waren meiner Gisela und mir leider nicht vergönnt. Sie sind auch kinderlos, nicht wahr?«

Margareta wunderte sich, woher er das wusste. »Ich habe es noch nicht mal zu einem Ehemann geschafft.« Sie lächelte in sich hinein.

»Dafür ist es nie zu spät. Einen Partner haben Sie doch.«

»Kommen wir zurück zum Mordfall«, wechselte Margareta geschickt das Thema. Das fehlte ihr gerade noch, ihre Beziehung zu Thomas hier vor diesem Mann offenzulegen. Ebenso wenig wollte sie Gisela-Geschichten hören.

»Ja, jedenfalls scheinen mir die beiden Personen aus Herten harmlos. Diese Carola war zwar zum Tatzeitpunkt vor Ort, blieb aber meiner Meinung nach zu lange, um die Täterin sein zu können. Hätte sie die Scheffel umgebracht, wäre sie doch sofort danach abgereist. Und Wennemann kam erst nach der Tat, was dafür spricht, dass er herausfinden will, was mit seiner Bekannten passiert ist. Mich überzeugt langsam die Verwechslungstheorie. Nehmen wir an, Brigitte Voss-Grobe sollte dran glauben, wieso auch immer. Da kämen einige als Täter infrage. Sie haben die Frau sicherlich inzwischen kennengelernt, oder?« Mit seinen grünen Augen fixierte er sie. Gleichzeitig blickte er zu dem Brecher von Mann am Nebentisch, der sich ein Camembert-Brötchen einverleibte.

»Habe ich, und ich muss sagen, sie gefällt mir. Eine taffe Frau, die Altbäuerin.«

»Zu taff, viel zu taff. Die hat es faustdick hinter den Ohren. Lässt sich nichts gefallen.«

»Wieso sollte sie auch? Die kuschenden Heimchen am Herd sterben aus.«

»So? Ist das so?« Ein wenig verwirrt blickte Radomski Margareta an.

»Haben Sie etwa noch so ein Exemplar zu Hause, das Ihnen Ihre Schlappen hinstellt, wenn Sie heimkommen, und Ihnen die Bütterchen schmiert? Womöglich nennt es Sie Papa, was?«

Ralf Radomski schaute verdutzt. »Wo denken Sie hin. Die macht mir, wenn sie schlechte Laune hat, nicht mal ein Brot zur Arbeit. Deswegen muss ich ja hier frühstücken«, schmunzelte er. Das leckere Brötchen vor dem Herrn nebenan ließ ihm keine Ruhe. Also bestellte er sich auch so ein Teil.

Margareta wusste nicht, ob er Spaß machte oder ob er es ernst meinte. Irgendwie war ihr dieser eigenartige PHK sympathisch.

Eine weiße Schokolade und ein Brötchen später waren sie beim Du. Sie wusste inzwischen, dass er Zwerghühner züchtete und mit diesen Vögeln regelmäßig zu Ausstellungen fuhr. Ein Außenseiter. Eindeutig.

»Ja, ja, die Zeiten werden härter, Margareta. Für uns alle. Überall. Auch bei der Polizei. Einer sägt am Stuhl des anderen.« Es folgte ein Monolog über die schlechte Stellung, die er hatte. Und wenn er nicht bald mit ein paar Erfolgen auftrumpfen würde, sähe es schlecht aus für ihn. Er würde ihr helfen bei der Mördersuche.

Ihr Blick war stur auf den Maiglöckchenpickel gerichtet. Wie konnte man sich bloß so gehen lassen, fragte sie sich immer wieder. Was war mit seiner Gisela? War sie blind?

»Lass uns den beiden arroganten Kripoleuten zeigen, wo der Frosch die Locken hat, Margareta. Gemeinsam schaffen wir es.«

Er wurde Margareta zu plump und anhänglich, was sie gar nicht mochte. »Da ist auch noch Thomas«, brachte sie mit leiser Stimme hervor.

»Klar, weiß ich doch!« Sein schiefer Mund stand nicht still. Er laberte und laberte.

Margareta kramte in ihrem Hirn verzweifelt nach einer Ausrede, um das Café zu verlassen. Schlagartig horchte sie jedoch auf. Er sprach vom Damenkegelclub »Die kessen Waldmiezen«, die alle zwei Wochen in Gellinghausen in einer Gaststätte kegelten und deren Vorsitzende Brigitte Voss-Grobe war. Mit diesen urwüchsigen Weibern liege sie seit Langem im Clinch.

»Eine Kegelschwester soll versucht haben, Brigitte zu töten, und hat dabei aus Versehen Eleonore Scheffel erwischt? Sehr weit hergeholt, mein Lieber. Da deutet nichts darauf hin!«

»Der Kopf der Bande ist eine Gertrud, ein altes Weib mit roten Locken. Sollen wir die mal aufsuchen?« Ralf war nicht zu bremsen.

»Was sollen wir der erzählen, warum wir sie sprechen wollen? Dazu gibt es keine Veranlassung.«

»Finde ich schon«, entgegnete Radomski laut. »Was ist nun? Sollen wir der einen Besuch abstatten?«

»Hast du über diesen Kegelverein mit Grundmüller und seiner Kollegin gesprochen?«

»Bin ich verrückt?« Sein Blick war gehetzt und voller Euphorie.

Ja, er war verrückt, stand in diesem Moment für Margareta ganz klar fest. Zeit, sich vom Acker zu machen. Allerhöchste Zeit! Sie gab vor, mit ihrer Mutter verabredet zu sein, schaute auf die Uhr, zuckte zusammen, bezahlte und war auch schon verschwunden. Zwei Stunden mit dem Kerl mussten genügen, fand sie. Obwohl sie ihn nicht ganz so unausstehlich fand wie viele andere. Dieser von der Natur benachteiligte kleine Polizeibeamte hatte es sicherlich nicht leicht im Leben.

Ein Anruf von Waltraud, die hören wollte, was es Neues gab, brachte sie auf den aktuellen Stand. Ihre liebe Mutter war mit Fritz ins Sorpetal gefahren, um zu wandern. Ihre Mutter und wandern! Margareta musste lachen, als sie das Gespräch beendet hatte.

Noch keine Nachricht von Thomas. Auch gut, sagte sie sich.

Auf direktem Weg fuhr Margareta zu Brigitte Voss-Grobe. Am Nachmittag war sie mit Johannes Dünnebacke verabredet, um ihm sein schönes Auto zurückzugeben, an das sie sich sehr gewöhnt hatte. Es war ein Unterschied, ob man einen flotten Golf oder einen alten klapprigen Polo fuhr. Kommt Zeit, kommt Golf, sagte Margareta sich und stieg vor dem Haus von Brigitte Voss-Grobe aus dem Auto.

Unangemeldet hier aufzukreuzen, war nicht die feine Art, dachte sie, als ihr Blick zum Kuhstall ging, in dessen

Tür Voss-Grobe stand und sich den Lockenkopf kratzte. Sein unfreundliches Gesicht sprach Bände. Am liebsten hätte er sie in der Jauchegrube versenkt, da war sie sich sicher. Nase hoch und die Treppe zu Brigittes Haustür hinaufgestiegen. Die Tanne vor dem Haus war bereits lichterkettenlos. Die Sonne schien, die Vögel stimmten erste Liedchen an und ließen Margareta an das Frühjahr denken.

Bevor sie den Klingelknopf drücken konnte, riss Brigitte die Tür auf und strahlte sie an. Sie schien sich tatsächlich über Margaretas Besuch zu freuen.

»Versprochen ist versprochen. Ich wollte noch einmal vorbeikommen, und hier bin ich. Hätte ich vorher anrufen sollen?«

»Ach, das macht doch nichts. Kommen Sie herein, liebe Margareta Sommerfeld. Ich freue mich, Sie zu sehen. Ich habe gerade Zeit und setze uns einen Kaffee auf. Ich koche nicht täglich. Heute blieb die Küche kalt. Und meinen Mittagsschlaf kann ich später halten.« Sie zupfte an ihrer blau-weiß gestreiften Bluse herum.

Als Margareta am gemütlichen Tisch des Esszimmers saß, war es mit ihrer Euphorie vorbei. Am liebsten hätte sie sich der Frau, die emsig den Tisch deckte, an die Brust geworfen und sich ausgeheult. Was war plötzlich los mit ihr?

Brigitte schaute aus dem Fenster, während sie mit flinken Händen das Geschirr auf der geblümten Tischdecke abstellte. Nichts mehr mit Weihnachtsdecke, die war bereits eingemottet.

»Der hat wieder eine Laune, mein Herr Sohn. Irgendwas habe ich bei seiner Erziehung falsch gemacht.« Sie stöhnte auf und wandte sich Margareta zu. »Was ist mit

Ihnen, geht es Ihnen nicht gut? Ist es wegen Ihrer Schwiegermutter in spe?« Sie setzte sich zu Margareta an den Tisch und streichelte liebevoll ihre Hand.

»Ach, es ist nicht die Trauer, die mich fertig macht. Die Zeit ist es. Sie läuft mir davon. Am Samstag muss ich meinen neuen Auftrag antreten. Wie soll ich bis dahin den Fall lösen?«

»Das müssen Sie doch gar nicht. Die Kripo ist auch noch da. Fahren Sie ruhig nach Hause und warten Sie ab. Eleonore wird nicht wieder lebendig, wenn Sie den Täter bis Samstag finden. Und Polizeihauptkommissar Ralf Radomski gibt es schließlich auch noch.« Während Brigitte Gebäck in die nostalgische Schale füllte, lachte sie sich über Radomski halb kringelig.

»So schlimm finde ich den gar nicht. Ich habe mich heute Morgen mit ihm getroffen. Er will mir helfen, den Mörder zu finden.«

»Ach, Kindchen, glauben Sie doch so etwas nicht. Der will sich bloß wichtigmachen. Der ist nichts und der kann nichts. Mischt sich in alles ein, sagt rechtschaffenen Leuten böse Dinge nach, um sich emporzuheben aus der Masse der Versager. Ich mag ihn nicht und er mich auch nicht. Da traue ich den Kripoleuten aus Dortmund mehr zu.«

Brigitte starrte erneut aus dem Fenster, beobachtete ihren Sohn, wie er mit dem Molkereiwagenfahrer, der vor ein paar Minuten auf den Hof gefahren war, plauderte und lachte.

»Die beiden haben sich wieder angenähert. Was so ein bisschen Geld und ein paar hoffnungsvolle Worte ausmachen …« Das Grinsen schien Brigitte Voss-Grobe heute für sich gepachtet zu haben.

»Bekommt Vogt etwa das Land von Ihnen?«, fragte Margareta direkt.

»Nein, im Leben nicht. Ich habe es ihm jedoch in Aussicht gestellt. Er hat uns genug geärgert, da kann ich mich ja mal revanchieren.« Sie hatte Spaß, freute sich wie ein kleines Kind.

Margareta musste schmunzeln. »Sie sind mir eine ganz Gerissene«, meinte sie.

Die beiden Frauen lächelten sich an. Sie mochten sich, was man unschwer erkennen konnte.

»Und was war das mit dem bisschen Geld?«

»Ich habe meinem Sohn einen Betrag angewiesen, damit er einen Teil seiner Schulden tilgen kann. Seitdem trägt er mich sprichwörtlich auf Händen. Ich frage mich jedoch, was wäre, wenn ich es ihm nicht gegeben hätte. Wäre ich dann noch hier?«

»Sie meinen, Ihr Sohn will Ihnen ans Leder?«

»Ich weiß es nicht. Er wäre fein raus, wenn ich das Zeitliche segnen würde. Das würde einige seiner Probleme lösen. Aber nein, ich glaube nicht, dass er mich umbringen würde.« Sie goss Kaffee in die Tassen. »Erzählen Sie mir von ihren Ermittlungen. Sie waren in Herten?«

»Ja, aber es brachte mich nicht weiter. Keiner dort kommt mir besonders verdächtig vor. Woher wissen Sie das eigentlich?«

Wieder lachte sie laut und herzlich. »Ach, Kindchen, was ich nicht alles weiß.«

»Darf ich Sie etwas fragen?«

»Alles, Margareta, alles dürfen Sie mich fragen.«

»Sie haben einen Kegelclub unter sich, habe ich gehört?«

»Radomski, ich wusste es. Hat er mich wieder einmal mit Dreck beworfen, dieser Trottel? Will er eine der ›kessen Waldmiezen‹ überführen? Hat er das vor, dieser Giftzwerg? Unser letzter Kegelclubabend ist schon einige Monate her. Ursprünglich trafen wir uns alle zwei Wochen, in einem Lokal in Gellinghausen. Ja, es gab Streit. Wissen Sie, zwölf Frauen unter einen Hut zu bringen, ist nicht einfach. Ich war diese Querelen leid und habe mich zurückgezogen. Wen verdächtigt dieser neunmalkluge Radomski? Die freche Gertrud? Dann glaubt er jetzt also auch an die Verwechslungstheorie?«

»Er sprach von einer rot gelockten Gertrud, die angeblich Haare auf den Zähnen hat.«

»Gertrud und ich haben beide Haare auf den Zähnen und lassen uns nichts gefallen. Deshalb sollte sie mich umbringen? Der hat sie nicht alle, der Kerl. Wie gesagt, ich war schon lange nicht mehr dort. Wieso er mit diesen ollen Kamellen jetzt aufwartet, ist mir ein Rätsel. Erzählen Sie mir lieber von Herten.«

Margareta glaubte ihr, hakte den Kegelclub einschließlich der roten Gertrud erst einmal ab. Dem treuen, interessierten Blick aus braunen Augen konnte sie nicht widerstehen und erzählte ihr von den Frauen und Fritz Wennemann, dem Hahn im Korb. Nichts ließ sie aus.

»Diesen älteren Herrn habe ich mit Ihrer Mutter zusammen gesehen. Ein durchaus attraktiver Mann. Trotzdem hatte er etwas Unheimliches an sich. Ich weiß nicht, wie ich es erklären soll.«

»Ganz koscher scheint er mir auch nicht. Ich hatte allerdings noch nicht das Vergnügen, ihn kennenzulernen. Ich werde mich gleich morgen um ihn kümmern. Die Zeit läuft mir davon.« Margareta biss in ein Waffelröllchen. Zum Glück gab es kein Weihnachtsgebäck mehr.

»Margareta, befreien Sie sich von dem Gedanken, den Mörder bis Samstag finden zu müssen. Vielleicht hilft Ihnen der Zufall.«

Brigitte holte ihr Notizbuch aus ihrer Tasche und schrieb ihr Gertruds Adresse und Telefonnummer auf. »Falls Sie Gertrud aufsuchen möchten.«

»Danke.« Margareta steckte den Zettel ein. »Ich werde ihn nicht brauchen. Wieso sollte ich sie aufsuchen, wenn Sie sich nicht von ihr bedroht fühlen?«

»Bedroht? Nein, ganz bestimmt nicht.«

Sie schauten sich an.

»Werden Sie ihn heiraten?«

»Thomas Scheffel? Nein, ich glaube nicht. Ich bin kein Typ zum Heiraten. Ich brauche meine Freiheit. Hatte bisher mit den Männern nur Pech.«

»Sehen wir uns noch einmal, bevor Sie abfahren?«, fragte Brigitte Margareta vor der Haustür.

»Aber sicher«, sagte Margareta und drückte Brigitte zum Abschied herzlich an sich.

Dieses schien dem Sohnemann, der auf dem Hof herumlief, nicht zu passen. Sein giftiger Blick haftete auf Margareta, bis diese nicht mehr zu sehen war.

20.

Da saßen sie wieder, am Frühstückstisch wie jeden Morgen, und tauschten sich aus. Die ganz private Soko Eleonore tagte. Die Wintersonne schien ins Zimmer, mitten auf den Esstisch, den Waltraud mit viel Liebe gedeckt hatte. Sie war sehr umgänglich, seit dieser Fritz aufgetaucht war.

Ob nun Verbrecher oder nicht, dachte Margareta. Gestern Abend hatte Thomas ihr berichtet, was er in Herten herausgefunden hatte. Die News von Fritz, dem angeblichen Heiratsschwindler, hatten sie besonders interessiert. Seine größte Trauer hatte Thomas überwunden. Jetzt plante er, wie Margareta und er in den Mordermittlungen weiter vorgehen sollten.

»Wir«, hatte er gesagt, was Margareta stolz machte. So schnitt sie das Thema Fritz nicht im Beisein von Waltraud an, denn sie wollte sie nicht unnötig verunsichern. Sie wollte diesem Kerl selbst auf den Zahn fühlen. Möglichst bald. Den Golf war sie inzwischen los. Am frühen Morgen war Johannes Dünnebacke mit seiner Sekretärin vorgefahren, um das Fahrzeug abzuholen, nachdem Margareta auf eine weitere Verabredung gestern Nachmittag nicht eingegangen war. Mangelnde Zeit, hatte sie vorgeschoben. Heute war der 9. Januar, nur noch zwei Tage bis der neue Auftraggeber wartete.

Kein Wort hatte Dünnebacke mehr wegen seiner entwendeten Bäume verlauten lassen. Es schien ihm nicht mehr wichtig zu sein. War das nur ein Vorwand gewesen? Was Margareta total verblüfft hatte, war das Aussehen seiner Angestellten. Von wegen armseliges, verhärmtes Mütterlein, dass sich ein paar Euro dazuverdienen musste. Ein flotter Feger mit langen blonden Haaren und ebenso langen Beinen war völlig overstylt aus seiner Nobel-Karre gehüpft. Dünnebacke hatte geschmunzelt, als er Margaretas Blick gesehen hatte, und ihr zugerufen: »Wir telefonieren.«

Trotzdem war Margareta guter Stimmung. Die Hoffnungslosigkeit, die gestern kurzzeitig von ihr Besitz ergriffen hatte, war einem enormen Tatendrang gewichen. War Radomski, der Zwerghühnerzüchter, schuld daran? Sie musste lachen, woraufhin die beiden am Tisch Sitzenden unbedingt wissen wollten, wieso und warum. Das Radomski-Treffen bot Gesprächsstoff für mindestens 15 Minuten. Sie staunten nicht schlecht, dass sie mit dem Mann inzwischen per Du war. Anschließend war der Brigitte-Besuch an der Reihe.

Thomas schaute äußerst skeptisch, als Margareta ihm von der Mutter-an-Sohn-Spende berichtete. Sein Kommissarenhirn schien wieder zu funktionieren.

Erst nachdem das alles durchgekaut war, kam Waltrauds Ausflugsbericht aus dem Sorpetal dran. Mindestens 20 Kilometer seien die beiden Rentner gewandert und mittags in einem kleinen Landgasthof eingekehrt. Ach, wie herrlich, ach, wie schön, der tolle Fritz Wennemann sei so charmant.

Und ein Heiratsschwindler, wollte Margareta hinzufügen, doch biss sie sich auf die Lippen. Was wollte er bei ihrer Mutter holen? Die hatte nichts, konnte mit Geld überhaupt nicht umgehen. Ein rein sexuelles Interesse?

»Was habt ihr heute vor?«, wollte Thomas von Waltraud wissen. »Holt er dich wieder ab?«

»Er will mir heute das Besteck-Museum in Fleckenberg zeigen. In einer halben Stunde wird er hier sein.« Sie strahlte regelrecht. Aufgebrezelt wie zu einem Theaterbesuch saß sie auf ihrem Stuhl.

Na ja, in der Besteckfabrik konnte er ihr nicht viel tun, dachte Margareta. Jedenfalls keinen sexuellen Übergriff starten. Gefährlich werden könnte er ihr schon. Zum Beispiel, indem er ihr ein Messer in die Brust stieß. Doch vor Zeugen würde er das nicht wagen.

Thomas sah Margareta an. Die beiden hatten den gleichen Gedanken, den Thomas nun aussprach. »Ach, das hört sich gut an. Da können wir uns sicherlich anschließen, nicht wahr, Margareta? Oder hast du was dagegen, Waltraud?« Er schenkte ihr sein allerschönstes Schwiegersohnlächeln.

Waltraud verschluckte sich an ihrem Kaffee, nickte jedoch mit zerknirschtem Blick, beteuerte, dass sie selbstverständlich damit einverstanden sei.

Margareta freute sich, dass die Wolken am Liebeshimmel sich verzogen hatten. Thomas war wie ausgewechselt. Beide waren sie außerdem über PHK Radomski einer Meinung. Sie mochten ihn.

»Sag mal, wie kam Wennemann auf die Besteckfabrik? Ich dachte, der war noch nie im Sauerland.« Thomas fand es merkwürdig, dass der Mann Waltraud dahin schleppen wollte. Wozu?

»Deswegen muss er nicht blöd sein und dieses Ausflugsziel nicht kennen«, erwiderte Waltraud patzig.

Thomas spielte an seinem Smartphone herum, um festzustellen, wo sich diese Besteckfabrik befand. »Immerhin über 20 Kilometer von hier entfernt.«

»Na und? Ist doch herrlich, durch die schöne Gegend zu fahren. Es schneit nicht, die Sonne scheint. Ein Traum. Wir fahren natürlich mit zwei Wagen. Ich kann es nicht haben, wenn mir jemand in den Nacken keucht.« Man merkte Waltraud an, dass sie lieber mit Fritz alleine wäre.

»Wenn es nur das ist. Du kannst gerne hinten sitzen«, schmunzelte Margareta.

Gegen 11 Uhr fuhr Fritz Wennemann mit seinem Uralt-Volvo vor und entstieg mit neugierigem Blick seinem Wagen. Als er die drei Personen abfahrbereit vor dem Haus stehen sah, fiel seine frisch rasierte Kinnlade herunter. Unschwer konnte man erkennen, dass er ebenfalls lieber mit Waltraud alleine losfahren würde. So machte der Mann gute Miene zum bösen Spiel, gab sich erfreut, schüttelte Hände, ließ fröhliche Worte aus seinen gepflegten Lippen fallen.

Margareta war dieser Mann zu glatt. Von seinem Aussehen war sie sehr angetan. Er wirkte wesentlich jünger als 72 Jahre. Vor allem passte er nicht zu ihrer Mutter. Zwischen den beiden älteren Menschen lagen Welten, was nicht nur an dem Altersunterschied von vier Jahren lag. Was wollte Wennemann von Waltraud? Das war die große Frage.

Nach einer halbstündigen Fahrt durch eine wunderschöne Landschaft – Volvo-Wennemann fuhr vorneweg – hielten sie auf dem Parkplatz vor der historischen Besteckfabrik, einem alten Backsteingebäude.

Margareta bekam von all dem nicht viel mit, die Augen hafteten an Fritz in seinem Kamelhaarmantel, aus dem oben keck ein grüner Seidenschal hervorlugte. Die Strähnen in seinem dunklen Haar schimmerten in der Sonne goldfarben. Das ist keine natürliche Haarfarbe, dachte Margareta. Da hatte der Frisör ordentlich nachgeholfen. Wahrscheinlich auch bei den dominanten Augenbrauen, die aussahen, als wären sie lange gekämmt worden. Als hätte er seine Rolle eingeübt, umgarnte er Waltraud, achtete jedoch darauf, dass die anderen es mitbekamen.

Das alte Backsteingebäude lag direkt an der Lenne. Von 1938 bis 1972 wurden hier mithilfe von Wasserkraft Bestecke produziert. Der nette Herr, der die einstündige Führung veranstaltete, zu der sich knapp zehn Leute einfanden, erklärte alles ganz genau, sodass Gabel und Messer für Margareta eine ganz neue Bedeutung bekamen. Niemals hatte sie sich Gedanken gemacht, wie so etwas hergestellt wurde. Ein Besteck war ein Gebrauchsgegenstand. Das gab es eben und fertig. Ob es nun aus Eisenblech oder aus Edelstahl erzeugt wurde, war ihr ebenfalls ziemlich egal, solange es seinen Zweck erfüllte. Nostalgische Maschinen in den ehemaligen Produktionsräumen ließen Wennemann interessiert umherschauen, als hätte er Ahnung davon. In alles steckte er seine markante Nase.

»Was wollen wir eigentlich hier?«, flüsterte Margareta Thomas zu.

»Ihn beobachten. Was sonst? Mir fällt gerade ein, dass du erzählt hast, Voss-Grobe und der Milchwagenfahrer Vogt hätten gestern auf dem Hof herumgealbert, als du bei der Mutter warst.«

»Ja, hat das was zu bedeuten? Wie kommst du ausgerechnet jetzt darauf?«

»Ich muss unbedingt noch mal an den Tatort. Auf dem Rückweg lässt du mich dort raus. Okay?«

Margareta nickte und konzentrierte sich weiterhin auf Wennemann, den sie nach dem Gespräch mit Thomas gestern Abend für sehr gefährlich hielt. Er stand auf ihrer Verdächtigenliste ganz oben. Angeblich war er nie im Sauerland gewesen, kannte sich jedoch hier aus, als wäre er Dauergast. Auch die Besteckfabrik sah er heute nicht zum ersten Mal, war sie sich sicher. Wennemann ein Heiratsschwindler? Eine seiner Frauen tatsächlich verschwunden? Musste sie Waltraud vor diesem Mann beschützen? Zumindest sollte sie ihre Mutter warnen. Und zwar so schnell wie möglich.

Gerade stürzte Fritz sich auf einen uralten Besteckkoffer, der in der Ecke auf einem Tischchen ausgestellt war. Er war aus derbem Leder und mit einem Reißverschluss zu verschließen. In ihm befanden sich mit Gummibändern fixiert verschiedene Besteckteile: Löffel, Gabeln, Messer und Teelöffel. Obwohl man nichts berühren durfte, griff sich Fritz eine Gabel und zog sie aus der Halterung des Koffers. Nachdem er sie genügend bestaunt und Waltraud sich kichernd zu ihm gesellt hatte, veränderte sich sein Aussehen. Der Blick wurde hart, sein Gesicht wirkte grau und versteinert, die Augen kullerten ihm fast aus den Höhlen. Sein Adamsapfel fing an zu tanzen, seine Hände zitterten.

Margareta geriet in Panik. Was hatte der Kerl vor? Der war verrückt! Die Hand, in der er die Gabel hielt, zitterte immer stärker. Nun wandte er sich Waltraud zu, die nervös wurde und nicht verstehen konnte, was in Fritz gefahren war. Mehrmals sprach sie ihn an. Er reagierte jedoch nicht, schien weit weg.

Margaretas Pulsschlag legte zu. Wollte er Waltraud damit in den Hals stechen? Eleonore war ein Eiszapfen in den Hals gerammt worden. Und Waltraud nun eine Gabel? Vor allen Leuten ein Massaker? Todesmutig warf sich Margareta zwischen die beiden und riss dem alten Kerl die Gabel mit den enorm spitzen Zinken aus der Hand.

»Hier darf man nichts anfassen. Können Sie nicht lesen?«

Verwirrt schüttelte sich Fritz und kam wieder zu sich. »Ja, stimmt! Entschuldigung!« Er wirkte noch immer geistesabwesend. Das Zittern und der starre Blick verschwanden jedoch.

Wie nach einem kurzzeitigen Anfall, dachte Margareta. Was stimmte nicht mit ihm? War Waltraud in Gefahr?

Auch Waltraud merkte, dass mit Fritz etwas nicht in Ordnung war.

Der Vorfall war zwar schnell vergessen. Die Stimmung kippte trotzdem. Nach der Besichtigung wollten Margareta und Thomas zurück in Richtung Bödefeld fahren. Waltraud und Wennemann beschlossen, sich Fleckenberg anzusehen und in einem Gasthof einzukehren, den Wennemann schönredete. Woher kannte er ihn?

Verzweifelt schaute Waltraud ihre Tochter an. Hilf mir, sprach ihr flehender Blick. Gelegenheit, mit Margareta allein zu sprechen, hatte sie jedoch nicht.

»Mit Wennemann stimmt etwas nicht«, wandte sich Margareta im Auto an Thomas. Sie hatte sich nur ungern von ihrer Mutter getrennt.

Thomas war nach diesem Vorfall ebenfalls verunsichert. »Wir müssen ihn unbedingt im Auge behalten.«

Auf den 20 Kilometern Wegstrecke bis Bödefeld kauten sie Lothar Voss-Grobe, Michael Vogt und Clemens Vollmer durch und überprüften sie auf ihre Mordmotive hin. Margareta war noch immer erfreut, wie umgänglich Thomas seit gestern war. Was war in Herten passiert? Nach seinem Dackel Willi fragte sie ihn lieber nicht. Sie hatte fest damit gerechnet, dass er ihn von seinem Bekannten abholen und mit ins Sauerland bringen würde. Doch weit gefehlt. Was war in seinem Elternhaus in ihm vorgegangen? Zum Glück hatte er ihr nicht wieder vorgeschlagen, in diese altertümliche Villa einzuziehen.

Thomas bog in die Straße »Zur Wahr« ein, hielt kurz hinter dem Gebäude, an dem Eleonore gefunden worden war, und bat Margareta, den Wagen zum Ferienhaus zu fahren.

Schade, dass er ihr nicht vorschlug, dabeizubleiben, fand sie, sagte jedoch nichts. Ihr Magen meldete sich und sie bot ihm an, sich später im Hotel Albers zum Essen zu treffen. Vorher wollte sie im Ort noch Besorgungen machen. Eine davon würde darin bestehen, sich ins Café zu setzen und ihre Telefonate zu führen. Dreimal hatte Ralf Radomski ihr schon eine Nachricht geschickt, und auch Johannes Dünnebacke, dieser Schönling, war nicht untätig gewesen.

Thomas war einverstanden und überließ ihr den Fahrersitz.

Der Tatort war weiträumig vom Schnee befreit worden. Die SpuSi hat ordentlich gearbeitet, stellte Thomas fest. Einen stinknormalen schwarzen Knopf habe Grundmüller gefunden, war ihm von Radomski mitgeteilt worden. Was wollte er hier noch entdecken? Er ging an dem

Gebäude entlang, wühlte mit einem Stock in dem Graben, der daran entlangführte. Nichts. Spaziergänger, die ihn passierten, schauten ihn an, als wäre er verrückt. Der Besitzer samt seinem Hund beobachtete ihn vom Hof aus, machte jedoch keine Anstalten näherzukommen, um ein Gespräch mit ihm zu beginnen. Der Leichenfund in der Silvesternacht direkt an seinem Grundstück hatte ihm genug Stress und Aufregung bereitet.

Nachdem Thomas den Tat- und Fundort der Leiche genauestens untersucht hatte, wollte er sich auf den Weg in den Ort machen. Die Tatwaffe, den Eiszapfen, hatte er leider nicht gefunden, obwohl noch immer Minusgrade herrschten, er also nicht geschmolzen sein könnte, wenn er hier seit der Tat liegen würde. Der Täter wird ihn als Trophäe mitgenommen und eingefroren haben. Oder er hat ihn mitgenommen und geschmolzen, überlegte Thomas.

Einer inneren Stimme folgend ging er den Weg weiter hinauf in Richtung Wald. Er bog in den asphaltierten Weg zu seiner Linken ein. Nach etwa 20 Metern sah er einen Abfallbehälter und öffnete ihn neugierig. Wieso stand hier ein Abfallkorb? Mitten in der Prärie? Leere Cola-Dosen, miefende Bananenschalen, Plastiktüten mit Essensresten, zusammengerollte Damenbinden. Nach was suchst du, fragte er sich. Sei kein Narr und mache dich vom Acker. Vor dem Kübel lag mitten im platt getretenen Schnee eine Schokoladenverpackung, die wohl ein Wanderer achtlos zu Boden geworfen hatte. Er bückte sich danach, wollte sie aufheben und entsorgen. Zwischen Holzverkleidung und Kunststoffeimer funkelte etwas. Thomas bückte sich nochmals. Ein Stück Glas hatte sich in den Boden gedrückt, mehr nicht. Mit seinem Kamm, den er aus Eitelkeit immer in der Hosentasche mitführte, kratzte er daran herum und legte es schneefrei. Uninteressant, eine Glasscherbe.

Nur ein paar Zentimeter daneben zog noch etwas seine Aufmerksamkeit auf sich, das in den Schnee gedrückt war. Mit seinem Kamm grub er einen Hirschhornknopf aus und betrachtete ihn. Ihm wurde heiß. Einen solchen Knopf trugen Unzählige an Trachtenjankern. Wo fehlte einer? Wer hatte jemandem einen Knopf von der Jacke gerissen und ihn dann entsorgt? Machte das Sinn? Ein Indiz? Oder hatte jemand den Knopf verloren?

Thomas steckte seinen kostbaren Fund in einen Asservatenbeutel, den er ständig mit sich trug, und eilte in den Ort, um ihn Margareta zu zeigen. Was würde sie dazu sagen? Er brauchte nur nach der dazugehörigen Jacke zu suchen. Aber reichte das? War die Fundstelle nicht zu weit vom Tatort entfernt? Schneedecke … War der Knopf das Geheimnis, das unter der Schneedecke lag? Seit gestern beflügelte ihn dieses Wort. Musste er Grundmüller und seiner Kollegin davon berichten?

Gegen 14 Uhr betrat Thomas den Landgasthof Albers. Margareta hatte einen Tisch am Fenster gewählt und blätterte in der Speisekarte.

»Hast du was entdeckt?«, fragte Margareta. Sie ging davon aus, dass er nichts gefunden hatte. Die Frage hatte sie nur aus Höflichkeit gestellt.

»Das kann man wohl sagen«, antwortete Thomas aufgeregt, entledigte sich seines Mantels und setzte sich zu ihr an den Tisch. Die Weihnachtsdeko war entfernt worden und neutrale Kerzen und Blumenväschen schmückten die Tische.

Nachdem sie ihre Bestellung aufgegeben hatten, holte er den Beutel aus seiner Tasche und präsentierte ihn Margareta.

Sie schaute ihn an, als hätte er nicht alle Tassen im Schrank. »Ein alter Knopf von einer Trachtenjacke? Was soll das bedeuten? Hat die SpuSi nicht gründlich gearbeitet und ihn am Fundort übersehen?«

»Nicht am Fundort, sondern etliche Meter weiter an einem Papierkorb lag er.«

»Das ergibt doch keinen Sinn. Sollte der Knopf wirklich dem Mörder von der Jacke gerissen worden sein, wer sollte ihn zum Abfalleimer getragen haben? Du verrennst dich, Thomas. Vergiss den Knopf.«

Thomas war enttäuscht, er hatte von Margareta mehr Begeisterung erwartet.

In dem Moment meldete sich Margaretas Smartphone. Eine Nachricht von ihrer Mutter. »Was soll ich tun, Kind? Ich habe Angst!«

Der alberne Hirschhornknopf war vergessen. Waltraud war in Gefahr.

21.

Waltraud mochte keine Schickimicki-Restaurants mit stylischen Speisekarten und zusätzlichen Weinkarten, in denen der Preis für eine Flasche locker im vierstelligen Bereich liegen konnte. Sie beurteilte einen Wein ausschließlich nach seinem Geschmack. So reichte ihr ein guter Chianti oder ein trockener Riesling in einem soliden Lokal zu einem Rinder- oder Schweinebraten. Wehmütig dachte sie an die gute Hausmannskost im Hotel Albers.

Fritz hatte es gut gemeint, als er sie zum Essen in dieses Fünf-Sterne-Restaurant eines Wellnesshotels in Winkhausen einlud, nachdem ihm das ausgesuchte Lokal in Fleckenberg plötzlich nicht mehr zugesagt hatte. Ein Fünf-Gänge-Menü in einem Fünf-Sterne-Restaurant war so gar nicht ihrs. Auch konnte sie das tollste Essen nicht davon ablenken, dass mit Fritz etwas nicht stimmte. Die ganze Zeit überlegte sie krampfhaft, was mit dem Kerl nicht in Ordnung war. Wollte er sie vorhin in der Besteckfabrik tatsächlich mit der Gabel verletzen? Warum? Ihr fiel seine Geistesabwesenheit ein, die er hin und wieder an den Tag legte. Handelte es sich dabei um sogenannte Absencen? Litt Fritz an Epilepsie? Konnte er ihr gefährlich werden? Ihre Gefühle fuhren Achterbahn. Einerseits sagte sie sich, dass Fritz nichts mit dem

Mord an Eleonore Scheffel zu tun hatte. Andererseits kamen ihr leise Zweifel. Außerdem war sie wütend auf ihre Tochter. Was musste Margareta sich in Dinge einmischen, die sie nichts angingen? Hatte sie hier im Ort nicht schon genug Unruhe gestiftet? War es ihre Sache, den Mörder zu suchen?

Fritz Wennemann redete und redete. Von alten Zeiten, über ein Buch, das er gerade las und das von Mördern und ihrem Grund, zu morden, handelte. Er war wirklich reizend, wenn er so leidenschaftlich erzählte, musste Waltraud zugeben. Ein toller Mann, rein äußerlich jedenfalls. Sie war dankbar, so einen patenten Mann kennenlernen zu dürfen. Jedoch stand für sie fest, dass, sobald sie übermorgen diese kitschige Modelleisenbahnlandschaft verlassen hatte, um in die Metropole Ruhrgebiet zurückzukehren, die Sache mit Fritz ein Ende haben musste. Sie brauchte Alltag, Gleichklang und ihre Freundinnen und Nachbarn. Keinesfalls alte Weiber, die ihr nach dem Leben trachteten, weil dieser Gockel Fritz ein Auge auf sie geworfen hatte. Hatte er das? Nein, danke! Die Aufregungen der letzten Tage hatten ihr gereicht. Aber er war so charmant und gutaussehend … Den Laufpass konnte sie ihm übermorgen noch geben.

Waltraud und Fritz hielten sich an den Händen und tauschten verliebte Blicke aus. Als das Dessert – Birne Helene an Pistazieneis – serviert wurde, klingelte Waltrauds Handy. Ursula Kaminski teilte ihr mit knappen Worten mit, dass sie die Hände von Fritz lassen solle, sonst geschehe ein Unglück. Noch ein Unglück? Ehe Waltraud sich aufregen konnte, hatte Kaminski das Gespräch beendet. Was sollte das? Woher hatte sie ihre Handynummer?

Waltraud nahm Ursula Kaminskis Aufforderung wörtlich und entzog Fritz ihre Hand, woraufhin sein Blick sich verfinsterte.

Nicht schon wieder, dachte Waltraud. Als sie ihm von dem Anruf berichtete, stellte er seine Ohren auf Durchzug, nahm nicht wahr, was Waltraud erzählte. Er war krank, da war Waltraud sich sicher.

Wenig später verließen sie das Lokal. In Gedanken versunken lenkte Fritz seinen Wagen, in den Waltraud mit mulmigem Gefühl gestiegen war, durch die schmale Straße des romantischen Sorpetals.

Geheimtipp, sagte er immer wieder.

Nach zahlreichen Ahhs und Ohhs von Fritz, der scheinbar noch nie verschneite Bergkuppen und Täler gesehen hatte, erreichte sein Volvo – zum Schluss ging es über zahlreiche enge Kehren nur bergauf – den Wanderparkplatz »Großes Bildchen«, ein Wanderziel in 708 Höhenmetern und Ausgangspunkt für viele traumhafte Touren und Loipen. Fritz führte Waltraud über einen Höhenweg in Richtung »Kleines Bildchen«. Der Weg durch den Schnee war beschwerlich, besonders, wenn man wie Waltraud kein geeignetes Schuhwerk an den Füßen hatte. Halbschuhe, Waldläufer mit dünner Sohle, waren eben nichts für eine Wanderung durch den verschneiten Wald. Waltraud staunte, dass Fritz, obwohl für eine solche Schneetour ebenfalls nicht perfekt gekleidet, auf leisen Sohlen fast den Weg entlangschwebte.

Eine fesche Sonnenbrille hatte Fritz sich in sein gesträhntes Haar geklemmt. Etwas neidisch schaute er den Skilangläufern hinterher.

Waltraud war nach der üppigen Mahlzeit und dem Alkohol erschöpft und blieb immer mehr hinter Fritz zurück. Sie hatte Schwierigkeiten, vorwärtszukommen. Und zudem keine Lust auf eine Wanderung. Ihr war kalt. Sie vermisste die Gemütlichkeit. Ein kleines Mittagsschläfchen wäre nicht schlecht. Nicht ein einziges Mal hatte er sie mit auf sein Hotelzimmer genommen. Ihr Verhältnis zu Fritz war ambivalent. Einerseits fand sie ihn toll, bewunderte ihn, weil er so weltgewandt rüberkam. Andererseits ging er ihr mit seiner penetranten Art auf die Nerven. Und dann dieses unheimliche Verhalten, das er hin und wieder an den Tag legte. Sie musste unbedingt wissen, was mit ihm nicht stimmte.

Ihre Müdigkeit und die Wut auf Fritz, weil er sich nicht mit ihr absprach, brachten sie dazu, das heikle Thema anzuschneiden, das ihr unter den Nägeln brannte.

»Warum bist du hier, Fritz?«

Verdutzt blieb er stehen und schaute sie an. »Das sagte ich schon. Ich wollte mich hier ein wenig umsehen. Mir ein Bild machen.«

»Du bist nicht zum ersten Mal hier. Du kennst dich hier aus, stimmt's?«

Seine Augen blickten starr geradeaus. »Ich bin zum ersten Mal hier. Warum sollte ich lügen? Das ist nicht meine Art.«

»Und von was willst du dir ein Bild machen?«

Seine Mundwinkel fielen herunter. Er glotzte sie dümmlich an und zuckte nur mit den Schultern.

Plötzlich kam ihr alles furchtbar albern vor, was sie vor Tagen noch toll fand. Der Mann war ein arroganter Affe, der mit seiner Art etwas bezwecken wollte. Bloß was? »Hast du was mit dem Tod von Eleonore zu tun?« Sie war mutig. Hatte sie sich zu weit vorgewagt?

»Sag mal, spinnst du? Ich mochte Eleonore. War dabei, mich in sie zu verlieben. Da soll ich sie umbringen?«

»Ich verstehe es nicht. Zuerst reist Carola hier an. Angeblich um Eleonore eins auszuwischen. Und dann du?«

»Mit der Sache habe ich nichts zu tun. Da musst du Ursula Kaminski fragen, wieso Carola hier war.«

»Ja, das hätte ich tun sollen, als sie mich eben anrief und mir drohte, die Finger von dir zu lassen.«

»Das hat sie getan?« Fritz war sprachlos. Wieder einmal fühlte er sich in die Enge getrieben. Sein Blick wurde starr.

»Hat sie.« Waltraud war über seine Art erschüttert. »Und was willst du von mir? Ich bin einige Jahre älter als du. Wieso verbringst du die Tage hier im Sauerland mit mir? Das ergibt keinen Sinn.«

»Freundschaft, liebe Waltraud. Ich mag deine offene, fröhliche Art. Mehr ist allerdings nicht drin. Ich habe schon in Herten einen Haufen alter Weiber um mich. Das reicht.« Er blieb stehen und richtete seinen Blick auf die Bergkette in der Ferne.

Das hatte gesessen. Waltraud schnappte nach Luft. »Habe ich mich etwa dir an den Hals geworfen? Du warst es, der den Kontakt zu mir gesucht hat.«

»Kann schon sein«, meinte Fritz geistesabwesend und nahm sich Schnee von einem ausladenden Tannenzweig, um daraus einen Schneeball zu formen.

Wollte er ihn ihr an den Kopf werfen oder was hatte er vor? Waltraud betrachtete sein wütendes Gesicht mit den stechend braunen Augen. Sein schlechter Atem streifte ihr Gesicht. Nichts mehr mit frischer Meeresbrise. Er roch nach Aceton. Litt er an Diabetes? Wieso war ihr das vorher nicht aufgefallen? Dazu die dämlichen Sprüche, die er unentwegt abließ. Kurz, sie hatte die Schnauze voll vom ach so tollen Fritz. Diese Unrast in Person! Vier Tage mit ihm reichten ihr. Sollten sich die Weiber in Herten um diesen Psychopathen schlagen.

Am »Kleinen Bildchen« angekommen, legten sie eine Pause ein und schauten sich an.

Fritz, der in den letzten Minuten kaum gesprochen hatte, schlug vor, die Klause in Lengenbeck zu besuchen, die von einem Skiclub angemietet worden war und für die Skilangläufer warme Getränke anbot.

Woher wusste er all das? Angeblich war er nie hier gewesen, und von Google hielt er nicht viel, hatte nicht einmal einen PC.

Von über 700 Höhenmetern ging es steil bergab. Ein Bächlein am Wegesrand verließ den Berg und plätscherte über eine Holzrinne ins Tal hinunter. Waltraud blieb vor Erschöpfung stehen. Ihre eiskalten Füße schmerzten. Sie konnte eine Wandergruppe, die sich zwei Kurven unter ihr befand, durch den kahlen Wald sehen. Bald schon mussten sie die Klause erreicht haben. Wie steil es hier hinunterging! Waltraud kam ins Rutschen und musste sich an einem Baum am Wegesrand festhalten, um nicht hinunterzustürzen. Ihr Herz raste.

»Der Weg macht eine steile Kurve. Guck mal, Fritz, da müssen wir nachher auch wieder rauf. Hast du das nicht berücksichtigt? Ich bin keine 50 mehr.«

So ein steiler Hang, und das im Sauerland, dachte sie in dem Moment, als sie Fritz' Atem in ihrem Nacken spürte.

»Du musst hier nicht mehr rauf, meine Liebe«, sagte Fritz, packte Waltraud am Ärmel ihrer Thermojacke und gab ihr einen kräftigen Schubs. »Ja, leider bist du keine 50 mehr.«

Es kam, wie es kommen musste, Waltraud verlor den Halt, ruderte mit den kurzen Armen. »Hilfe«, stieß sie hervor. Ein dünnes Bäumchen bot ihr Halt. Wie eine Ertrinkende hielt sie sich an dem schwachen Teil fest. Doch sie wusste, dass Fritz ihr keine helfende Hand reichen würde.

Er durfte ihr diese nicht reichen. Zu viel stand für ihn auf dem Spiel. Die Wahrheit durfte nicht ans Licht kommen. Mit dem Fuß löste er ihre zitternde Hand, die sich an dem Baum nicht mehr lange halten konnte. Sekunden später stürzte sie schreiend in die tiefe Schlucht.

Nach gefühlten 20 Sekunden hörte er sie unten aufschlagen. Er machte sich befreit davon. Sie hat es nicht anders gewollt, sagte er sich. Und verdient hat sie es allemal.

Als Waltraud nach einigen Minuten wieder zu sich kam, tanzten die kahlen Baumkronen über ihr einen Totentanz. Waltraud hatte mit dem Leben abgeschlossen. Blut lief ihr von der Stirn das Gesicht herunter. Sie weinte leise, rief flüsternd nach Fritz. Fritz, dieser elende Schuft. Alle Knochen schmerzten ihr. Sie schaffte es gerade noch, ihr Handy aus der Tasche zu ziehen und Margareta anzurufen. Wo sie genau war, konnte sie nicht sagen.

Die Kälte ergriff immer stärker Besitz von ihr. Mit letzter Kraft versuchte sie, sich aufzurichten. Sie wollte nicht hier mitten im Wald sterben. Auf keinen Fall. Ungeschoren sollte Fritz nicht davonkommen. Wo waren die vielen Wanderer, die sie eben noch gesehen hatte?

Nach wenigen Minuten gelang es ihr, sich hinzustellen. Sie hatte großes Glück gehabt. Nichts schien gebrochen zu sein. Trotzdem fiel ihr das Gehen schwer. Sie humpelte den asphaltierten Weg entlang. An einem Baum hing ein Hinweisschild mit der Aufschrift »Lengenbeck 800 Meter.« Eiligst rief sie Margareta erneut an, um ihr ihren Standort mitzuteilen.

Fast wäre Waltraud Thomas in den Wagen gelaufen. Alles weiß hier im Wald. Weiß auch die Thermojacke von Waltraud, die humpelnd die schmale Straße entlanglief. Die Blutflecken sahen Thomas und Margareta erst später.

Margareta hatte wenig Mitleid mit ihrer Mutter. Wütend stieg sie aus und stellte ihre Ohren auf Durchzug. Was ließ sie sich auch mit diesem alten Knacker ein und brach mitten im einsamen Gelände einen Streit vom Zaun. Von wegen halb tot, als sie die Böschung hinabgestürzt und unten unsanft aufgeprallt war. Lange bewusstlos. Pah! Reichlich übertrieben hatte sie am Telefon, die gute Waltraud.

Margareta und Thomas sahen sich an und ließen sie reden.

Die Worte sprudelten nur so aus Waltraud heraus. Thomas schlug vor, sie zum Krankenhaus zu fahren, um sie untersuchen und die Wunden ärztlich versorgen zu lassen.

Die Polizei müsste eingeschaltet werden, fand Margareta. Man dürfe den Kerl nicht ungeschoren davonkommen lassen.

Doch Waltraud wollte nur nach Hause.

Obwohl die schmale Fahrbahn gestreut war, schlitterte der Passat von rechts nach links, bis sie endlich die

L640 erreichten. Über 20 Kilometer bis Bödefeld, sagte das Navi, eine gute halbe Stunde Fahrzeit.

Thomas drehte das Radio lauter, da er Waltrauds Gejammer nicht mehr ertragen konnte. Ihr schmerzte der ganze Körper, von der klaffenden Wunde an der Stirn ganz abgesehen. Dieses Schwein von Fritz, sagte sie, zu Tode hätte sie kommen können.

Mehrmals versuchten Margareta und Thomas während der Fahrt, sie zu einem Arztbesuch zu überreden. Doch nichts zu machen. Auch anzeigen wollte sie den Kerl nicht. Das würde sie alleine regeln.

Als sie am Ferienhaus ankamen und Waltraud sich aus dem Auto quälte, beschloss Thomas, zum Hotel Albers zu fahren, um Fritz Wennemann zur Rede zu stellen.

Margareta machte der Gedanke an Fritz Wennemann kribbelig. Er rutschte auf ihrer Verdächtigenliste ganz weit nach oben. War er der Mörder von Eleonore Scheffel? Was war sein Motiv?

Nicht gerade zärtlich packte Margareta ihre Mutter am Ärmel der lädierten Thermojacke und schob sie ins Ferienhaus. Gedanklich suchte sie bereits nach Verbandszeug.

Bevor sich Waltraud aufs Sofa fallen ließ, ging sie am Kühlschrank vorbei, um den Inhalt zu inspizieren.

Na, so schlimm können ihre Schmerzen nicht sein, wenn sie Hunger hat, dachte Margareta schmunzelnd.

Waltraud griff nach der Flasche Obstler und trug sie zum Wohnzimmertisch. Margareta sorgte für Gläser. Ein Schnäpschen hatten die beiden Frauen sich verdient. Noch immer trug Waltraud ihre blutverschmierte Jacke.

Thomas hatte Margareta zugenickt und sich wieder in seinen Wagen geschwungen. Dieser Mistkerl, dachte

Thomas zornig, dem werde ich schon das Handwerk legen. Gerade als er auf den Parkplatz des Hotels einbog, sah er, wie Wennemann in seinem alten Volvo vom Hof fuhr. Stolz erhobenen Hauptes lenkte er den Wagen. Zu spät. Thomas hatte wenig Lust, der Karre hinterherzufahren und den alten Mann in einem einsamen Waldgebiet zu stellen. Vielleicht trug er eine Waffe bei sich. Oder fuhr er nur durch die Gegend und wollte gar nicht heimreisen?

Um das zu erfahren, betrat Thomas wenig später das Hotel. An der Rezeption wurde ihm gesagt, dass Fritz Wennemann tatsächlich abgereist war. Wieso und warum? Da zuckte der Herr nur mit den Schultern.

Kripo einschalten, fragte sich Thomas immer wieder. Was, wenn Wennemann der Mörder seiner Mutter war? Das erschien ihm zwar absurd, aber jetzt nichts zu unternehmen, wäre purer Leichtsinn.

Zurück zum Ferienhaus, sagte er sich, um in Ruhe zu überlegen.

22.

Rolf Grundmüller biss in sein Frühstücksbrötchen und schaute seine Kollegin an, die ihm im Speiseraum des Hotels Albers gegenübersaß.

»Schlecht geschlafen, Altmeier? Sie ziehen ja ein Gesicht. Ran ans Werk! Ich dachte, wir wollen die Sache schnell hinter uns bringen?«

»Wieso sind wir gestern Abend schon angereist? Krach mit Ihrer Alten? Heute Morgen hätte auch gereicht.«

Er schüttelte mit dem Kopf und setzte sein berühmtes Grinsen auf, das aussah, als würde er heulen. Nebenbei schaute er wichtigtuerisch in die Mappe, die er neben sich liegen hatte. »Ist doch egal. So schlecht ist es hier auch wieder nicht.« Mit seinem Pullunder im bunten Rautenmuster und einem karierten Hemd darunter sah er eigenartig aus für einen Mann in seinem Alter.

»Was schleppen Sie die Mappe mit herunter? Wissen Sie nicht längst alles, was da drinsteht?«

Schützend legte Grundmüller die Hand auf die fleckige Akte. »Vielleicht haben wir was übersehen. Eine winzige Kleinigkeit, die uns dem Täter näherbringt.«

»Geben Sie mir eine kurze Zusammenfassung?«

»Ich dachte, Sie hätten den Obduktionsbericht gelesen? Hatte ich Ihnen per Mail geschickt!«

Eine Familie mit zwei kleinen Kindern betrat den Raum. Mit der gemütlichen Ruhe war es vorbei, bis sie endlich alle saßen. Kaum drei Minuten später wurde ein Becher Kakao verschüttet.

»Das Opfer, Eleonore Scheffel, wurde mit einem einzigen Stich in den Hals erdolcht, direkt in die Halsschlagader. Wie es aussieht, war das Tatwerkzeug ein scharfkantiger abgebrochener Eiszapfen. Nichts deutet auf ein anderes Teil hin. Leider haben wir ihn vor Ort nicht gefunden. Deshalb habe ich angeordnet, dass die SpuSi noch mal rauskommt und sich das Dach des Gebäudes ansieht, an dem die Tote gefunden wurde. Wir haben seit Tagen Minusgrade. Wenn der Täter den Zapfen aufs Dach geworfen hat, könnten wir ihn dort noch finden.«

»Nicht ihr Ernst! Was soll das bringen? Die suchen sich da oben tot. Es hat inzwischen etliche Male geschneit.« Altmeier legte ihr Messer, das sie in der Hand hielt, um sich ein Brötchen zu bestreichen, beiseite und schaute ihren Kollegen an. »Was ist mit dem Knopf? Was steht darüber im Bericht?«

Wieder setzte Grundmüller sein dämliches Heulgrinsen auf.

»Sie haben ihn gar nicht abgegeben, oder?«

»Nein. Wieso auch? Ein stinknormaler Knopf. Was soll der bringen?«

Tanja Altmeier schüttelte den Kopf. »Der ganze Fall wirft bei mir immer mehr Fragen auf. Die Theorien, die gestern bei der Soko-Scheffel-Sitzung auf den Tisch kamen, waren haarsträubend. Kaum Fakten. Die zwei Besuche in Herten bei den alten Frauen und auch beim Pfarrer brachten nichts. Ich habe den Eindruck, der Geistliche steckt mit den Weibern unter einer Decke. Dann dieser Kerl, um den sich alles dreht, dieser Fritz Wennemann, angeblich ein Heiratsschwindler. Ich war mir noch nie so unschlüssig, wie in diesem Fall.«

»Den Mann werden wir uns zuerst vornehmen, bevor wir diesen Metzgermeister und den Milchwagenfahrer aufsuchen. Er soll zurzeit hier im Ort sein. Am interessantesten für mich ist, was Margareta Sommerfeld erzählen wird und wem sie sich an die Fersen geheftet hat. Sie soll hier einen Mann kennengelernt haben, einen Schönling, der Tannenbaumschonungen besitzt und dem angeblich übel mitgespielt wurde. Wie Sie sehen, war auch ich nicht untätig, Altmeier!«

Tanja riss ihre blauen Augen weit auf. Sie war überrascht, wie fleißig ihr Chef in der Zwischenzeit gewesen war.

Bevor sich Grundmüller ein weiteres Brötchen einverleibte, telefonierte er mehrmals. Unter anderem mit Radomski, der unbedingt bei den Verhören dabei sein wollte. Angeblich hätte er viel Neues erfahren während ihrer Abwesenheit.

»Sie wollen diesen Trottel tatsächlich mitnehmen? Ich dachte, wir beide ziehen das alleine durch?« Tanja Altmeier mochte Ralf Radomski nun mal nicht.

»Klar, machen wir. Was meinen Sie, wieso ich ihn zu falschen Uhrzeiten an falsche Orte geschickt habe?«

Lauthals fing Tanja an zu lachen.

Mit dem Laptop und zwei Marzipanbroten, die Tanja ihm geschenkt hatte, lag Grundmüller auf dem Bett und öffnete nacheinander einige Dateien. Ermittlungsakten über den Mord an Eleonore Scheffel. Dann eine Akte über einen Mordfall vom vorigen Sommer in Bödefeld, bei dem es um einen Feldarbeiter aus Osteuropa ging. Keine Parallelen, stellte Grundmüller fest. Er war immer mehr der Überzeugung, dass es sich tatsächlich um eine Verwechslung handelte. Nicht Eleonore Scheffel sollte ermordet werden, sondern Brigitte Voss-Grobe. Doch was wollten dann Fritz Wennemann und Carola Blasius hier im Sauerland?

Der Vormittag war nicht von Erfolg gekrönt gewesen. Margareta Sommerfeld und Thomas Scheffel hatte er nicht erreicht. Der Metzger Clemens Vollmer war mehr als stur gewesen, hatte allerdings, während er Fleisch zu Bratwurst verarbeitete, kein gutes Haar an Brigitte Voss-Grobe gelassen, was für die Verwechslungstheorie sprach. Auch Michael Vogt, den er zufällig zu Hause angetroffen hatte, da dieser Überstunden abfeierte, hatte der Altbäuerin vom Voss-Grobe-Hof nur das Schlechteste gewünscht. Aber die Gründe, die die beiden gegen die alte Frau vorbrachten, waren nur Kinkerlitzchen, für die man keinen Menschen tötete.

Grundmüllers Telefon klingelte. Es war Radomski, der ihn wütend fragte, wo er denn bleibe, er habe schon zweimal an den genannten Orten auf ihn gewartet. Da müsse er sich verhört haben, meinte Grundmüller nur und beendete das Gespräch.

Von einer inneren Unruhe getrieben stand er auf und verließ das Zimmer. Er wollte sich diesen Fritz Wennemann vornehmen, der angeblich auch hier im Hotel abgestiegen war. Als er die Rezeption erreichte, erfuhr er vom Chef des Hauses, dass der Mann abgereist war. Thomas Scheffel hatte ebenfalls nach ihm gefragt. Gut, sagte er sich, Tanja Altmeier wecken und zum Ferienhaus fahren, in dem Scheffel und die Sommerfeld samt Mutter hausten. Vielleicht waren sie jetzt zu Hause.

Eine halbe Stunde später standen sie vor dem kleinen Holzhaus. Grundmüller drückte auf die Klingel.

Wenig später öffnete sich die Tür und Thomas Scheffel erschien im Türrahmen. Er sah verzweifelt aus. Nach einem knappen Gruß ließ er die beiden Kripoleute ins Haus. Grundmüller wunderte sich über die miese Stimmung der drei Bewohner. Margareta Sommerfeld saß mit einem Kaffeepott in der Hand auf dem Sofa, während ihre Mutter Waltraud voller Unrast durch den Raum humpelte. Auf ihrer Stirn prangte ein Riesenverband. Sie zog nicht nur das Bein nach, auch der linke Arm, der in einer Schlaufe steckte, schien ihr Schmerzen zu bereiten.

Thomas Scheffel bat die beiden, Platz zu nehmen.

»Was ist hier los?«, fragte Grundmüller nach einem Blick auf die alte Frau. »Ich nehme an, dass Fritz Wennemann nicht schuldlos an Ihren Verletzungen ist. Stimmt's?«

Grundmüller und Altmeier setzten sich. Margareta machte keine Anstalten, den beiden ein Getränk anzubieten. Sie hüllte sich in Schweigen. Ebenso Scheffel, der sich neben Margareta setzte.

Endlich ergriff Waltraud das Wort. »Ich bin bei einer Wanderung gefallen. Soll ja vorkommen.«

»Lassen Sie mich raten. Sie waren mit Wennemann unterwegs?« Grundmüller konnte man so schnell nichts vormachen.

»Na und? Ist doch nicht verboten.« Waltraud konnte ganz schön trotzig sein.

»Gab es Streit?«, wollte Tanja Altmeier wissen.

Weil Waltraud herumdruckste und nicht mit der Wahrheit herausrücken wollte, ergriff Margareta das Wort. »Ja, sie hatte Streit mit Wennemann, und er hat sie eine Böschung hinuntergestoßen. Nein, sie will nicht zum Arzt. Nein, sie will den Kerl auch nicht anzeigen.«

Grundmüller stand aus seinem Sessel auf, ging vor dem großen Fenster auf und ab, blickte nach draußen und drehte sich dann um. »Und warum nicht?«, wandte er sich an Waltraud Sommerfeld.

»Was soll das bringen? Vielleicht habe ich ihn ja gereizt. Wer weiß. Nein, ich will erst noch einmal mit ihm sprechen.«

»Erstens ist der Kerl abgereist und zweitens sollte man die Sache nicht auf die leichte Schulter nehmen. Nach dem, was wir über ihn wissen, ist er nicht ungefährlich.«

Nun kam Altmeier ins Spiel. »Außerdem stößt man niemanden den Abhang hinunter, weil man ›gereizt‹ wurde. Um was ging es bei dem Streit?«

»Ich habe ihn gefragt, ob er was mit dem Mord an Eleonore Scheffel zu tun hat.«

»Das hat er natürlich abgestritten, nicht wahr? Der Kerl hat nicht alle Latten am Zaun. Ist sogar in psychiatrischer Behandlung. Normal ist das nicht, dass er vier Frauen gleichzeitig um sich schart. Die fünfte war im Anmarsch.«

»Alles nur freundschaftlich.«

»Das glauben Sie? Die eine oder andere Dame wird er schon sexuell beglückt haben, vermute ich.« Tanja Altmeier wusste, wie man mit Waltraud sprechen musste.

»Uns verband jedenfalls nur Freundschaft.« Waltraud wirkte gekränkt. Sexuell beglückt? Wen meinte sie damit, fragte sie sich.

»Mir wäre es lieber, ein Arzt würde sich Ihre Verletzungen ansehen«, meinte Grundmüller.

»Das ist nicht nötig. Die Wunde an der Stirn ist nur oberflächlich«, mischte sich Margareta ein.

»Na, Sie müssen es ja wissen.« Grundmüller grinste. »Ihre Sache! Nicht viel los heute Nachmittag«, wechselte Grundmüller das Thema. »Nebel zieht auf. Das Thermometer klettert nach oben. Aus und vorbei mit der traumhaften Winterwelt. Die SpuSi rückt gleich noch mal an und sieht sich nach dem Tatwerkzeug um. Auf dem Dach insbesondere.«

»Die suchen den Eiszapfen? Dann müssen sie sich beeilen«, sagte Thomas. »Falls es ein Eiszapfen war.«

Endlich bequemte sich Margareta, den beiden Beamten Kaffee einzuschenken, was sie dankbar annahmen.

Grundmüller wurde gleich gesprächiger. »So einen Fall wie diesen hatte ich noch nie. Auch in Herten keine heiße Spur.«

Thomas Scheffel wurde hellhörig. »Sie waren in Herten?«

»Ja, was denken Sie denn? Sogar mehrmals. Haben alle vernommen, auch die Weiber dieser Kirchengruppe. Wennemann gegen jemanden hier aus dem Ort. Wen halten Sie für den Mörder, Herr Scheffel?«

Thomas schwoll der Kamm. Grundmüller behandelte ihn wie einen Kollegen. Ob er ihm von seinem Knopffund erzählen sollte? Er entschied sich dagegen.

»Ich weiß nicht. Vielleicht den Metzger? Oder den Milchwagenfahrer? Oder den Voss-Grobe-Bauer? Alles zu einfach. Es wird ein ganz anderer sein, an den niemand gedacht hat.«

»Vielleicht dieser Johannes Dünnebacke?«, mischte sich Tanja Altmeier in das Gespräch.

Margareta sprang vom Sofa auf. »Was hat Johannes damit zu tun? Der ist harmlos. Er bat mich um Hilfe, weil ihm schon zweimal Unmengen an Weihnachtsbäumen gestohlen wurden. Wieso sollte er Eleonore umbringen? Beziehungsweise Frau Voss-Grobe, wenn wir an der Verwechslung festhalten? Mit der hatte er nie etwas zu tun.«

»Sagt er!« Grundmüller fand Margaretas Reaktion eigenartig.

»Was soll das?« Sie konnte sich nicht beruhigen.

»Dann sagen Sie mir, wer der Mörder war. Was glaubt Ihr neuer Mr. Stringer?«

»Falls Sie Radomski meinen, der ist schlauer, als alle annehmen. Sie tun ihm Unrecht. Nur weil er Zwerghühner züchtet, muss er kein Trottel sein. Mir bleiben noch zwei Tage, um den Täter dingfest zu machen. Am Samstag muss ich zurück sein.«

Grundmüller brach in schallendes Gelächter aus. »Der züchtet Zwerghühner? Das passt zu ihm.« Als Grundmüller feststellte, dass es nicht gut ankam, sich so negativ über einen Kollegen zu äußern, schwieg er.

Die drei fachsimpelten noch ein wenig. Waltraud hatte sich zur Ruhe gelegt. Die weitere Vorgehensweise wurde diskutiert, bis die Kommissare sich gegen 17 Uhr auf den Weg machten.

Wieder und wieder las Grundmüller alle Polizeiakten und überlegte, wo er ansetzen musste. So schwer konnte es doch nicht sein, sagte er sich. Er hatte schon ganz andere Fälle gelöst. Wäre doch gelacht. Er hatte mit Altmeier vereinbart, sich um 20 Uhr unten im Restaurant zu treffen. Jetzt war es kurz nach 19 Uhr. Die Kollegen der Soko Scheffel hatten mehrfach alles ergebnislos überprüft. Wie er selbst. Blieben noch etwa 50 Minuten bis zum Treffen mit Altmeier. Also noch mal von vorne. Wäre ja noch schöner, wenn die Sommerfeld ihm zuvorkommen würde. Vielleicht mit Radomski an ihrer Seite.

Er öffnete erneut die Datei mit dem Obduktionsbericht, starrte auf die Seiten mit den Körper- und Tatortfotos der Toten. Sie zeigten unter anderem die Wunde am Hals und einige Hämatome an den Oberarmen. Hatte es einen Kampf gegeben? Auffällig war die große Blutmenge im Umfeld der Toten. Tatort und Fundort mussten also identisch sein. Inzwischen hatte er telefonisch Rücksprache mit der SpuSi gehalten. Auch nach genauem Absuchen des Tatorts, besonders des Daches, keine neuen Erkenntnisse. Nichts, was einem Eiszapfen ähnelte. Wäre zu schön gewesen, diesen möglichst mit Blut- und DNA-Spuren zu finden.

Nun las Grundmüller den Bericht eines Kollegen aus Dortmund. In diesem Bericht erschien ihm etwas ungenau, weshalb er den Kollegen anrief. Kommissar Dirk Toppert war neu im Team und eigentlich recht fähig. Da er keine Bereitschaft hatte, fühlte er sich am Abend durch den Anruf und die penetranten Fragen seines Chefs gestört, wie Grundmüller unschwer bemerken konnte. Er trug ihm auf, den verdächtigen Fritz Wennemann in Herten zu besuchen. Mit wenigen Worten schilderte er ihm, worum es ging und was sich hier vor Ort ereignet hatte. Ob es der alten Sommerfeld passte, interessierte ihn in diesem Moment reichlich wenig.

Sein Magen knurrte, er stand vom Bett auf, ging ins Bad, um sich frisch zu machen, und verließ gegen 20 Uhr sein Zimmer.

Altmeier saß an dem Tisch, den sie reserviert hatten, und lächelte ihm ausnahmsweise zu. Kaum saß er und hatte sich ein Bier bestellt, fing sie an, über Margareta Sommerfeld zu lamentieren. Nicht ein gutes Haar ließ sie an der Privatdetektivin. Besonders übel stieß ihr auf, dass sie sich zu wenig um ihre Mutter kümmerte. Sofort Anzeige hätte sie erstatten und die arme verwundete Mutter zu einem Arzt fahren sollen.

Grundmüller hielt sich geschlossen, teilte ihr nur mit, dass Kommissar Toppert sich Wennemann vornehmen würde. Er blätterte in der Speisekarte, entschied sich aber wieder für ein Schnitzel.

»Die Verletzungen muss man doch festhalten. Oder etwa nicht?« Altmeier hatte glühende Wangen vor Erregung. »Und ob Toppert der geeignete Kollege ist, um sich Wennemann vorzuknöpfen, bezweifle ich.«

»Warten wir es ab. Bis Samstag will die Sommerfeld den Fall gelöst haben. Natürlich mithilfe von Radomski. Ein echtes Dream-Team die beiden. Wenn die es tatsächlich schaffen, fresse ich einen Besen.«

»Sie finden das lustig? Ich zermartere mir den Kopf, wälze die Akten. Und was tun Sie? Amüsieren sich darüber.«

»Vielleicht ergeht es mir nicht anders? Meinen Sie, ich hätte mir oben auf meinem Zimmer die Fußnägel lackiert?«

Schweigen war angesagt. Alles konnte Grundmüller sich schließlich nicht gefallen lassen. Dieses junge Ding, dachte er und wartete ungeduldig auf sein Essen.

Es war totenstill im Zimmer. Er wälzte sich ruhelos in seinem Bett, stand irgendwann auf und lief zum Fenster. Das Rollo hatte er bewusst nicht heruntergelassen. Der Nebel war so dicht, dass er die Bäume, die unweit des Hotels standen, nur schemenhaft wahrnahm. Die Tanne vor der Tür trug noch die Weihnachtsbeleuchtung. Der große Baum gegenüber ebenfalls. Für Grundmüller war Weihnachten längst vorbei. Abgehakt. Zu Hause in Dortmund erinnerte in seinem schönen Reihenhaus nichts mehr an Weihnachten. Seine Frau war mit der Deko immer weit voraus. Wenn er morgen Abend zurückkam, hingen sicherlich schon Ostereier an sämtlichen Zweigen. Hasen in Kleidchen und albernen Anzügen würden in sämtlichen Ecken stehen und ihn angrinsen. Selbst seine Kinder, 8 und 13 Jahre alt, rollten mittlerweile mit den Augen.

Ein Blick auf die Uhr sagte ihm, dass es erst Mitternacht war. Ob er den Fernseher einschalten sollte? Würde ihn das müde machen?

Er legte sich ohne Fernseher ins Bett. Vom Flur her nahm er Geräusche wahr. Schritte, die vor seiner Tür Halt machten. Wenig später ein zartes Klopfen. Nein, Angst hatte er keine. Auf sein »Herein« öffnete sich die Tür. Er hatte vergessen, sie abzuschließen. Und da stand sie. Altmeier, eingehüllt in einen roten Frotteebademantel. Wie ein kleines ängstliches Mädchen. Gleich wird sie ihn fallen lassen und nackt vor mir stehen, dachte er einen kurzen Augenblick. Wunschdenken?

Altmeier tat nichts dergleichen, kam auf sein Bett zu, setzte sich ans Fußende und sprudelte los. Ein Geistesblitz hatte Besitz von ihr ergriffen. Sie redete und redete.

Zuerst verstand Grundmüller nur Bahnhof, doch dann reimte er sich zusammen, was sie ihm sagen wollte.

»Wenn er den Köder geschluckt hat, müssen wir ihn nur noch an Land ziehen«, waren ihre letzten Worte. Im Schein der kleinen Nachttischlampe leuchteten ihre Augen gespenstisch. Sie wisse jetzt, wer der Mörder sei, hatte sie mehr als einmal gesagt.

Leider wusste Tanja Altmeier am nächsten Morgen nichts mehr von ihren nächtlichen Ergüssen, sie hatte sich wohl noch im Halbschlaf befunden.

23.

»Was willst du so früh hier bei mir?« Brigitte Voss-Grobe schaute ihren Sohn an, der verärgert auf ihrer Eckbank saß und Kaffee trank. »Frühstück gibt es noch nicht. Ist ja gerade erst 7 Uhr durch.« Brigitte brauchte morgens ihre Ruhe. Lange genug war sie bei Nacht und Nebel aufgestanden, um Haus und Hof zu versorgen. Die Zeiten, in denen sie ihrem Mann beim Melken geholfen hatte – was früher noch viel schwieriger war, ohne die moderne Technik –, waren zum Glück vorbei.

»Ich musste heute eher aufstehen. Du weißt doch, dass die Milchkontrolleurin da war. Gestern Abend stand sie auch auf der Matte. Zweimal innerhalb von 24 Stunden. Hast du vergessen, wie das abläuft?«

»Wie könnte ich? Meinst du, ich bin blöd?«

»Die olle Ziege. Große Klappe hat die Startenbrink. Letztens war die Milch ihrer Meinung nach nicht in Ordnung. Sie war mit dem Harnstoff nicht zufrieden und meinte, ich solle Kraftfutter zufüttern. Aber eins muss man ihr lassen: Sie ist schnell. Braucht für eine Kuh keine Minute. Trotzdem ist sie eine Frau. Und von der muss ich mir noch lange nichts sagen lassen.«

»Wenn man dich so reden hört … Wie ein alter Chauvi. Wenn es nach dir ginge, müssten alle Frauen an den Herd, oder wie? Doch auf deine Töchter, die alle gute Berufe erlernen beziehungsweise erlernt haben, bist du stolz. Wie passt das zusammen?« Brigitte schüttelte verächtlich den Kopf. »Und was ist mit Ellen? Die führt auch ihr eigenes Leben und hat ihre Hobbys.«

»Ja, die kann anpacken. Wenn sie nicht im Stall helfen würde, würde ich ganz schön alt aussehen.« Lothar starrte aus dem Fenster zu seinem Haus hinüber. Alles dunkel. Wahrscheinlich ist sie bei den Tieren, dachte er.

»Was hast du da für eine Macke an der Stirn? Hast du dich gestoßen?« Brigitte hatte wenig Mitleid mit ihrem trotzigen Sohn. Die Momente, in denen sie ihn lieb hatte, waren selten geworden und dauerten nie lange an. Er machte es ihr aber auch schwer.

»Die Else war das, dieses Miststück. Ich wollte sie in eine andere Box stecken und habe sie rückwärts getrieben. Da rastete sie total aus und sprang auf mich zu. Ich wollte sie beruhigen. Nichts zu machen. Ich konnte den Luftzug spüren, so wenig Platz war zwischen ihren Hornspitzen und meinem Schädel. Zum Schluss habe ich doch noch eins ihrer Hörner abbekommen. Wenn die weiter herumzickt, geht die zum Schlachter.«

»Vielleicht legt es sich, wenn sie trächtig wird. Ist halt eine Färse. Gleich das Handtuch zu werfen, bringt nichts, Junge.«

»Die wird nicht mehr trächtig. Vergebliche Liebesmüh ist das mit der.«

»Ich habe heute noch was vor. Sag, was du willst, und geh dann heim.« Brigitte schaute ihren Sohn genervt an.

Dich sollte ich gleich mit zum Schlachter geben, dachte Lothar und schenkte seiner Mutter einen giftigen Blick. Die hat es faustdick hinter den Ohren, dachte er, wie die Milchkontrolleurin, die ihm ständig Vorschriften machen wollte. Er überlegte, wie er Brigitte beibringen sollte, noch mal Geld für ihn locker zu machen. Von dem Betrag, den sie ihm in den letzten Tagen überwiesen hatte, war nichts mehr übrig. Er reichte längst nicht aus, um seine vielen Schulden zu tilgen. Außerdem hatte er Wünsche. Viele Wünsche. »Was steht denn heute auf dem Programm?«

»Margareta Sommerfeld wollte noch mal vorbeikommen, bevor sie morgen heimfährt. Hach, mit ihr kann ich mich wunderbar unterhalten. Sie hat eine tolle Art an sich, man muss ihr einfach sein Herz ausschütten. Ein richtiger Schatz ist das!« Brigitte Voss-Grobe geriet ins Schwärmen. Ihre Augen leuchteten. Auf ihren Lippen lag ein Lächeln.

»Du schüttest dieser Nervensäge dein Herz aus? Bist du noch zu retten? Hast du ihr etwa auch erzählt, dass du mir Geld überwiesen hast?« Er konnte nicht glauben, was er da aus dem Munde seiner Mutter gehört hatte.

»Aber natürlich. Wieso nicht?«

»Das ist eine Fremde. Du hast genug Freundinnen und Bekannte und, nicht zu vergessen, deine Familie. Da bist du auf die nicht angewiesen.«

Jetzt lachte Brigitte. »Ach, Margareta ist längst keine Fremde mehr! Muss ich dich fragen, mit wem ich mich anfreunde?«

Lothar sprang wütend von der Eckbank auf, stieß dabei die Kaffeetasse um und verließ fluchend das Haus seiner Mutter.

Sommerfeld war für Lothar der dritte weibliche Teufel und kam gleich nach seiner Mutter und der Milchkontrolleurin. Während er in der Dunkelheit hinüber in den Kuhstall ging, um sich abzureagieren, bevor er die heimische Küche zum Frühstück betrat, ließ er seiner Fantasie freien Lauf. Er war so wütend auf die drei Frauen …

Reiß dich zusammen, Lothar, sagte er sich. Was haben die Frauen dir getan? Weiber sind eben so. Natürlich gibt es Ausnahmen, Ellen und die Töchter zum Beispiel. Aber diese drei? Er sprach in Gedanken mit sich selbst:

Du solltest Mitleid mit der Milchkontrolleurin haben. Sie ist fett, hässlich, mit männlichem Einschlag und Damenbart. Das sagt schon alles. Wahrscheinlich findet sie deshalb keinen Mann und muss arbeiten gehen, anstatt sich ein warmes Plätzchen bei einem Kerl zu suchen, wo sie es gut hat und versorgt wird. Ihr fehlt der Sex, deshalb ist sie so verbiestert. Klar, nachts sind alle Katzen grau. Doch so dunkel kann eine Nacht gar nicht sein, um sich so eine zu schnappen. Und was die für einen Wagen fährt. Einen riesigen schwarzen SUV. Ein Schock für jeden Mann, wenn ein so schnittiges Auto vorfährt und dann die Startenbrink aussteigt.

Er musste lachen. Einige der Kühe zuckten zusammen und sahen ihn aus großen Augen an. Und schon ging es ihm besser. Den Ärger einfach weglachen. Die Startenbrink mit ihren kaum zu bändigenden schwarzen Locken kam ihm jetzt gar nicht mehr so blöd und hässlich vor. Ob das auch bei den anderen beiden funktionierte?

Privatdetektivin Margareta Sommerfeld. Vom Aussehen her ein wahrer Hingucker: blond, schlank und nicht auf den Kopf gefallen. Leider. Für eine Frau viel zu schlau. Privatdetektivin. Pah! In alles steckt sie ihre Nase, wühlt Dinge ans Tageslicht, besser als jedes Trüffelschwein. Horcht seine Mutter aus. Die beiden sind aus einem Holz geschnitzt. Wenn diese Margareta noch einmal hier auftaucht, dann … Was dann?

Das wusste er momentan nicht, und zum Lachen war ihm nicht mehr zumute.

Die Dritte im Bunde der aktuellen Nervensägen: seine Mutter Brigitte. Zweifelsohne eine patente Frau und ebenfalls viel zu clever. Mit Haaren auf den Zähnen. Gleich büschelweise.

Er kaute gedankenverloren auf einem Halm herum, den er sich aus einem Strohballen gezogen hatte, und dachte nach, während er der Kuh Greta den Kopf kraulte. Die 50.000 Euro, die sie ihm überwiesen hatte, waren nicht schlecht gewesen. Wenn er jedoch daran dachte, wie viel sie besaß, war das nur ein Tropfen auf den heißen Stein. Hieß es nicht, man sollte mit warmen Händen geben? Wie lange wollte sie warten? Schließlich stand sie mit einem Bein im Grab, war nicht mehr die Jüngste. Ihr Gespartes konnte sie in ihrem Leben nicht mehr verbrauchen. Wem wollte sie es vererben, wenn nicht ihrem geliebten Sohn? Die Enkelinnen waren auf einem guten Weg, eine der drei hatte ihr Studium bereits beendet, die anderen beiden standen kurz vor dem Abschluss. Und hatte er nicht genug in die Kinder investiert? War nicht endlich er an der Reihe?

Stopp! Schluss mit den negativen Gedanken. Zeit für ein erstes Frühstück!

Lothar Voss-Grobes Hoffnung, die Sommerfeld würde nur seiner Mutter einen Besuch abstatten und anschließend das Weite suchen, erfüllte sich nicht. Nachdem sie gegen Mittag lachend Brigittes Haus verlassen hatte, nicht ohne sie fünfmal gedrückt zu haben, kam sie schnurstracks auf ihn zu.

Er wollte gerade den Trecker besteigen und redete sich selbst gut zu, nett zu ihr zu sein. Morgen reist sie ab, sagte er sich und riss sich zusammen, grüßte freundlich und fragte nach ihrem Anliegen. Sie hatte eine Pfirsichlikörfahne vom Allerfeinsten.

»Was gibt es denn, Frau Sommerfeld? Wollen Sie sich von mir verabschieden? Wie ich gehört habe, verlassen Sie uns morgen? Das ist schade. Ganz Bödefeld wird trauern.« Seine Worte trieften nur so vor Sarkasmus.

»Hallo, Herr Voss-Grobe. Ja, morgen reise ich ab. Mir bleiben also noch 24 Stunden, den Mörder zu finden, was ich mir fest vorgenommen habe.«

»Und den suchen Sie wieder einmal hier? Meinen Sie, ich hätte die Mutter Ihres Freundes umgebracht? Ich kannte die Frau doch gar nicht.«

»Ich gehe von einer Verwechslung aus. Eleonore Scheffel ähnelte Ihrer Mutter sehr. Vielleicht sollte sie dran glauben?«

»Was sollte ich für einen Grund haben, meine Mutter umzubringen?«

»Einen finanziellen vielleicht?«

Lothar Voss-Grobe fiel das Grinsen aus dem Gesicht. Er fragte sich, wieso er sich überhaupt mit der Sommerfeld unterhielt. Hatte sie das Recht, ihn zu verhören wie einen Schwerverbrecher? Schluss mit der Freundlichkeit. »Ich habe keine Zeit, Frau Sommerfeld. Ist noch was? Reicht es nicht, meine arme Mutter auszufragen? Was wollten Sie schon wieder von ihr?«

»Ich mag Ihre Mutter. Eine tolle Frau. Wieso sollte ich sie nicht noch einmal besuchen? Vielleicht brachte der Besuch mir neue Erkenntnisse. Außerdem geht Sie das einen feuchten Furz an.«

»Lassen Sie sie einfach in Ruhe!«

»Ist Ihre Mutter entmündigt? Darf sie nicht selbst entscheiden, wen sie zu sich einlädt?«

»Das weiß sie manchmal eben nicht. Ich kenne meine Mutter länger als Sie. Und bevor sie eine Dummheit begeht, beschütze ich sie.«

Ein hämisches Grinsen machte sich über Margaretas Gesicht breit. »Da hat sie den richtigen Beschützer.«

»Was soll das heißen? Lassen Sie uns in Ruhe. Wenn Sie morgen endlich verschwunden sind, zünde ich eine Kerze in der Kirche an.«

»Und ich eine in der Kreuzbergkapelle, die ich morgen Vormittag noch besuchen will.«

Er sprang auf den Trecker, bevor er ihr noch eine Gemeinheit an den Kopf warf.

»Ganz kurz, Herr Voss-Grobe. Kann jemand bezeugen, dass Sie am Silvesterabend schon so früh zu Bett gegangen sind? Ihre Mutter meinte, Sie seien nach dem Melken noch unterwegs gewesen. Das fiel ihr erst jetzt wieder ein. Soll ich Ihre Ehefrau fragen?«

»Sie haben hier gar nichts zu fragen. Verschwinden Sie endlich, bevor ich mich vergesse.« Alles brodelte in Lothar Voss-Grobe. Seine Hände begannen zu zittern.

Lachend stieg Margareta in den Passat und fuhr mit heißem Reifen vom Hof.

Voss-Grobe brauchte lange, um sich zu beruhigen.

Gerade als Lothar mit dem Trecker vom Hof gefahren war, sah er, wie der Milchwagen auf sein Anwesen zusteuerte. Am Lenkrad der stämmige Michael Vogt. Ob er alleine klarkam und wusste, was er tun musste, um die Milch aus dem Tank in den Milchwagen zu bekommen? Vermutlich nicht. Vorsichtshalber parkte Lothar den Trecker am Straßenrand und ging zurück.

Zusammen mit Michael betrat er die Milchkammer und schaltete das Radio ein. Soeben lief ein Beitrag über dieses schwedische Gör mit den langen Zöpfen, das das Weltklima retten wollte. Lothar schüttelte den Kopf.

»Sag mal, Michael, gibt es auf der Welt nur bekloppte Weiber? Was erzählt die da für einen Müll? Die ist heute schon die Vierte, die mir krumm kommt.«

»So schlimm, Lothar? Hast recht, Weiber können einem das Leben schwer machen. Wo wolltest du hin mit dem Trecker? Ist überall noch sehr glatt, obwohl es seit gestern ordentlich taut.«

»Ein Wanderer hat sich beschwert, dass ein Holzstapel oben am Wald sich selbstständig gemacht hätte und den halben Weg versperren würde. Das wollte ich mir mal ansehen.«

Nach einem feucht-fröhlichen Abend bei Albers harmonierten die beiden Männer wieder ganz gut miteinander.

Im System des Milchwagens war hinterlegt, welche Milch Voss-Grobe lieferte, die dann automatisch in die richtige Kammer gepumpt wurde. Vogt nahm den Saugrüssel mit dem armdicken Schlauch und folgte Voss-Grobe damit in einen Nebenraum des Stalls. Dort wurde die Milch in einem Stahltank gekühlt, bis sie vom Milchwagenfahrer abgeholt wurde. Nach nicht einmal drei Minuten zog die Pumpe mit einem lauten Schlürfgeräusch Luft, der Tank war leer.

»Ich stelle mal einen anderen Sender ein«, sagte Voss-

Grobe, ging zurück in die Milchkammer und drehte an dem nostalgischen Radio herum, bis ein Lokalsender seichten Schlager durch den Äther schickte.

»Wer waren die anderen drei Frauen, die dich geärgert haben? Lass mich raten. Eine davon war die Sommerfeld. Die kam mir gerade entgegen. Fuhr wie eine Verrückte.«

»Gut, dass die morgen abreist. Sie will mich unbedingt als Mörder überführen, mir einreden, dass es eine Verwechslungstat war und eigentlich meine Mutter dran glauben sollte. Heute wollte sie wissen, ob ich für die Tatzeit am Silvesterabend ein Alibi habe. Geht die das was an? Die ist bloß eine Privatdetektivin und nicht befugt, mir solch eine Frage zu stellen. Warum sollte ich meine Mutter umbringen? Davon abgesehen, dass alle Weiber aufgehängt gehören.« Voss-Grobe zeigte seine großen Zähne beim Lachen.

Michael Vogt stimmte ein, obwohl er den Voss-Grobe-Bauern für verrückt hielt. »Sei froh, wenn sie morgen abreist. Dann hast du deine Ruhe.«

»Noch ist sie nicht weg. Und das Schlimmste ist, dass meine Mutter die toll findet und ihr ständig das Herz ausschüttet.«

»Echt? Hätte ich nicht von ihr gedacht. Deine Mutter ist doch ein zäher Vogel. Mit dem Land hält sie mich immer noch hin.«

»Ich werde sie darauf ansprechen. Versprochen.«

Ellen betrat den Raum und stellte zwei große Kaffeebecher auf die kleine Theke. »Um was geht es? Mal wieder um die Sommerfeld?«, fragte sie ihren Gatten spöttisch.

»Auch.« Voss-Grobe sah Michael verschwörerisch an. Beide lachten.

»Die hat euch doch nichts getan.« Kopfschüttelnd verschwand Ellen von der Bildfläche.

»Es müsste aussehen wie eine natürliche Todesursache«, meinte Michael Vogt nachdenklich.

»Wen meinst du? Verstehe ich nicht.« Voss-Grobe schaute den Milchwagenfahrer begriffsstutzig an.

»Dann denk mal scharf nach.«

»Die Sommerfeld oder meine Mutter?«

»Da musst du selbst drauf kommen«, grinste Vogt, räumte seinen Schlauch zusammen und fuhr wenig später vom Hof.

Voss-Grobe stemmte die Arme in die Hüften und dachte darüber nach, wie ein fast natürlicher Tod aussehen könnte.

24.

Hinter Margareta knackte etwas. Sie sah über ihre Schulter zurück. Nichts zu sehen. Allein im Wald fühlte sie sich nicht so wohl, wie sie oft vorgab. Nebel zog auf. Wieder knackte es. Doch da war niemand. Anscheinend nur ein Tier, das auf einen Zweig getreten war. Sie fragte sich, wieso sie nicht auf dem Wanderparkplatz Mechterkuse auf Radomski gewartet hatte. Sie hatten sich dort um 15 Uhr verabredet, um ohne bestimmtes Ziel einen kleinen Spaziergang durch den Winterwald zu machen und sich auszutauschen. Aber er war nicht gekommen. Voller Unrast war sie losgelaufen, immer geradeaus, den Berg hinauf. Falls er noch eintraf, würde er ihren Wagen sehen und ihr hinterhergehen, war sie überzeugt. Sie wunderte sich, dass um diese Uhrzeit keine Wanderer mehr unterwegs waren. Wieder drehte sie sich um, blickte anschließend auf ihre Uhr. Gleich halb vier. War er so im Stress, der Polizeihauptkommissar aus Bad Fredeburg? Er wusste doch, wie wenig Zeit ihr blieb. Morgen Mittag würde sie abreisen, um pünktlich um 16 Uhr bei ihrem neuen Auftraggeber zu sein. Sie blieb stehen und schaute erneut zurück. In weiter Ferne sah sie ihn kommen. Das unruhige Gefühl verschwand langsam, je näher Radomski kam.

Diesmal trug er eine bunt karierte Wolljacke mit einem Webpelzfutter, das an den Rändern und an der Kapuze zu sehen war. Margareta überlegte, wann dieses Teil mit den irren Holzknebelknöpfen modern gewesen war. Es wollte ihr nicht einfallen.

Radomski entschuldigte sich mehrfach, erzählte jedoch nicht, was der Grund seiner Verspätung war. Nachdem er einige Male tief durchgeatmet hatte, setzte er an ihrer Seite den Weg fort. Allerdings in gemäßigtem Tempo.

»Lass mich raten, Margareta. Du bist noch nicht weitergekommen und fährst morgen nach Hause, ohne den Täter dingfest gemacht zu haben. Musst die weiteren Ermittlungen leider Grundmüller und Altmeier überlassen.«

»Ach, Ralf, noch ist nicht aller Tage Abend. Ein klein wenig Hoffnung bleibt mir noch. Ich weiß, es klingt blöd, aber es ist so.«

»Ich zermartere mir das Hirn, wer es gewesen sein könnte. Doch jeder Ansatzpunkt löst sich in Luft auf. Die beiden Kommissare haben auch keine großartigen Leistungen vorzuweisen. Kein bisschen kooperativ sind die. Momentan hocken sie wieder im Albers. Ich werde mich jedoch hüten, dort vorbeizuschauen. Wenn ich daran denke, wie blöd die mich beim letzten Mal behandelt haben … Nein, das brauche ich nicht.« Er strich sich die verschwitzen Haare aus der Stirn und berichtete haarklein, wie arrogant sie sich benommen hätten.

Irgendwann war Margareta es leid, dass er jede Kleinigkeit so breittrat, und sie wechselte das Thema. Sie hatte sich nicht mit ihm verabredet, um sich diesen belanglosen Mist anzuhören. »Sag mal, was sagt dir der Name Dieter O.?«

Etwas verdutzt sah Radomski sie an. »Dieter O.? Wer soll das sein?«

»Ich habe den Namen in einem Kalender im Büro von Dünnebacke gefunden. Mehrmals stand er da drin. Es könnte sich um einen Geschäftspartner von ihm handeln. Vielleicht auch um mehr?«

Nun lachte Radomski. »Also, in welchem Fall ermittelst du nun? In der Tannenbaumgeschichte oder im Mordfall deiner Schwiegermutter?«

»In beiden Fällen. Ich bin multitaskingfähig. Wusstest du das nicht?« Sie lächelte den Polizeibeamten an.

Verschämt schaute der kleine Mann zu Boden. Sekunden später zog er zwei Marzipanbrote aus seiner ausgebeulten Jackentasche und hielt eins davon Margareta hin.

Dankend lehnte sie ab. »Für mich ist Weihnachten vorbei.«

»Aber die sind noch haltbar«, meinte Radomski.

»Mag ja sein.«

Es fing an zu schneien. Winzig kleine Flöckchen wehten Margareta um die Nase und sagten ihr, dass Weihnachten zwar längst vorbei war, der Winter sich jedoch noch lange nicht verabschiedet hatte.

»Willst du gar nicht wissen, wieso ich, ein superpünktlicher Mensch, zu spät gekommen bin?« Seine Stimme klang enttäuscht.

»Lass mich raten. Du musstest deiner Frau beim Abschmücken der Wohnung helfen? Die dicken roten Kerzen, die erst halb abgebrannt waren, aus dem Gesteck ziehen und hübsch verpacken? Die Engel entstauben und ebenfalls in Kartons stecken?«

»Du bist geschmacklos, Margareta. Machst dich dauernd über andere Menschen lustig. Nein, ich wurde zu einem Einsatz gerufen. Selbstmord. Ein Mann hat sich in seinem Wagen mit den Abgasen aus Selbigem getötet. Oben im Wald bei Oberrarbach. Nun rate mal, wer dieser Mann war. Und komm mir nicht mit deinen blöden Witzen.«

Margareta verschlug es die Sprache. Als sie sich etwas gefangen hatte, sagte sie: »Es tut mir leid, wenn ich dich gekränkt habe. Meine Scherze gehen manchmal tatsächlich zu weit. Also, wer war der Mann? Ein verschuldeter Bauer? Doch nicht Voss-Grobe? Nein, das kann nicht sein, mit dem habe ich vor nicht mehr als einer Stunde noch gesprochen.«

Ralf Radomski zog ein wütendes Gesicht, hätte am liebsten auf dem Absatz kehrtgemacht. Erst der Tote, dann das dumme Geschwätz dieser Margareta Sommerfeld, die er bis jetzt ganz sympathisch gefunden hatte.

»Nein, weder noch. Es war Fritz Wennemann, der Bekannte deiner Mutter und der toten Eleonore Scheffel.« So, das saß. In Radomski machte sich Schadenfreude breit.

Geschockt blieb Margareta stehen. »Wennemann? Ich dachte, der wäre längst zu Hause, nachdem er gestern fluchtartig Bödefeld verlassen hat. Zuvor hat er meine Mutter bei einer Wanderung einen Abhang hinuntergestoßen. Sie wollte ihn nicht anzeigen. Und zum Arzt, um ihre Verletzungen protokollieren zu lassen, wollte sie auch nicht. Hat sich ja nun erledigt.«

»So würde ich das nicht sehen«, sagte Radomski und legte ihr liebevoll seinen Arm auf die Schulter. Vergessen waren ihre Worte von eben.

Margareta erzählte die ganze Geschichte vom Vortag noch einmal. Verstohlen wischte sie sich eine Träne von der Wange.

Hin und wieder schüttelte Radomski den Kopf, aß auch das zweite Marzipanbrot, während er Margareta zuhörte.

Als die Dämmerung einsetzte, traten die beiden den Rückweg an.

Am Auto angekommen, überreichte Margareta ihm einen kleinen Beutel, in dem sich der Hirschhornknopf befand. »Hier, bei dir ist er besser aufgehoben. Thomas hat den Knopf an einem Abfallbehälter unweit des Tatorts gefunden. Vielleicht findest du die passende Jacke dazu.«

»Aber, aber … den hätte er abgeben müssen. Einfach behalten? Das geht nicht.«

»Mach du das für mich. Bitte! Und sorry wegen vorhin.«

»Schon gut, Margareta.«

Spontan zog er Margareta an seine alte Jacke und strich ihr übers Haar. Er war überfordert. Erst der Selbstmord Wennemanns, dann die Neuigkeit, dass dieser Margaretas Mutter beinahe ermordet hätte, und jetzt dieser Knopf. Das war zu viel.

Wo er wohl die Nacht verbracht hatte? Margareta konnte es nicht fassen. Wennemann tot!

Als sie gegen 17 Uhr auf den Hof des Ferienhauses fuhr, standen Thomas und Waltraud abfahrtbereit davor. Telefonisch hatte Thomas ihr bereits mitgeteilt, dass Waltraud unbedingt dorthin wollte, wo Fritz sich das Leben genommen hatte.

Thomas war inzwischen von Grundmüller unterrichtet worden.

Er drückte Margareta kurz an sich und fuhr anschließend mit Waltraud im Schneegestöber davon.

Margareta wusste nicht, wieso sie sich zu einem erneuten Treffen mit Johannes hatte breitschlagen lassen. Am Abend saß sie ihm im Gasthof Albers gegenüber an einem kleinen Tisch unweit der Theke und schaute in seine braunen, traurigen Augen.

Vorhin am Telefon hatte er auf sie eingeredet wie auf einen kranken Gaul. Er wolle sie unbedingt noch mal sehen, bevor sie morgen abreise. Schließlich seien sie sich überhaupt nicht nähergekommen.

Ein schöner Mann war er, stellte Margareta soeben wieder fest, doch das war auch schon alles. Im Grunde war er eine Memme. Da sie jedoch ein Faible für Memmen hatte, hatte sie es nicht geschafft, ihm abzusagen, obwohl sie ganz andere Sorgen hatte.

Sie konnte sich nicht erklären, wieso Thomas und Waltraud nach Oberrarbach wollten, um sich die Stelle anzusehen, an der Fritz Wennemann gestorben war. Wenn er nicht mehr leben wollte, dann war es eben so. Er wird schon gewusst haben, warum. Er wird einiges auf dem Kerbholz gehabt haben. Margareta war froh, dass Waltraud einigermaßen unversehrt davongekommen war. Wie sie vorhin zu Thomas in den Passat gestiegen war … die Handtasche an sich gedrückt, die Mundwinkel heruntergefallen. Ganz klein und zerbrechlich war sie Margareta vorgekommen. Wenn Wennemann Eleonore umgebracht hatte, würde das nicht mehr ans Tageslicht kommen. Sie jedenfalls würde morgen abreisen und es den Kommissaren aus Dortmund überlassen, Eleonores Mörder zu finden. Damit musste sie sich abfinden.

In der Tannenbaumgeschichte hatte sie auch nichts herausgefunden. Wenn sie ehrlich war, hatte sie sich auch nicht sonderlich bemüht. Das Einzige, was sie interessiert hatte, war der gutaussehende Nadelbaumplantagenbesitzer. Und das nur für einen kleinen Flirt. Doch nicht einmal das war drin gewesen. Schade, dachte sie einen kurzen Augenblick.

Nun schaute Johannes sie an wie ein waidwunder Wolf und wollte getröstet werden. Im Schein der Kerze auf dem Tisch leuchtete sein lockiges Haar haselnussfarben.

»Du bist mit deinen Gedanken ganz woanders, liebe Margareta. Kann das sein?« Er trank von seinem Weizenbier.

»Musst du nicht noch fahren? Und dann ein großes Glas Bier?«

»Das passt schon. Lecker ist das. Mit irgendetwas muss ich mich doch trösten.« Traurig bissen sich seine Augen in dem Ausschnitt ihres schwarzen Pullis fest.

»Ohne Führerschein sähe es beruflich für dich bitter aus, oder etwa nicht?«

»Da mache ich mir Gedanken drum, wenn es so weit ist, woll.«

»Wie du meinst. Auch eine Ansicht.«

Sie schwiegen sich einige Sekunden an.

»Um auf deine Frage zurückzukommen. Ja, ich bin mit meinen Gedanken woanders. In meinem Kopf läuft alles durcheinander. Der Mann, ein Hohlkopf vor dem Herrn, der gestern meine Mutter umbringen wollte, hat sich heute selbst aus dem Leben geschlichen.«

»Ja, du hast am Telefon so etwas angedeutet. Erzähl mal«, forderte er sie auf.

Nachdem Margareta sich ein Steak bestellt hatte, legte sie los und ging nach einem kräftigen Schluck von ihrem Riesling ins Detail. Auch die Nachmittagswanderung, zu der sie sich mit Radomski getroffen hatte, durfte nicht fehlen. Sie musste schmunzeln, als sie an die Marzipanbrote dachte. Bei dem Gedanken daran lief ihr plötzlich das Wasser im Mund zusammen. Obwohl sie Weihnachten nie viel abgewinnen konnte, übten Lebkuchen und Co einen großen Reiz auf sie aus.

Johannes hatte ebenfalls ein Steak geordert, jedoch mit anderen Beilagen als Margareta. Danach war er ganz Ohr und hörte ihr aufmerksam zu.

Als das Essen, das appetitlicher nicht aussehen konnte, serviert wurde, war das Thema Wennemann durch.

»Eigentlich doch gut, dass er von der Bildfläche verschwunden ist. Das wird auch dieses Frauenquartett beruhigen. Und deine Mutter wird jemand anderen finden.«

»Hör bloß auf! Hauptsache, sie fängt nicht wieder was mit diesem alten Bandleader an, der verheiratet ist. Da graut es mir echt vor. Was ich da mitgemacht habe.« Margareta winkte ab und lenkte ihre Gedanken weit weg von Sepp.

Die Stimmung am Tisch war besser geworden. Margareta fühlte sich entspannter, und auch Johannes schaute nicht mehr so traurig aus.

»Sehen wir uns wieder?«, fragte er sie und ließ den Blick nicht von ihr.

Sie zuckte nur mit den Schultern. »Wozu? Großes Interesse, unsere Bekanntschaft zu vertiefen, hast du nie gezeigt. Bei unserem Date daheim bei dir bist du eingeschlafen, was nicht gerade für mich sprach.«

»Ja, das war blöd. Der Wein war aber auch lecker. Ein guter Tropfen, dieser Imperial Rioja Gran Reserva 2012. So etwas kriegst du hier gar nicht … Außerdem hast du einen Partner.«

»Ich sprach nie davon, was auf Dauer zu suchen.«

»Du wärst also einem kleinen Flirt nicht abgeneigt gewesen?« Er riss seine Augen weit auf.

Du hast es ja gar nicht erst versucht, du Trottel, wollte sie ihm an den Kopf schmeißen, ließ es jedoch besser. »Sag mir lieber, wer Dieter O. ist.«

Johannes lächelte verschmitzt. »Du hast in meinen Unterlagen gewühlt, stimmt's? Das habe ich mir gleich gedacht.«

»Was schläfst du auch ein?«

»Eine Berufskrankheit? In fremden Sachen zu wühlen?«

»Wird wohl so sein. Und, wer ist es nun?«

»Dieter Ommerborn. Ein guter Kunde und alter Freund. Ich muss dich enttäuschen, der steht bei mir nicht auf der Verdächtigenliste. Der beklaut mich nicht. Ich habe den Eindruck, die Polizei hat kein Interesse, in der Sache zu ermitteln. Sie mögen mich nicht, wieso auch immer. Deshalb dachte ich, dass du vielleicht was herausfindest.«

»Wie sollte ich? Dazu kenne ich das Umfeld zu wenig. Du solltest dir einen Privatdetektiv aus der Gegend suchen. Hast du mal darüber nachgedacht?«

Nach zwei Stunden nahm die innere Unruhe bei Margareta überhand. Sie wollte zurück ins Feriendomizil, musste wissen, was da in Oberrarbach gewesen war.

»Finde mal einen, der Ahnung hat. Hat mein Vater schon versucht. Vergebens.«

»Hast du keine Freundin oder Ehefrau? Ist diese flotte Biene, mit der du den Wagen bei mir abgeholt hast, das einzige weibliche Wesen, das dich umgibt?«

»Das war meine Sekretärin.«

»Dachte ich mir, dass es sich um das alte armselige Mütterchen aus dem Ort handelt, das dringend etwas Geld braucht.«

Nun lachte Johannes lautstark und zeigte seine ebenmäßigen Zähne. »Unsere Verbindung ist rein beruflich. Ansonsten habe ich die Nase voll von Frauen. Drei Ehen habe ich hinter mir. Lass mal. Ich lebe nur noch à la carte.«

Vor dem Lokal verabschiedeten sich die beiden mit einer herzlichen Umarmung.

»Was hast du morgen noch vor, bevor es Richtung Ruhrgebiet geht?«

»Wieso?« Margareta kam die Frage eigenartig vor. »Ich will ein letztes Mal zur Kreuzbergkapelle laufen. Vielleicht finde ich da die Lösung. Hört sich blöd an, ich weiß.«

»Allein?«

»Vielleicht begleitet Thomas mich.«

»Pass auf dich auf, Margareta.« Ein letzter Kuss auf die Stirn und er setzte sich in seinen Wagen.

Margareta hatte darauf bestanden, in einem Taxi heimzufahren. Johannes hatte ihr zu viel getrunken.

25.

Rolf Grundmüller warf einen Blick auf seine Armbanduhr. Bereits 15 Uhr. Sie lagen schlecht in der Zeit, nichts klappte, musste er feststellen. Die erneuten Besuche beim Metzger und beim Molkereiwagenfahrer, der wieder zu Hause anzutreffen gewesen war, hatten nichts gebracht. Die Männer waren genervt darüber gewesen, erneut alles von vorne erzählen und Auskunft über ihre Alibis geben zu müssen. Zur Voss-Grobe-Bäuerin wollten sie ein sehr gutes Verhältnis haben, von Ärger mit ihr keine Spur.

Als Grundmüller und Altmeier gerade beim Kaffeetrinken waren, bekam Grundmüller die Nachricht, dass Fritz Wennemann sich in seinem eigenen Auto umgebracht hatte. Jetzt wurde ihm auch klar, wieso er und sein Kollege aus Dortmund es den ganzen Tag nicht geschafft hatten, den Mann zu erreichen. Auf seinem Smartphone schaute er nach, wo sich dieses Oberrarbach befand. Über die L740 waren es nur 9,3 Kilometer, gute zehn Minuten mit dem Auto.

»Also, nichts wie hin. Oberrarbach, ein kleines Nest. Oberhalb im Wald hat sich unser guter Fritz Wennemann aus dieser Welt verabschiedet«, sagte er zu Tanja Altmeier.

»Jetzt sofort? Dem ist doch sowieso nicht mehr zu helfen. Ist es sicher der, der die alte Sommerfeld den Abhang hinuntergestoßen hat? Irrtum ausgeschlossen?«

Völlig verdattert schaute Altmeier ihren Kollegen an. Es tat ihr leid um den schönen Apfelkuchen, den sie nun zurücklassen musste.

Auf dem Weg nach Oberrarbach hielt Grundmüller Tanja Altmeier einen Vortrag über Suizid durch Kohlenmonoxidvergiftung, den genauen Wirkmechanismus mithilfe von Autoabgasen.

»Kein schöner Tod, kann ich Ihnen sagen, Altmeier. Das ging beim Wennemann nur so schnell, weil sein alter Volvo mehr als 30 Jahre auf dem Buckel hat. Nichts mit Katalysator, nehme ich an.«

»Wieso wissen Sie so genau darüber Bescheid? Haben Sie selbst mal daran gedacht, sich mit der Methode umzubringen?«

»Lassen Sie Ihre blöden Sprüche, Altmeier. Mich interessiert nur, wo er die Nacht verbracht hat, nachdem er gestern fluchtartig das Hotel verlassen hat. Er muss ziemlich krank in der Birne gewesen sein. Außerdem muss er den Suizid geplant haben, schließlich hatte er den Schlauch dabei. Den zaubert man sich nicht einfach so aus dem Ärmel.«

Rolf Grundmüller wollte sich dieses Spektakel nicht entgehen lassen und trat auf das Gaspedal. Endlich passierte mal was, kam Leben in die Ermittlungen. Als sie den kleinen 52-Seelen-Ort Oberrarbach erreicht hatten und mit geringer Geschwindigkeit durchfuhren, konnten sie rechts oberhalb am Waldrand Polizeiwagen, Rettungsfahrzeug sowie die Pkw des Erkennungsdienstes und der Kriminaltechnik sehen. Radomski suchten sie vergebens. Dafür rannten zwei Kollegen von ihm, ein jüngerer und ein älterer, emsig um den alten Volvo herum.

Zwei weitere Herren waren damit beschäftigt, den Toten in die Zinkwanne zu legen.

Mitten auf dem verschneiten Feld parkte Grundmüller sein Fahrzeug, auf dem das Blaulicht prangte, und sprang aus dem Wagen.

»Also irgendwas läuft hier ganz schön quer. Der Ablauf stimmt doch nicht. Bevor der ED und die Kriminaltechniker sich an dem Toten zu schaffen machen, wird von den Streifenbeamten die Kripo verständigt, die alles Weitere veranlasst. Zumal wir hier wegen des Tötungsdelikts Eleonore Scheffel vor Ort sind. Wer hat den ED gerufen?« Voller Wut erhob Grundmüller seine Stimme, starrte Altmeier an und suchte anschließend nach dem zuständigen Polizeibeamten.

Der alte, dürre Kollege kroch mit vorgebeugtem Oberkörper heran und stellte sich als PHK Uwe Burmeister vor. »Ich habe Rücksprache mit Radomski gehalten, und der meinte, ich solle die nächsten Schritte einleiten.«

»Wer sagt denn, dass es sich um Mord handelt? Sieht es nicht eher nach Suizid aus?«

»Ja, davon gehen wir auch aus«, meinte der dürre Mann und überreichte Grundmüller einen Brief, den er auf dem Beifahrersitz gefunden hatte. »Wohl ein Abschiedsbrief.«

»Was ist nun, Kollege?«, ranzte Grundmüller den armen Mann erneut an. »Wieso also dieses große Aufgebot? Wieso wurde die Reihenfolge nicht eingehalten?«

»Das müssen Sie den PHK Radomski fragen. Wir haben uns mit ihm abgesprochen.« Sichtlich geknickt ließ Burmeister die Schultern noch mehr hängen.

»Das hat ein Nachspiel«, rief Grundmüller dem Mann hinterher und suchte den ED auf, der gerade seinen Einsatz beenden wollte.

»Entschuldigung, dass ich mich einmische, Chef.« Altmeier stellte sich ihm in den Weg. »Doch in diesem Fall haben die Kollegen hier vor Ort richtig gehandelt. Bei einer Auffindesituation, die auf Einleiten von Autoabgasen in einen Pkw oder in eine Garage hindeutet, sind sorgfältige Ermittlungen am Leichenfundort, die Messung der Autoabgase, eine fachkundige Obduktion sowie umfassende chemisch-toxikologische Untersuchungen unumgänglich. Dies durften die Kollegen auch ohne uns veranlassen.«

»Was Sie nicht sagen. Was soll das?« Grundmüller verzog sein Gesicht zu einer schäbigen Fratze. »Da haben Sie in der Polizeischule gut aufgepasst, Altmeier. Trotzdem sind die beiden Polizisten Holzköpfe.«

»Sie nehmen sich viel heraus, Chef. Ich wäre mal ein bisschen vorsichtiger.« Tanja Altmeier strich sich die Haare aus dem hübschen Gesicht.

»Da sprechen wir nachher noch drüber, Altmeier.« Grundmüller mochte es nicht, wenn man ihn tadelte.

»Soll ich jetzt Angst haben? War das eine Drohung?«

Grundmüller schüttelte den Kopf und stöhnte auf.

Altmeier wunderte sich, dass er keine blöde, frauenfeindliche Bemerkung machte.

»Nichts deutet auf Fremdverschulden hin«, nuschelte einer der beiden Herren des ED in den Bart. Er grinste, denn er hatte den kleinen Disput der beiden mitbekommen.

»Trotzdem sollte die Leiche in die Rechtsmedizin. Wenn schon, denn schon. So retten wir Radomski und vermeiden den Ärger, den er bekommen würde.« Grundmüller übergab Altmeier den Brief mit der Auflage, ihn am Abend gemeinsam mit ihr anzusehen, um eventuell weitere Schritte einzuleiten. Es wird schon nichts Wichtiges drinstehen, dachte er. Einen Blick auf Wennemann wollte er nicht werfen.

»Wie erwähnt ist alles richtig gewesen, was die Kollegen unternommen haben. Radomski wird keinen Ärger bekommen. Und dass die Leiche in die Rechtsmedizin geht, ist auch schon angeordnet worden.« Altmeier zweifelte an den Fähigkeiten ihres Chefs. Sie wünschte ihm den baldigen Ruhestand.

»Was soll das, Altmeier? Wollen Sie mich vorführen?«

»Nein, ich wollte Sie nur auf einen Fehler aufmerksam machen.«

»Sie sind ziemlich mutig, Altmeier.«

»Noch eine Drohung?«

Nach einer knappen Stunde fuhren sie schweigend zurück nach Bödefeld ins Hotel. Es hatte wieder zu schneien begonnen, dazu gesellte sich ein scharfer Ostwind.

»Drücken Sie die Daumen, dass es sich bei dem Brief um ein Geständnis handelt und der Fall Scheffel somit endlich ein Ende findet.« Mit wutverzerrtem Gesicht saß Grundmüller in seinem Wagen und starrte auf die Straße.

Als sie durchgefroren das Hotel betraten, übergab eine Angestellte Grundmüller einen Umschlag. Ein Herr Radomski habe diesen abgegeben.

Grundmüller riss den Umschlag auf und nahm ein kleines Tütchen heraus, das einen Hirschhornknopf enthielt. Während er ihn bestaunte und an seine Kollegin weitergab, wählte er Radomskis Nummer und wartete nervös ab. Er konnte ihn nicht erreichen.

Tanja Altmeier steuerte auf die Treppe zu, um nach oben in ihr Zimmer zu gehen.

»Wir müssen noch mal los, Altmeier. Nicht so eilig«, rief er ihr hinterher.

»Ich muss mir was Wärmeres anziehen. In einer Viertelstunde«, sagte sie, ohne sich umzudrehen. Ihr Bedarf an Grundmüller war für heute gedeckt.

Grundmüller setzte sich an einen Tisch und bestellte einen Kaffee. Nach nochmaligem Inspizieren des Umschlags fand er einen kleinen Zettel des Kollegen Radomski mit dem Hinweis, wo dieser Knopf von wem gefunden worden war. Ein Hirschhornknopf von einer Trachtenjacke, schoss es ihm in den müden Kopf. Vogt oder Vollmer besaßen mit Sicherheit eine solche Jacke, dachte er.

Eine halbe Stunde später, es war bereits 18 Uhr durch und stockdunkel draußen, standen die beiden Kommissare in der Graf-Gottfried-Straße vor dem Haus des Clemens Vollmer. Zum zweiten Mal an diesem Tag.

Genervt öffnete die wortkarge Gattin des Metzgers die Tür des alten Hauses und rief, ohne abzuwarten, was die Leute wollten, nach ihrem Mann. Dieser war nicht erfreut, die Kripoleute schon wieder zu sehen, und fragte schroff, was es so Dringliches gebe.

Grundmüller fühlte sich sichtlich unwohl in seiner Haut. »Herr Vollmer, wir hätten da noch eine Frage. Dürfen wir reinkommen?«

Vollmer beobachtete Tanja Altmeier. Ihr hatten sie es zu verdanken, dass er die Tür endlich freigab und sie hineinließ. Allerdings nur in die Diele, dort wollte der Metzger sie schnell abfertigen.

»Also, was gibt es? Bisschen zackig, wir sind gerade beim Essen.« Genervt hielt er sich am Türrahmen zum

Wohnzimmer fest und starrte weiterhin auf Tanja, die ihm wohl gefiel.

Grundmüller zog den Beutel aus der Tasche und hielt dem Mann den Knopf unter die Nase.

»Was ist damit?«, wollte dieser wissen.

»Fehlt Ihnen vielleicht ein Knopf an Ihrem Trachtenjanker? Besitzen Sie eine solche Jacke?«

»Ja, klar. Schließlich bin ich im Schützenverein. Aber an meiner Jacke fehlt kein Knopf.«

»Zeigen Sie uns die Jacke?« Grundmüller kochte innerlich. Er war fertig, fror und wollte dieses Verhör schnell zu Ende bringen. »Kommen Sie mir jetzt nicht mit ›Ich muss das nicht, weil Sie noch keinen Durchsuchungsbeschluss haben‹. Sicherlich haben Sie schon mal was von Gefahr in Verzug gehört, oder?« Grundmüller nahm demonstrativ sein Smartphone in die Hand und wischte darauf herum, um eine bestimmte Nummer zu wählen.

Vollmer lenkte ein. »Schon gut, schon gut.« Er rief lautstark nach seiner Frau, die in das obere Stockwerk eilte, um seine beiden Trachtenjacken zu holen.

Nach Luft schnappend kam sie wenig später die Holztreppe des Altbaus heruntergestapft und hielt die zwei Jacken in der rechten Hand. Beide waren mit einer Plastikfolie bedeckt und wirkten äußerst gepflegt, rochen nicht nach feuchtem Kleiderschrank. An keinem der Teile fehlte ein Knopf.

Metzger Vollmer grinste hämisch und wünschte den Kripoleuten einen schönen Abend.

Das gleiche Spiel in der Straße Wallensiepen bei Familie Vogt. Ein hübsches, frei stehendes Haus. Auch hier wurde nach langem Lamentieren die Hausfrau beauftragt, die Jacken heranzutragen. Alle Knöpfe vollzählig.

Eine gute Stunde später saßen Grundmüller und Altmeier beim Abendessen. Der Abschiedsbrief von Wennemann lag ungeöffnet auf dem Tisch.

Grundmüller schniefte vor sich hin, sein Kopf glühte. Statt Bier trank er Pfefferminztee.

Tanja Altmeier konnte sich ein Grinsen nicht verkneifen. »Morgen sind Sie krank und müssen im Bett bleiben.« Sie freute sich sichtlich. »Sie hätten sich umziehen sollen, als wir aus Oberrarbach zurückkehrten.«

»Hätte, hätte, Fahrradkette.« Grundmüller schob ihr den Beutel mit dem Brief hin.

»Der Spruch ist uralt und total blöd. Lassen Sie sich mal was Neues einfallen.«

Grundmüller war zu müde, um zu widersprechen. »Lesen Sie ihn vor.« Kein Wort mehr über ihr angeblich anmaßendes Verhalten vorhin in Oberrarbach. Er wusste, dass sie recht hatte.

Nachdem Tanja sich ein Rumpsteak mit Pommes frites und Salat bestellt hatte, dazu eine große Cola, nahm sie sich seufzend den Brief zur Brust.

Grundmüller begnügte sich mit einer Rindfleischsuppe, was Tanja ein weiteres Grinsen auf die Lippen zauberte. Anschließend vertiefte sie sich in das Schreiben von Fritz Wennemann.

»Lesen Sie endlich laut vor«, befahl Grundmüller mit inzwischen heiserer Stimme.

»Bin ich verrückt? Die anderen Leute schauen eh schon dauernd zu uns herüber.«

Tatsächlich tuschelten die Gäste um sie herum.

Grundmüller versenkte weitere Zuckerstückchen in seinem Tee und rührte klimpernd in dem Glas herum, sagte jedoch nichts mehr, sondern übte sich in Geduld.

Nachdem Altmeier den Abschiedsbrief, auf weißem Büttenpapier geschrieben, gelesen hatte, schob sie ihn zu ihrem Chef.

»Schon traurig. Angeblich hat er mit dem Mord an Eleonore Scheffel nichts zu tun, wollte auch Waltraud Sommerfeld nichts Böses, hat sich über ihre Anschuldigungen, die sie im Wald losließ, sehr geärgert, weshalb er ihr einen Stoß versetzte. Wieso er ihr nicht aufgeholfen hat, kann er nicht sagen. Er litt unter Wutanfällen, weswegen er bei einem Psychologen in Behandlung war. Alles hat begonnen, als seine geliebte Elisabeth vor 15 Jahren verstarb. Sein schlechtes Gewissen, sie andauernd betrogen zu haben, brachte ihn in diesen seelischen Zustand. Dieses Frauenquartett, zu dem er dann stieß, hat ihm gutgetan, er hat sich geborgen gefühlt. Die alte Geschichte mit den Verdächtigungen, ein Heiratsschwindler zu sein, stimmte nur zum Teil. Er war knapp bei Kasse damals, und einige der Frauen haben ihm ihr Geld, seiner Ansicht nach, geradezu aufgezwungen. Außerdem schreibt er, dass die Polizei seinerzeit stümperhaft ermittelt habe. Als Renate Clark vor Jahren so plötzlich von der Bildfläche verschwand, hätten die nichts herausgefunden. Wennemann zufolge gab sie ihm ihr ganzes Geld und wollte ihn damit zur Heirat zwingen. Weil er nicht heiraten wollte, drohte sie mit der Polizei. Da blieb ihm nichts anderes übrig. Wir sollen auf dem Hauptfriedhof in Gelsenkirchen-Buer, Feld 367, unter der Leiche von Edelgard Simoneit schauen. Die wurde einen Tag nach Renates Tod ganz offiziell beigesetzt. Zuvor hat er Renate in dem bereits ausgehobenen Grab entsorgt. Eine Mordsmaloche sei das gewesen. Vor einigen Wochen traf er den Sohn von Renate, und der hat wohl Lunte gerochen. Darum sah er keine andere Möglichkeit mehr, als aus dem Leben zu scheiden. Ins Gefängnis wollte er auf keinen Fall. Er hat übrigens damit gerechnet, dass Waltraud Sommerfeld ihn anzeigt. Und er schreibt, dass ihm alles sehr leidtue und er sehr um Eleonore trauere.« Altmeier hatte Tränen in den Augen.

Grundmüller zog sein Smartphone aus der Hosentasche und rief seinen Kollegen Dirk Toppert in Dortmund an, um ihn in Sachen Renate Clark zu informieren.

»Damit hätte ich nicht gerechnet. Doch Priorität für uns hat der Fall Scheffel. Morgen knöpfen wir uns noch mal diese Margareta vor. Die weiß mehr! Davon bin ich überzeugt.« Laut schlürfte er seine Suppe.

Tanja Altmeier betete, dass sein Fieber steigen und er am nächsten Tag im Bett bleiben musste.

26.

Es dauerte nicht lange, bis Thomas die Stelle fand, an dem das schlimme Unglück geschehen war. Dank des Navis hatte er Oberrarbach schnell erreicht und fuhr jetzt an schmucken Fachwerkhäusern vorbei, vor denen Menschen mit Schneeschiebern den frisch gefallenen Schnee wegschoben. Während der Fahrt hatte er sich gefragt, was er eigentlich hier wollte. Wennemann war tot. Ein Blick zur Seite hatte ihm die Antwort gegeben. Pluspunkte sammeln bei seiner Schwiegermutter in spe wollte er. Er mochte sie, obwohl sie ihm so manches Mal gehörig auf den Sack ging. Ob er Margareta tatsächlich irgendwann heiraten würde? Er konnte es sich schlecht vorstellen. Sie war zu selbstständig, zu unruhig, zu flapsig. Er war über 40 Jahre alt und sehnte sich nach Ruhe, wollte endlich ankommen.

Als er am Ortsausgang ankam, sah Thomas am Waldrand einen Pulk Fahrzeuge und Menschen. Das Auto mit den beiden Dortmunder Kommissaren fuhr in entgegengesetzter Richtung an ihm vorbei. Sie hatten ihn nicht erkannt. Gut so. Er parkte am Wegesrand, als der Leichenwagen davonfuhr.

Mit zittrigen Beinen, ihre Tasche fest unter den Arm geklemmt, stieg Waltraud aus dem Wagen. Viel sehen konnte sie nicht mehr, da die Dämmerung bereits eingesetzt hatte.

Thomas fragte sich, wieso sie sich das antat. Ihn berührte es reichlich wenig, dass Wennemann tot war.

»Hach, und der schöne Wagen. Steht da einsam herum. Alle Türen auf, sogar die Motorhaube und der Kofferraum. Fritz hatte ihn erst für über 3.000 Euro reparieren lassen. Er hing sehr an dem Volvo.« Waltraud stapfte mit ihren Halbschuhen durch den Schnee direkt auf das Fahrzeug zu, schaute neugierig ins Innere des Wagens. Tränen schossen ihr in die Augen, als sie die braune Lederaktentasche von Fritz sah. Das Teil war sein ganzer Stolz gewesen. »Kümmert sich denn niemand um die Tasche?«

»Er braucht sie ja nun nicht mehr. Keine Angst, Waltraud. Die Spurensicherung hat sich die Tasche bestimmt schon angesehen. Der Wagen sowie sein gutes Stück gehen in die KTU. Das ist bei Suizid durch Autoabgase so üblich.« Was die Aktentasche anging, hatte Thomas seine Bedenken. Er war sich sicher, dass sie vergessen worden war.

»Dass das so ein Ende nehmen musste. Ob Fritz Eleonores Mörder war und er deswegen keinen anderen Ausweg sah? Hat er die ganze Nacht in seinem Auto verbracht? Wer hat ihn gefunden?«

»Ein Mitarbeiter des Forstamts, wie mir Grundmüller am Telefon erzählte. Du kannst dir sicher sein, liebe Waltraud, sollte er tatsächlich meine Mutter auf dem Gewissen haben, kommt es ans Licht. Aber ich verstehe ehrlich gesagt nicht, warum du hierherkommen wolltest.« Er bekam Mitleid mit Waltraud, die zitternd und leichenblass neben ihm stand. Thomas war froh, dass die Leiche bereits abtransportiert war und Waltraud nicht bei Wennemanns Anblick zusammenbrechen würde.

»Ich will mit der Sache abschließen. Endgültig. Ich habe ihm sogar innerlich verziehen, was er mir gestern angetan hat. Sicherlich war er krank. Morgen fahren wir nach Hause. Schade, dass der Mörder von Eleonore noch nicht gefunden wurde. Margareta hat sich vorgenommen, ihn bis zu unserer Abreise zu stellen. Irgendwie hat sie kein Elan mehr.«

Thomas verzog seine Mundwinkel und seufzte. »Ich hoffe, dass wir morgen heimwärts fahren. Nicht dass Margareta noch etwas Verrücktes einfällt. Von wegen, kein Elan mehr.«

»Ehrlich gesagt habe ich vom Winterurlaub langsam genug. Aus den geplanten zehn Tagen sind fast drei Wochen geworden. Meine Leibwäsche wird knapp. Ich musste schon einige Teile am Waschbecken durchwaschen. Morgen Abend kommt übrigens Anni zum Fernsehen.« Waltraud war wieder guter Dinge. Sie konnte alles, ob positiv oder negativ, ertragen, bloß keine Langeweile.

Thomas wollte sich nicht vorstellen, wie Waltraud ihre Schlüpfer am Waschbecken wusch.

Der Streifenbeamte Uwe Burmeister kam auf die beiden zu und wollte sie vom Einsatzort vertreiben. Als Thomas seinen Dienstausweis zeigte und sich vorstellte, wurde er freundlicher und berichtete, was vorgefallen war.

Thomas wunderte sich, dass Radomski nicht vor Ort war. Als er Burmeister erzählte, dass der Verstorbene ein Freund seiner Schwiegermutter gewesen war, streichelte Burmeister Waltraud tröstend über den Arm.

Waltraud trampelte von einem Fuß auf den anderen. Ihr war kalt. Sie sehnte sich nach Wärme, dem Sofa und dem knisternden Kaminfeuer.

Ihren Koffer und ihre etlichen Taschen hatte sie bereits gepackt. Auf Thomas' Wunsch hin auch die Sachen von Eleonore. Weder Margareta noch Thomas waren dazu in der Lage gewesen. Auch Waltraud war es nicht leichtgefallen. Ihre Nerven waren so angespannt gewesen, dass sie Eleonores Kosmetikartikel mit der Hand von den Regalen direkt in eine große Tasche gefegt hatte. Alles war ihr zu viel geworden. Wozu die Klamotten ins Ruhrgebiet transportieren, hatte sie sich gefragt. Wer sollte die Garderobe der Verstorbenen tragen und wer die Schminkutensilien benutzen? Man hätte ihrer Meinung nach gleich alles in den Müll packen sollen. Doch das konnte sie Thomas nicht sagen.

Viel Mühe hatte sie sich mit dem Einpacken ihrer weihnachtlichen Errungenschaften aus dem Edeka-Markt und dem Café gegeben. Alles hatte sie zum halben Preis ergattert, versteht sich. Etliche Packungen Lebkuchen, drei große Christstollen, Schokoladenweihnachtsmänner, Marzipanbrote, Printen und Dominosteine, die Anni so gerne aß. Das würde morgen Abend ein Fest werden. Eine richtig schöne Fritz-Wennemann-Gedenkfeier.

Indes sprach Burmeister weiter. »Am Tatort sind die Untersuchungen abgeschlossen. Das Fahrzeug wird gleich abtransportiert. Ja, es gab eine Menge Spuren. Ob es Suizid war, steht noch nicht hundertprozentig fest. Allerdings fanden wir keine weiteren Reifenspuren. Die Hinweise müssen noch ausgewertet werden. Wenn es Mord war, muss der Mörder mit ihm im Auto gesessen haben. Das wird sich klären.«

Waltraud riss die Augen auf. »Sie meinen, jemand könnte ihn getötet haben? Das ist ja kaum zu glauben!

Wer soll das getan haben?« Ihre Gedanken gingen zu dem Frauenquartett nach Herten.

»Zu 99 Prozent war es Selbstmord, doch müssen wir auch dem einen Prozent nachgehen. Wir haben schon Dinge erlebt, kann ich Ihnen sagen …« Burmeister wollte ausholen und aus dem Nähkästchen plaudern.

Thomas bereitete dem jedoch schnell ein Ende, da es heftiger zu schneien begann und ihm kalt war. Sowieso eine Schnapsidee, hierherzufahren, dachte er erneut. Er wunderte sich, dass so ein alter Polizeibeamter noch im Dienst war. Auf ihn wirkte er wie der Tod auf Urlaub. Ausgehungert und verhärmt, jedoch voller Empathie. »Vielen Dank, Herr Burmeister.« Er gab dem schmalen Polizisten die Hand und wünschte ihm einen schönen Abend, den er selbst sicher nicht haben würde. Alles würde sich wieder um Tod und Trauer drehen, und das, wo er sich gerade ein wenig vom Trauerschmerz erholt hatte.

Schweigend fuhren Waltraud und Thomas zurück nach Bödefeld. Er war dankbar, dass sie den Mund hielt.

Margareta weilte noch mit Johannes Dünnebacke im Gasthof Albers, als er mit seinem Wagen gegen 19 Uhr das angeleuchtete Lokal passierte. Vor dem Haus schippte ein Mann Schnee, was seiner Meinung nach zwecklos war, da immer wieder neuer nachkam. Am liebsten hätte er angehalten und Margareta da herausgeholt. Wozu sie sich noch mit diesem Johannes traf, war ihm ein Rätsel. Sie hatte versprochen, diese Verabschiedung kurz zu halten. Erreicht hatte sie bisher nichts. Die Tannenbaumdiebstähle waren weiterhin ungelöst. Wenn sie den Täter gefasst hätte, was hätte

Dünnebacke ihr dafür gezahlt? Nicht mehr als einen Rosenstrauß und ein Essen, war er sich sicher.

Es war kurz vor Mitternacht, als Thomas beschloss, ins Bett zu gehen. Margareta fühlte sich nach zwei Gläsern Rotwein zwar schläfrig, doch irgendetwas hielt sie wach. Sie war tatsächlich um 22 Uhr zu Hause gewesen.

Waltraud dachte ebenfalls nicht daran, ihre Schlafstätte aufzusuchen, saß kerzengrade auf dem Sofa und starrte auf die Weihnachtsleckereien, die sie vor sich auf dem Tisch aufgebaut hatte. Auf ihren Wunsch hin hatte Thomas nach ihrer Rückkehr aus Oberrarbach ein letztes Mal das Feuer im Kamin entzündet, zwar mit den Augen rollend, aber immerhin.

»Du erstickst noch an diesem süßen Dreck«, meinte Margareta grinsend. Sie wusste, dass Waltraud damit ihren Stress kompensierte.

»Der eine so, der andere so«, kommentierte Waltraud und starrte abfällig auf das Rotweinglas ihrer Tochter.

»Ein blöder Tag, oder?« Thomas kam alles sehr unwirklich vor. »Da schreibt der noch auf feinstem Büttenpapier einen Abschiedsbrief. Für dich, Waltraud? Oder für seine Freundin Carola Blasius? Wer weiß das schon.«

»Ein Abschiedsbrief spricht für einen Selbstmord«, meinte Waltraud.

»Immerhin nett von Grundmüller, ihn dir vorhin am Telefon vorzulesen. Hättest du nicht eine Kopie verlangen können?« Margareta goss sich ihr Glas erneut voll.

»Überhaupt anständig von ihm, sich noch einmal zu melden und mir Details zu verraten. Morgen fahren er und seine Kollegin ebenfalls zurück ins Ruhrgebiet, um am Montag hier wieder auf der Matte zu stehen und weiterzuermitteln.«

»Um 22 Uhr noch anzurufen, ist schon reichlich frech, finde ich.« Margareta grinste. Die schmatzende Waltraud, die freudig erregt wie ein Kind in den Leckereien wühlte, lenkte sie von ihren trüben Gedanken ab.

»Die Kripo kennt keinen Feierabend.« Thomas gähnte ausgiebig. Sein Magen knurrte. Zum Abendessen hatte es nur ein Stück Fleischwurst gegeben, das sich Waltraud eigentlich für die Rückfahrt gekauft hatte. Es hatte ihn nicht satt gemacht.

»Es will mir nicht in den Kopf, dass der seine Verlobte umgebracht haben soll.« Waltraud packte sich einen weiteren Weihnachtsmann aus und biss ihm lustvoll den Kopf ab. »Da habe ich richtig Glück gehabt, dass ich ihm nicht zum Opfer gefallen bin.«

»Das kann man wohl sagen«, meinte Margareta. »Im Mordfall deiner Mutter sind wir noch immer nicht weitergekommen«, wandte sie sich nun an Thomas. »Der Hirschhornknopf entpuppte sich also als Flop.«

»Warum?«, fragte Thomas. »Die beiden Kommissare haben nur den Metzger Vollmer und den Milchwagenfahrer Vogt aufgesucht und sie mit dem Knopf konfrontiert. Wieso sind die nicht zu Voss-Grobe gegangen? Der hat sicher auch eine solche Jacke.«

»Vielleicht kommt das noch«, meinte Margareta, deren Stimme ihr schon nicht mehr gehorchte.

»Margareta, wo bleibt dein Ehrgeiz? Wenn du sonst so nah an einem Mörder dran warst, hast du nie locker gelassen. Und nun? Nun fahren wir ab und du überlässt es den Kripoleuten, den Täter zu finden. Hast du denn keinen Verdacht?«

In ihrem Blick glomm Wut auf. »Und was ist mit dir? Was hast du mir erzählt von einem Geheimnis unter der Schneedecke? Die Lösung sei das. Ich dachte echt, du hilfst mir! Viel ist nicht dabei rumgekommen. Lass uns morgen zusammen zur Kreuzbergkapelle laufen. Irgendetwas zieht mich dahin. Da wartet das Unerklärliche. Glaub mir.«

»Ach, Margareta. Es liegt genauso wenig da oben in dem Kapellchen wie unter dem Schnee verborgen. Bevor noch mehr passiert, lass uns abhauen. Ich gehe nicht mehr dort hinauf. Schau dir an, wie es draußen schneit.«

»Ich gehe noch mal dahin, auch alleine. Wenn wir gegen Mittag fahren und ich um 16 Uhr vor Ort bin, reicht das allemal.«

»Kannst du gerne machen«, meinte der müde Thomas und stieg die Treppen hinauf, die ins Schlafzimmer führten. Er wusste, dass eine weitere Diskussion mit der angetrunkenen Margareta nichts brachte. Er hätte sie gerne noch gefragt, ob sie Radomski zur Kreuzbergkapelle mitnehmen würde. Eifersüchtig auf diesen eigenartigen PHK war er jedoch nicht.

»Was ist eigentlich aus dem Knopf geworden, den Grundmüller am Tatort gefunden hat?«

»Wahrscheinlich war das genauso ein Flop wie der Hirschhornknopf. Ein kleiner schwarzer Allerweltknopf eben. Laut Aussage dieser Zeugin aus der Nachbarschaft, die einen Mann in schwarzer Jacke gesehen haben will, der Eleonore hinterherging, steht nicht einmal fest, ob er eine Jacke mit Knöpfen oder mit einem Reißverschluss trug. Gute Nacht!«

»Gute Nacht«, sagte auch Waltraud und schlich mit dem Stoffsack, in dem sie ihre weihnachtlichen Süßigkeiten verstaut hatte, in Richtung ihres Zimmers. »Ich verstehe nicht, wieso der schwarze Knopf erst später von Grundmüller abgegeben wurde«, murmelte sie im Gehen vor sich hin.

»Er hielt ihn wahrscheinlich für irrelevant«, rief Thomas von der Treppe herunter.

»Aber der Pfarrer hier aus der Kirche, weiß der denn nichts? Hat der keinen heißen Tipp? Oder will der was verdecken?«, mischte sich Waltraud nochmals ein.

»Ach, Waltraud, im Vertuschen war die Kirche oft groß, doch in diese Sache, denke ich, ist sie nicht involviert. Lass uns schlafen gehen. Morgen ist ein neuer Tag. Unser letzter hier.« Margareta zog sich mühsam am Geländer die Treppe hinauf.

»Fritz war jedenfalls ein Mörder. Er hat eine Frau umgebracht. Wenn er auch Eleonore getötet hat, war er ein Doppelmörder. Und wenn ich gestern draufgegangen wäre, sogar ein Dreifachmörder«, sinnierte Waltraud vor sich hin.

27.

Die Luft war eiskalt, keine null Grad. Zum Glück hatte es aufgehört zu schneien. Es war noch ziemlich dunkel, obwohl es schon 8 Uhr vorbei war. Die Silhouetten der schneebedeckten Bäume hatten etwas Gespenstisches. Margareta nahm außer dem Knirschen ihrer Schuhsohlen auf dem Waldboden keine anderen Geräusche wahr. Klar, wer war auch so blöd, zu so früher Stunde hier herauf auf den Kreuzberg zu laufen? Sie kam sich albern vor. Immer wieder hatte Thomas ihr eingebläut, pünktlich zurück zu sein, sonst käme sein Plan durcheinander. Koffer einladen, letzte Besorgungen und so weiter. Bis zum Wanderparkplatz Mechterkuse war sie mit dem Auto gefahren. Zeit war in dem Fall Geld.

Sie musste schmunzeln über den Streit, den Waltraud und Thomas sich vorhin geliefert hatten. Er hatte sich mit seiner neuen Jeans – schließlich wollte er ordentlich gekleidet die Rückfahrt ins Ruhrgebiet antreten – aufs Sofa gesetzt, direkt auf eine Marzipankartoffel, die einen unschönen Fleck auf seiner Hose sowie auf dem Sofa hinterlassen hatte. Wütend hatte er Waltraud angemeckert und sie beschuldigt, die fettige Kartoffel auf dem Sofa liegen gelassen zu haben. Doch Waltraud wollte es nicht gewesen sein.

Margareta war es zu bunt geworden und sie hatte sich

eher als geplant auf den Weg gemacht. Das letzte Frühstück, mit viel zu dünnem Kaffee und Brötchen vom Vortag, hatte ihr sowieso nicht geschmeckt.

»Denk daran, pünktlich zurück zu sein«, hatte Thomas ihr ein letztes Mal hinterhergerufen.

Sei froh, wenn ich überhaupt zurückkomme, hatte sie gedacht, es jedoch nicht ausgesprochen.

Du musst da nicht hinauf, sagte sie sich jetzt erneut, und doch trieb sie etwas an. Mit jedem Schritt, obwohl er bergauf führte, fühlte sie sich freier, konnte sie besser atmen. Der Eisenring, den sie oft um ihren Kopf spürte, war verschwunden.

Ihr Handy klingelte. Ignorieren oder annehmen? Sie entschied sich für Letzteres und blieb stehen.

Es war Brigitte, die ihr eine schöne Rückfahrt wünschte, vom Wetter und weiteren Nichtigkeiten sprach. Anscheinend hatte sie noch etwas auf dem Herzen.

Margareta wäre nicht Margareta, wenn sie es nicht geschafft hätte, der Frau zu entlocken, was sie sagen wollte.

»Margareta, ich kann mich wieder erinnern. Am Silvesterabend rief ich meinen Sohn an und teilte ihm mit, dass ich zur Kirche gehen würde. Als ich los bin, war er zu Hause. Doch später, als der Sohn von Heide mich um 20.30 Uhr heimgefahren hat, da habe ich gesehen, wie er zu Fuß die Graf-Gottfried-Straße in Richtung unserem Hof entlangging. Er war es. Eindeutig. Ich habe mich gefragt, wo er war. Vielleicht hat das nichts zu bedeuten. Ich wollte es nur gesagt haben. Ich will ihn nicht belasten, aber verschweigen möchte ich auch nichts.«

Margareta hörte sie leise weinen, sagte ein paar tröstende Worte, versprach, dass sie in Verbindung bleiben würden, und legte auf. Dass sie auf dem Weg zur Kreuzbergkapelle war, erzählte sie Brigitte nicht.

Entlang der plätschernden Valme dachte sie über ihren neuen Auftrag in diesem großen Stromkonzern nach. Übermorgen sollte es losgehen. Erste Besprechung heute Nachmittag. Industriespionage, verdeckte Ermittlung. Klang spannend und sie freute sich auf die neue Aufgabe. Neue Firma, neue Leute, endlich wieder Geld auf dem Konto. Doch zuerst musste sie das hier zu Ende bringen. Und sie würde es zu Ende bringen, da war sie sich sicher.

Die Sonne ging langsam auf und schickte mehr Licht durch die dichten Bäume. Margareta erkannte die Kapelle durch den Wald. Ein letzter Blick über die Schulter zurück. Niemand zu sehen.

Als sie die kleine Kapelle erreicht hatte und sich umsah, musste sie feststellen, dass sie heute bei dem Nebel überhaupt keine Fernsicht hatte. Sie hatte Schiss, das konnte sie nicht leugnen. Richtig Angst sogar. Und doch trieb sie etwas voran. In die Kapelle. Was erwartete sie dort? Ein geständiger Mörder? Sei nicht so naiv, schalt sie sich und ging auf den Eingang zu.

Das schneebedeckte Kirchlein, umrahmt von riesigen Fichten, wirkte mahnend auf Margareta. Als würde es ihr zurufen: »Verschwinde von hier. Du hast hier nichts zu suchen. Noch ist es nicht zu spät.«

Die Tür stand auf. Das Glockenseil gleich im Eingang baumelte von der Decke hin und her. Der Teufel ritt sie und sie zog mehrmals kräftig daran. Sie wusste, dass die Glocke mit dem besonderen Klang bis in den Ort zu hören war. Ein eisiger Luftzug streifte sie, als sie den Raum betrat. Wieso war die Tür offen? War hier jemand? Die kleine Holztreppe hinter der Tür, eine bessere Stiege, knarzte, obwohl sich niemand darauf befand. Sie blickte zum prunkvollen Altar, der in Grün und Gold gehalten war. Alles sauber und ordentlich. Die beiden Kerzen auf ihren Ständern rechts und links des Altars brannten, ebenso etliche Teelichter auf dem Opferplatz. Wer hatte sie so früh schon entzündet? Der mit Wachskerzen bestückte Kronleuchter, der von der dunklen Holzdecke hing, schwang leicht hin und her. Es ist noch nicht zu spät, sagte sich Margareta, deren Herz wild zu klopfen begann. Verschwinde von hier und fahre mit deinen Lieben heim. Lass den Fall lösen, wer mag.

Wie magisch angezogen setzte sie sich in die erste Reihe. Sie fror und zog ihren Schal höher. Nebelschwaden entwichen ihrem Mund beim Atmen. Wieder spürte sie, genau wie beim letzten Mal, einen Atemhauch in ihrem Nacken. Was war das? Da war doch niemand. Ein Schulterblick nach hinten. Nichts. Die länglichen Fenster an den Seiten sowie die kleinen runden über dem Altar waren verschlossen. Wieso zog es dann hier so?

Mit einem lauten Knall flog die Tür zu.

Plötzlich fiel es ihr wie Schuppen von den Augen. Sie wusste, wer Eleonore umgebracht hatte. Sie hatte es bisher nur nicht wahrhaben wollen. Sie stand aus der Bank auf und ging zum Ausgang. Weg hier! Du hast dich zu weit vorgewagt, wurde ihr bewusst.

Doch zu spät. Noch bevor sie die Türklinke in die Hand nehmen konnte, legte sich ein Seil um ihren Hals und zog sie nach hinten. Den Geruch, den sie wahrnahm, kannte sie. Der Mann – sie ging davon aus, dass es sich um einen Mann handelte – roch nach Kuhstall, Kernseife und Kaffee.

»Na, da staunst du, Sommerfeld, wozu so ein Kälberstrick gut ist, was? Die waren im Angebot. Bei 100 Stück nur je 1,19 Euro.«

»Voss-Grobe, ich wusste, dass du Eleonore umgebracht hast«, flüsterte sie. Der Strick nahm ihr die Luft zum Atmen. Das Sprechen fiel ihr schwer.

»Ja, du bist nicht die Dümmste, Sommerfeld. Aber mir zu sagen, dass du heute Morgen noch hier heraufwolltest, war dumm von dir. Ganz dumm! Mehr als einmal hast du es außerdem meiner Mutter erzählt. Eben am Telefon nicht. Doch sie wusste es. Ich war bei ihr und habe Kaffee getrunken. Da staunst du, dass ich schneller hier war als du, was? Ich bin von der anderen Seite hoch. Schlau, nicht wahr?« Er zog den Strick strammer. Sein Kopf kam dem ihren immer näher. Er schmiegte sich an sie, schnupperte an ihrem Haar.

»Du wolltest also deine Mutter umbringen, Voss-Grobe? Warum?«

»Weil ich ihr Geld brauche. Habe Schulden ohne Ende, und sie sitzt auf dem dicken Geldsack. Die zwei trockenen Sommer hintereinander und der Brand auf dem Hof, der so viel zerstörte, haben mir fast das Genick gebrochen. Nach ihrem Tod hätte ich geerbt und wäre meine Verbindlichkeiten los gewesen. Ich hätte mir außerdem mal wieder etwas Schönes gönnen können. Vielleicht ein neues Auto. Oder ein Pferd. Leider hat es die Falsche getroffen. Ein Versehen. Deine Schwiegeralte sah ihr aber auch zum Verwechseln ähnlich. Das war Pech. Ich war mir sicher, dass der Fall nicht mehr gelöst werden würde. Du wärst abfahren und Gras wäre über die Sache gewachsen. Aber als meine Mutter mir gestern Abend erzählte, dass sie dich finanziell unterstützen wolle, weil du es nicht leicht hättest als Privatdetektivin, da ist bei mir eine Sicherung durchgebrannt. Ich rackere mich ab, um meine Schulden abzuzahlen und den Hof zu erhalten, und es interessiert sie nicht. Da kommt so eine Ziege wie du, eine Dahergelaufene, und dich will sie unterstützen. Da läuft doch was falsch, oder? Du musst einsehen, dass ich mir das nicht gefallen lassen kann, Sommerfeld. Außerdem hättest du vermutlich nie aufgehört, mir hinterherzuspionieren. Ob von hier oder vom Ruhrgebiet aus. Ich weiß auch schon, wo ich dich entsorge. Bei mir auf dem Hof. Da findet dich niemand.« Er lachte ein lautes, irres Lachen, das in dem kleinen Raum gespenstisch widerhallte. Er biss die Zähne zusammen und zog den Strick enger.

Margareta ging in die Knie, würgte, versuchte, mit den Händen das Seil vom Hals zu lösen. Keine Chance.

»Es ist gleich vorbei. Mitnehmen kann ich dich heute nicht. Ich werde dich hier oben verstecken und dich später in einer Nacht- und Nebelaktion abholen.« Das irre Lachen war beängstigend. Dabei konnte er sonst nicht einmal einem seiner Tiere etwas zuleide tun, war die Sanftmut selbst. Margaretas Gurgeln und Röcheln törnte ihn richtig an. Voss-Grobe bald ein Doppelmörder?

Margareta liefen Tränen über ihre Wangen. Kurz vor dem Ersticken dachte sie an Thomas und Waltraud. Ein innerer Abschied. Dass keine Luft zu bekommen so wehtun würde, hätte sie nie gedacht. Sie verspürte Mitleid mit allen Asthmatikern. Onkel Gustav hatte an dieser Krankheit gelitten, hatte der ganzen Familie ständig die Ohren vollgejammert und war letztendlich qualvoll erstickt.

Der Schmerz wurde stärker, zwang sie tiefer in die Knie, raubte ihr alle Kraft. Sie fiel auf den Boden. Konnte nichts dagegen tun. Das Seil fest um ihren Hals, den Mann von hinten eng an sich gepresst. Er stöhnte ihr in die Ohren, lachte dabei.

Sie wollte schreien, um sich treten, sich wehren. Es ging nicht. Atmen! Sie wollte atmen. Es ging nicht.

Ich will nicht sterben, dachte Margareta einen letzten klaren Gedanken. Eine Sekunde wurde zur Stunde. Ich will leben!

Plötzlich Stille. Nichts mehr. Schwarz vor ihren Augen. Tiefe Nacht. Bin ich schon im Himmel, fragte sich Margareta. Sie hörte einen Schuss. Einen lauten Knall. Gleichzeitig lockerte sich der Strick um ihren Hals. Ganz langsam. Sie konnte wieder atmen. Fing an zu husten. Luft! Sie nahm flackerndes Blaulicht wahr. Konnte man mit dem Auto hier hochfahren?

Voss-Grobe stöhnte und ließ sie endgültig los. Was war passiert? Polizisten stürmten in die Kirche, schrien herum, packten Voss-Grobe.

Margareta drehte ihren Kopf zur Seite und schaute in das lächelnde Gesicht von Ralf Radomski, der sich zu ihr heruntergebeugt hatte.

Zärtlich fuhr er ihr mit der Hand übers Haar. »Alles wird gut, Margareta! Es ist vorbei.«

»Du hast ihn erschossen?«, fragte sie ohne Stimme.

»Nein, er lebt noch. Ich habe ihm nur eine Kugel in den Oberschenkel gejagt.«

Sanitäter kamen in das Gotteshaus gelaufen. Einer davon kümmerte sich um Margareta, half ihr auf und setzte sie in die hinterste Kirchenbank, bevor er sich ihre Verletzung am Hals ansah. Der andere versorgte Voss-Grobes Wunde am Bein. Anschließend ließ er ihn auf einer Bahre abtransportieren.

Radomski ging in die Hocke und starrte auf den Boden. Voss-Grobe hatte viel Blut verloren. Ein richtig schöner See. Sogar Ralfs karierte Wolljacke, die mit den Knebelknöpfen, hatte was abbekommen. Seine Frau würde nicht begeistert sein. Hauptsache, Voss-Grobe konnte sein Bein behalten, hoffte Radomski. Er dachte an Brigitte Voss-Grobe. Die arme Mutter. Wer würde den Hof weiterführen, wenn ihr Sohn in den Kahn ging? Er würde nachher bei ihr vorbeifahren, um ihr mitzuteilen, dass man ihren Sohn verhaftet hatte. Na ja, das mit dem Bein und dass er sich im Krankenhaus befand, natürlich auch.

»Sommerfeld, ich krieg dich, verlass dich drauf«, schrie Voss-Grobe durch die kleine Kapelle.

Die Wunde an Margaretas Hals blutete, dort wo der Strick sich ins Fleisch gegraben hatte. Die Verletzung sei nur oberflächlich, sie habe großes Glück gehabt, meinte der Arzt, der soeben die Kirche betreten hatte.

Dankbar lächelte Margareta Ralf Radomski an. »Du hast mir das Leben gerettet, Ralf. Wie kann ich dir jemals danken?« Für sie war er der große Held, der Prinz, trotz seines Aussehens.

Verlegen schaute Radomski auf den Boden. Er errötete. »Schon gut, Margareta. Dafür hast du den Mordfall gelöst.«

Eine Untersuchung im Krankenhaus lehnte Margareta ab. Sie wollte weg von hier oben. Weg aus Bödefeld, zurück in den Kohlenpott. Radomski versprach, sie am Ferienhaus abzusetzen.

Thomas würde Bauklötze staunen, wenn er von der Aktion erfuhr, dachte Margareta. Sie schaute auf die Uhr. Erst 10 Uhr durch. Sie würde am Nachmittag pünktlich zu ihrem Termin erscheinen.

Genau in dem Moment kam Thomas zur Tür herein. Total fertig, verschwitzt und verrotzt. Tränen der Freude liefen ihm über die Wangen. Grundmüller an seiner Seite. Tanja Altmeier schlief noch den Schlaf der Gerechten, nachdem sie am Vorabend sehr tief ins Glas geschaut hatte. Er habe es nicht geschafft, seine Kollegin wach zu bekommen, sagte Grundmüller. Und ebenso wenig, den Mörder von Eleonore Scheffel zu fassen, gestand er verschämt. Die Sommerfeld war ihm zuvorgekommen. Zum Glück hatte Voss-Grobe ihr nicht das Licht ausgeknipst. Wie hätte er dagestanden?

Margareta und Thomas fielen sich in die Arme.

Fall gelöst!

Grundmüller gratulierte Margareta und bedankte sich, was ihr unangenehm war. Was hatte sie groß getan? Er sollte sich bei Radomski bedanken, seinem tapferen, mutigen Kollegen, der ihr das Leben gerettet hatte. Wäre er nicht gewesen, würde sie nicht mehr unter den Lebenden weilen. Ständig wurde der PHK aus Bad Fredeburg belächelt. Margareta wusste, was in ihm steckte.

Wehmütig schaute Radomski Margareta, die an Thomas' Seite schleppend davonging, hinterher. Nein, ihm hatte Grundmüller nicht gedankt. Alles selbstverständlich. Ein »Gut gemacht, Radomski« hätte ihm gereicht. Während der Kripomann aus Dortmund noch in seinem Bett gelegen hatte, war er schon tätig geworden. Fragte sich, wer hier die große Lusche war. Stolz erhobenen Hauptes verließ Radomski die kleine Kapelle und ging grußlos davon. Auf zu Brigitte Voss-Grobe!

EPILOG

»Jetzt eine Tasse heißen Tee«, sagte Margareta, die vor Kälte von einem Fuß auf den anderen trat. Thomas stand neben ihr vor der Trauerhalle des Hauptfriedhofs in Gelsenkirchen-Buer. Trübes Winterwetter, fünf Plusgrade, Schneereste an den Wegesrändern. Mittwoch, der 15. Januar, Eleonores Beerdigung. Hier auf diesem großen Friedhof besaß die Familie Scheffel seit Generationen eine Familiengruft, weshalb die Beerdigung nicht in ihrem Wohnort in Herten stattfand. Am liebsten hätte sich Margareta weggebeamt, irgendwohin, nur weg von hier. Doch sie konnte Thomas diesen schweren Gang nicht alleine antreten lassen.

»Ja, ja«, sagte er geistesabwesend und ließ seinen Kamerablick durch die Menschenmenge wandern.

Er hatte wohl einen Kollegen aus dem Präsidium erblickt, denn er ging auf die Menge zu. Margareta war es egal, wer heute hier erschien. Sie war froh, wenn die Beerdigung hinter ihr lag. Die letzten Tage waren anstrengend genug gewesen. Um ihren lädierten Hals, der noch ziemlich schmerzte, trug sie einen schwarzen Schal, der die Wunde verdeckte.

Seit zwei Tagen saß sie in einem Großraumbüro in diesem Konzern in Essen, umgeben von gut aussehenden Ingenieuren, und gab vor, eine kaufmännische Angestellte zu sein. Sie sollte herausbekommen, was an der Arbeitsweise nicht stimmte und wohin Millionenbeträge verschwanden. Eine knifflige, interessante Aufgabe. Einen pünktlichen Feierabend konnte sie vergessen, doch das war ihr egal. Bei ihr zu Hause, im Wohnturm der Zechensiedlung, saß Thomas und pflegte seine Depressionen, die, kaum im Ruhrgebiet, wieder da waren. Er jammerte tagein, tagaus um seine Mutti und wollte partout nicht in seine Wohnung zurück. Waltraud, die in der gleichen Straße wohnte, fühlte sich verpflichtet, ihm so oft wie möglich Gesellschaft zu leisten. Mehrmals täglich kreuzte sie bei Margareta auf. Schließlich habe auch sie jemanden verloren, den sie sehr gemocht hatte, verkündete sie dreimal am Tag. Die Tatsache, dass dieser Kerl ihr nach dem Leben getrachtet hatte, ignorierte sie. Ein Wunder, dass sie heute nicht auf der Matte stand, was Margareta nicht verstehen konnte. Eleonore hatte ihr doch angeblich sehr am Herzen gelegen.

Heute Abend! Heute Abend schmeiße ich ihn raus, beschloss Margareta. Er soll zurück in seine Wohnung und schnellstens wieder zur Arbeit gehen. Sie brauchte ihre Ruhe. Ruhe in den eigenen vier Wänden!

Die meisten der Trauergäste kannte Margareta nicht. Nachbarn, weitläufige Verwandte und Arbeitskollegen von Thomas. Sie riskierte einen Blick in die Trauerhalle. Der schwere Eichensarg, auf den Thomas bestanden hatte, stand vorne am Altar, versehen mit einem imposanten Rosengesteck in Gelb, flankiert von mehreren Kerzenständern, die natürlich extra zu Buche schlugen. Davor und daneben lagen und standen eine Vielzahl von bunten Blumenkränzen mit Schleifen. Die abgedruckten Texte darauf erzeugten den Eindruck, dass ein Weiterleben ohne Eleonore Scheffel sinnlos war. Auch Thomas hatte einen Kranz in Auftrag gegeben, bestückt mit über 100 roten Rosen. Auf die lachsrosa Schleife hatte er »In Liebe, dein Sohn Thomas« drucken lassen. Margareta hatte sich geweigert, ihren Namen auf diesem Teil zu verewigen. Zu viel Heuchelei!

Während sie vor Kälte zitternd immer noch nach einem heißen Getränk lechzte, sah sie eine Gruppe Frauen um die Ecke biegen. Allen voran die aufgedonnerte Ursula Kaminski, mit schwarzem Hut und Trauerflor, einen Blumenstrauß im Arm. Margareta hätte fast laut gelacht. Schließlich hatte sie Eleonore sogar beseitigen lassen wollen. Von Pfarrer Morgenrot hatte Margareta gehört, dass das Quartett sich zerstritten habe. Davon war allerdings nichts zu spüren. Links neben der Kaminski ging Carola Blasius, im ollen Lodenmantel, an der rechten Seite Petra Halstenbach. Dahinter die stämmige Angelika Thomas im uralten Pelzmantel.

Sie waren nur wegen dem Morgenrot hier, da war Margareta sich sicher. Jetzt stürzten die Weiber süß grinsend auf sie zu, um zu kondolieren. Voller Ekel schüttelte Margareta die Hände der Frauen, sprach ein paar unnütze Worte und eilte anschließend auf die Toilette, um nach ihrem Smartphone zu schauen, das schon mehrmals einen Anruf angekündigt hatte.

Vier Anrufe in Abwesenheit, zwei von Radomski, einer von Dünnebacke, einer von Brigitte. Brigitte hatte an dem letzten Tag im Sauerland Radomski den Hinweis gegeben, dass sich ihr Sohn am besagten Morgen wutentbrannt in seinen Wagen geschmissen hatte und losgefahren war. Sie hatte vermutet, dass er hinter Margareta her war. Radomski hatte nach einem erfolglosen Versuch auf Margaretas Handy bei Thomas angerufen und erfahren, dass sie unterwegs zur Kreuzbergkapelle war. Er hatte sich sofort auf den Weg gemacht und um Verstärkung gebeten.

Als Margareta von der Toilette auf den Platz vor der Trauerhalle zurückkehrte – die Anzahl Menschen hatte sich inzwischen verdoppelt –, kam Thomas wütend auf sie zu. Sie möge sich um die Leute kümmern und nicht einfach von der Bildfläche verschwinden, posaunte er heraus.

Sie sagte nichts, schaute zur Seite, durch die lichten Tannen. In weiter Ferne befand sich das Feld 367. Es stimmte tatsächlich. Das Grab der alten Simoneit hatte einen ganz besonderen Schatz beherbergt. Die Leiche von Renate, der Frau, die Wennemann ihres Geldes wegen ermordet hatte, lag unter der Simoneit. Vor zwei Tagen hatte man das Grab geöffnet.

Margareta kannte sich hier aus. Von Kindheit an – der Friedhof schloss sich an die Zechensiedlung an, in der sie wohnte – hatte sie sich hier des Öfteren aufgehalten. Auch ihre Mutter würde hier eines Tages beigesetzt werden. Doch daran wollte sie jetzt nicht denken.

Ratschläge vom Allerfeinsten prasselten aus Thomas' Mund auf sie nieder. Wenn er sie weiter so stresste, würde sie gehen und ihn stehen lassen. Wo war seine Fürsorglichkeit von Samstag, als sie um ein Haar ermordet worden wäre? Wie hatte er sich um sie bemüht! Doch bereits am nächsten Morgen hatte sich wieder sein Egoismus Bahn gebrochen. Ich, ich, ich war angesagt. Kerzlein brenne, für Mutti!

Thomas drückte ihr einige Umschläge in die Hand und schüttelte tadelnd den Kopf.

Bring das Fass nicht zum Überlaufen, dachte Margareta und war schon im Begriff zu gehen.

Da kam Waltraud auf sie zu, gehüllt in einen alten Persianermantel aus der Erbmasse einer verstorbenen Tante. Sie roch nach feuchtem Moder und war Margareta mehr als peinlich.

Verschämt schaute Margareta zu Boden. Der Mantel! Wie konnte sie nur! Lebensgefährlich, mit so einem Teil zu erscheinen. Wo blieben die Tierschützer?

Pfarrer Morgenrot kam herangeeilt. Begrüßte Margareta herzlich, schenkte Waltraud ein kurzes Kopfnicken. Wahrscheinlich hielt er sie für eine lästige Nachbarin. »Oh, Frau Sommerfeld, es tut mir so leid, was Ihnen geschehen ist. Das sagte ich Ihnen schon am Telefon. Gerne besuche ich Sie auch einmal zu Hause, wenn Sie sich beladen fühlen. Immerhin haben Sie den Mörder der lieben Schwester Scheffel gefunden. Dann das tragische Ende von Wennemann. Vielleicht beruhigen sich das Frauenquartett und die gesamte Seniorenstube unserer Gemeinde jetzt endlich wieder. Wann hätten Sie denn Zeit?«

»Ach, Herr Pfarrer, ich arbeite bereits wieder. Außerdem bin ich evangelisch, tut mir sehr leid.« Margareta wollte ihn loswerden, diesen Schleimer.

»Vor Gott sind alle Schäfchen gleich, liebe Margareta Sommerfeld, ob katholisch oder evangelisch oder sonst was.« Er hielt den Kopf schief, schaute Thomas, der sich an die Seite des Pfarrers gestellt hatte, mahnend an und verschwand in die Trauerhalle, um sich für die Predigt umzukleiden.

Margareta hatte genug. Genug von Kirche und Trauer, von Tod, Teufel und Barmherzigkeit. Sie wollte ihr altes

Leben zurück. Ohne jammerndes Kleinkind an ihrer Seite.

Der Bestatter rief die Trauergemeinde in die Halle, die Orgel erklang. Alles stürmte schnell hinein, aus Angst keinen Sitzplatz mehr zu ergattern.

Der genervte Thomas zischte Margareta zu: »Wir sitzen in der ersten Reihe, sind schließlich die engsten Anverwandten. Damit das klar ist.« Er schob sie regelrecht in die Halle.

Ruckartig blieb Margareta stehen. »Ich bin keine Anverwandte. Wieso auch? Weil ich mit dir zusammen bin?«

»Margareta, hier und heute keine Szene.« Seine Augen sprühten Funken, sein Mund wurde ganz schmal vor Wut. »Und beim Kaffeetrinken nachher sei bitte nett zu Tante Gerda und Onkel Helmut. Was sollen die sonst denken? Nun komm schon!« Wieder zerrte er an ihr herum.

Es reichte! Margareta hatte endgültig genug. Sie machte auf dem Absatz kehrt und bahnte sich einen Weg durch die vielen Menschen, die sie verwundert anschauten.

Als alle Trauergäste in der Halle verschwunden waren, blieb sie auf dem leeren Platz zwischen den blattlosen Kastanien stehen und holte tief Luft. Ein Sonnenstrahl schaffte es durch die Wolken und streifte ihr Gesicht. Ein Zeichen? Sie lächelte und genoss die Ruhe, während die Gemeinde, vorneweg Pfarrer Morgenrot, das Lied »Maria, breit den Mantel aus« sang.

Margareta hatte Tränen in den Augen und fragte sich, wo ihr schützender Mantel war. Wer behütete sie? Sie trat den Rückweg nach Hause an.

Adieu, Eleonore, adieu, ihr Menschen!

Sie fühlte sich plötzlich frei, frei und zufrieden. Schade war es um den süßen kleinen Willi! Wieder ein Hund, der auf der Strecke blieb, weil sie sich von einem Menschen trennte.

ENDE

Weitere Titel finden Sie auf den folgenden Seiten und im Internet:

WWW.GMEINER-VERLAG.DE

Margareta Sommerfeld ermittelt:

1. Fall: Eisaugen
ISBN 978-3-8392-2818-0

2. Fall: Zechenbrand
ISBN 978-3-8392-1382-7

3. Fall: Hochzeitsglocken
ISBN 978-3-8392-1601-9

4. Fall: Rosensalz
ISBN 978-3-8392-1924-9

5. Fall: Opferstock
ISBN 978-3-8392-2136-5

6. Fall: Schneeflöckchen, Blutröckchen
ISBN 978-3-8392-2137-2

7. Fall: Bergmannserbe
ISBN 978-3-8392-2564-6

8. Fall: Fröhliches Morden überall
ISBN 978-3-8392-0028-5

weitere:

Wer mordet schon im Hochsauerland?
ISBN 978-3-8392-1780-1

Advent, Advent, die Zeche brennt
ISBN 978-3-8392-2499-1

GMEINER SPANNUNG

DIE NEUEN Lieblings-plätze

ISBN 978-3-8392-2730-5

ISBN 978-3-8392-2929-3

ISBN 978-3-8392-2614-8

ISBN 978-3-8392-2930-9

ISBN 978-3-8392-2927-9

ISBN 978-3-8392-0043-8

ISBN 978-3-8392-2926-2

ISBN 978-3-8392-2925-5

ISBN 978-3-8392-0044-5

ISBN 978-3-8392-2932-3

ISBN 978-3-8392-2924-8

ISBN 978-3-8392-2624-7

ISBN 978-3-8392-2628-5

ISBN 978-3-8392-2931-6

ISBN 978-3-8392-2634-6

ISBN 978-3-8392-2928-6

GMEINER KULTUR

WWW.GMEINER-VERLAG.DE

Mensch, Kultur, Region